Matar por la Inocencia

C.L. Sutton

Capítulo Uno

TEDDY

Mami dice que huelo a mierda.

Creo que mierda significa "caca". Lo dice arrugando la nariz, así que sé que debo oler mal.

Papi me tira un rollo de papel de cocina, y me da en la cabeza.

Mi habitación también huele a mierda; pero no sé cómo arreglarlo. Mi cubo está limpio. Lo lavé en la ducha esta mañana cuando Mami y Papi fueron a las tiendas. Quizás el olor viene del calcetín que tengo escondido debajo de la cama. Necesito limpiarlo también, pero no sé cómo. Y tengo que limpiarme el trasero de alguna manera. Duele cuando no lo hago.

Miro el rollo de papel de cocina en mi regazo. ¿Es para esto? ¿Me van a dejar llevarlo arriba?

¿Se me permite subir ahora?

Muevo el trasero al borde de la silla. No me miran, así que lo meneo un poco más. Los pelos de mis brazos están todos de punta y puedo oír mi corazón latiendo en mi cabeza.

Me pongo de pie, conteniendo la respiración.

Mami gira la cabeza hacia un lado, haciéndome encoger, pero no me atrevo a llevar las manos a la cara como quiero.

"Sube la puta escalera entonces," me escupe Mami. Papi muerde su sándwich de huevo frito, goteando yema en su camiseta. No levanta la mirada.

Mis piernas no se mueven.

He esperado demasiado, y Mami me da un golpe de karate en la nuca. Grito y corro tan rápido como puedo hacia las escaleras, pero Mami es más rápida que yo y me pone la zancadilla. Se ríe de mí mientras salgo volando contra el marco de la puerta. Mi cabeza se estrella contra la madera y me duele mucho. Contengo las lágrimas. Si Mami me ve llorar, solo se enfada más.

Se ríe de mí mientras subo las escaleras a gatas. Me trago los llantos y me froto la cabeza donde me acabo de golpear.

Mi habitación realmente apesta. Arrugo la nariz para intentar que sea mejor, pero no funciona.

Esta es una habitación muy aburrida. La habitación más aburrida de la casa. Tengo mi cama, pero es solo la parte grande del colchón. Tengo tres libros apilados en el alféizar de mi ventana: Querido Zoo, Peppa Pig y un libro sobre el planeta Tierra. También son aburridos. Creo que ya los he leído un millón de veces. Aunque me gustan los mapas del libro del planeta, son bonitos.

También tengo mi cubo. Solía ser rojo, pero ahora es más rosado donde ha estado sentado al sol. Ojalá pudiera cerrar las cortinas, pero Mami se las llevó un día después de pelearse con una señora en la peluquería.

Me miro en el reflejo de la ventana. Mis ojos azules se ven oscuros, como si estuviera muy cansado, y me pongo el pelo detrás de las orejas para intentar arreglarlo un poco. Soplo aire en mis mejillas para hacer que se vean menos aterradoras. Parece que se están hundiendo hacia adentro.

También cierro la puerta, con cuidado de cerrarla bien y no romper las reglas. Me tiro en la cama y miro hacia arriba, apretando el papel de cocina que cogí de abajo. El techo está marrón donde solía entrar agua. Papi lo arregló en el tejado, pero no arregló mi techo. Me alegro. Me gusta hacer imágenes en mi cabeza con las manchas marrones. Puedo ver la cara de una señora. Es bonita, como una princesa. Me mira sonriendo. Sus ojos están torcidos, pero eso está bien.

La princesa de mi techo lo sabe todo. Le cuento todos mis secretos. Ella sabe que robé una galleta de chocolate la semana pasada. Sabe que lloro mientras duermo. Sabe sobre mi amigo Robert.

Robert es mi mejor amigo. Vive en la casa de al lado y, a veces, cuando me ve de pie en el patio de atrás, viene a hablar conmigo.

Nos conocimos en invierno. Estaba de pie fuera en mi pijama y escuché que la puerta trasera de los vecinos se abría y cerraba. Intenté esconderme empujando mi cuerpo contra la pared. Las piedrecitas de la pared me arañaban la espalda.

"¿Estás bien?" me preguntó Robert desde el otro lado de la pared. No dije nada. Estaba demasiado asustado.

"Sé que estás ahí. Te vi desde la ventana de mi habitación." Sonaba molesto, y me preocupaba que si no decía nada, se enfadaría más. Más fuerte. Y Mami descubriría que estoy hablando con alguien.

"Estoy bien," solté. "Por favor, déjame en paz."

Robert no dijo nada durante mucho tiempo. Sabía que seguía allí, porque no le oí abrir la puerta para volver adentro.

"¿Te gustaría ser mi amigo?" me preguntó. "Tienes el pelo rubio, como yo."

Desde ese momento, Robert fue mi mejor amigo. Venía a hablar conmigo cuando Mami y Papi habían salido y me habían encerrado fuera. Es la mejor persona que he conocido nunca.

La semana pasada, me preguntó si estaba solo en casa. Dije que "sí" y me tiró una pelota de verdad por encima de la pared. Era negra y blanca y áspera al tacto, pero fue muy divertido tirarla hacia adelante y hacia atrás por encima de la pared. Intentamos contar cada lanzamiento, pero Robert era mejor que yo. Ahora casi puedo contar hasta diez, o eso creo. A veces me lío. Robert puede contar hasta veinte.

Me gusta mucho Robert.

Mis manos están sudorosas así que me las limpio en la camiseta que me queda pequeña. Hay un agujerito en la parte de abajo por el que me gusta meter el dedo.

Puedo oír a Mami y Papi encender la tele ahora. Se ríen cuando la gente de la tele se ríe. Se quedarán ahí hasta que oscurezca.

Ruedo hacia el suelo y deslizo mi mano debajo del colchón, agitándola por debajo hasta que siento el trozo de papel. Mis dedos lo rodean y lo saco. Lo abro y lo miro.

Robert me dijo que dice 'Bob', que es como le llaman sus amigos. Me dijo que ahora yo también puedo llamarle Bob, pero yo sigo llamándole Robert. Me gusta más el nombre Robert. Hay una carita sonriente junto a la palabra, lo que me hace sonreír también. Abrazo la carta.

Un día, cuando sepa escribir, yo también tiraré una carta por encima de la pared. Le contaré a Robert sobre la habitación que quiero tener con una cama grande y un armario con ropa dentro. Le hablaré de los juguetes que quiero, como el garaje de coches que veo en el anuncio de la tele. El que tiene la rampa en espiral. Le gustará. A Robert también le gustan los coches. Tal vez un día podamos jugar juntos. Estoy seguro de que a Robert no le importará compartir sus juguetes conmigo. Apuesto a que tiene un montón de coches para jugar.

"¿Qué coño es eso?" La voz de Mami viene de la puerta detrás de mí. Su voz está toda rasposa, como si acabara de despertarse. Está apoyada en el marco de la puerta con los brazos cruzados. Su cara está toda oscura y da miedo mientras mira el papel en mis manos.

Sin pensar, me meto la carta en la boca. No puede saber sobre Robert o me lo quitará también.

"¿Qué te crees que estás haciendo, pequeña mierda?" Corre hacia mí con las manos extendidas, y me agarra la barbilla, clavándome las uñas en la piel. Su cara está muy cerca de la mía, y puedo oler los cigarrillos que le gustan. Los de menta.

"¡Abre la boca!" grita. Gruesas gotas de saliva me golpean la cara, así que cierro los ojos y la boca con fuerza. Oigo a Papi dejar caer su plato en el suelo abajo, los cubiertos resonando al caer. Pero no sube. Me lo imagino escuchando en el primer escalón. Le gusta saber lo que está pasando, pero nunca se molesta en ayudarme.

Estoy masticando el papel lo más rápido que puedo. Se está poniendo todo baboso en mi boca y mi barriga se tensa como si fuera a vomitar. Sé que Mami me va a hacer daño por esto, pero está bien. Sé que si le enseño la carta, me va a hacer mucho más daño. Así que sigo masticando.

Mami me pellizca la nariz e intenta meter sus dedos entre mis labios. Sus uñas sucias me raspan la barbilla. Aprieto la boca aún más fuerte. Mi cara se siente toda caliente. Estoy entrando en pánico. Necesito respirar.

Me he quedado sin aire. Mi corazón late superrápido. Tiro de los brazos de Mami, intentando que pare. Quiero que me deje respirar otra vez. Pero no me suelta.

Estoy todo mareado y tambaleándome hacia atrás cuando Mami finalmente me suelta. Caigo sobre mi cama y abro la boca, tragando mucho aire. Mami mete su mano en mi boca. Tengo arcadas cuando sus dedos me hacen cosquillas en la garganta y saca el trozo de papel.

Me incorporo sobre mis codos y veo cómo Mami abre el papel. Espero, mi garganta arde, y tengo arcadas de nuevo. ¿Qué me hará?

No se me permite hablar con otras personas. Ni siquiera se me permite mirar a la gente en las tiendas. Y tengo que caminar con la cabeza baja, mirando al suelo.

Pero a Robert no le importa lo mucho que apesto a mierda. No le importa si estoy sucio. Él solo quería hablar conmigo. Y ser mi amigo.

Si no puedo jugar con Robert, no tendré a nadie con quien hablar. Mis lágrimas tristes se mezclan con las lágrimas de no poder respirar. Los mocos me gotean de la nariz y me los limpio con la manga.

Mami chilla muy fuerte y me tapo los oídos. El papel se ha deshecho; está demasiado mojado y masticado para abrirlo.

"¿Qué es esto? ¿Qué decía?" me grita, tirando el papel contra la pared donde se queda pegado por un momento antes de deslizarse hacia abajo y caer al suelo con un chapoteo. "Dime la verdad, pequeña mierda."

Las palabras no me salen. Me arrastro hacia atrás, presiono mi espalda contra la pared y sacudo la cabeza.

Robert dijo que puede oír a mi mami gritando a través de las paredes. Dijo que las mamis no se supone que griten así. Dijo que su mami le compra dulces y le arropa en la cama. Pero mi mami solo grita.

Me agarra el pelo de la parte superior de la cabeza y me arrastra por el suelo hasta que está arrodillada a mi lado.

Con su voz realmente profunda y aterradora dice, "Dímelo. Ahora." Separa cada palabra, haciendo que su voz suene aún más enfadada.

Todo se siente húmedo y caliente. Mi cara está empapada, mi garganta arde. No sé qué hacer. No sé dónde mirar.

"Era mi nombre," susurro. "Solo mi nombre."

Mami espera, pero no tengo nada más que decir. Traga saliva. "¿Y quién lo escribió?"

"Yo. Lo hice yo."

Se ríe de mí y me empuja la cara contra la alfombra. Veo un mechón de pelo claro en su mano, mi pelo. "Tú no sabes escribir. No me cuentes mierdas."

"He estado aprendiendo. Lo vi en la tele. Ted. Como un osito de peluche. T. E. D." Las palabras simplemente salen de mi boca, pero parecen funcionar. Mami deja de empujarme contra el suelo y puedo sentir que me mira mientras lloro contra el suelo con los brazos alrededor de mi cabeza.

"Ves demasiada tele. Te puedes quedar en tu habitación una semana por eso." Pisa fuerte por mi habitación, su pie rozando la parte superior de mi pierna mientras se va.

Entonces lloro de verdad. Estoy tan contento de que Mami me haya creído. Me alegro de que no me haya pegado esta vez.

Entonces me doy cuenta de que mis pantalones están mojados. Creo que no dejaré de llorar nunca.

Capítulo Dos

MICHELLE

Una vez más, el sueño me ha eludido. Mientras me despierto de un semi-sopor, mi pesadilla se reproduce en mi mente.

Mi boca se siente recubierta de pelusa con el regusto amargo de la bilis. Estiro la mano hacia el vaso en mi mesita de noche, y se tambalea mientras tanteo a su alrededor. Mirando a través de pequeñas rendijas, lo intento de nuevo y agarro el vaso, llevándolo a mis labios. Dudo, respiro hondo, y luego me bebo el vino tinto que queda. Un par de sorbos no harán daño. Cuenta como una de mis cinco al día, ¿no?

Me abro los ojos a la fuerza con los dedos y me enfrento a mi entorno. Ropa sucia apilada al pie de mi cama, platos con restos de comida esparcidos por el suelo, y mis botas embarradas tiradas frente al armario donde las lancé. Es un desastre. Mi habitación es una representación precisa de toda mi vida.

Me encojo de hombros, dejo el vaso vacío y me doy la vuelta para mirar a la pared. Mi cama está tan cálida y acogedora, y siento cómo mis músculos se relajan en el suave colchón. Otros diez minutos no harán daño.

Justo cuando el mundo empieza a desvanecerse de nuevo, hay un golpe en la puerta. Vuelvo bruscamente a la realidad y gruño.

"¡Buenos días, Michelle!" La voz de Kelsey llama desde detrás de la puerta. Es demasiado temprano para la alegría de Kelsey. Es como un personaje de Barrio Sésamo. "Tienes trabajo esta mañana, ¿verdad?"

Me giro sobre mi espalda y aprieto los puños. Sabe que voy a trabajar hoy. Solo me lo ha estado recordando cada día durante la última semana. ¿Cuál es la forma educada de decirle a tu única amiga que se vaya a la mierda?

Antes de que pueda formular palabras que no contengan una palabrota, irrumpe en mi habitación.

"Te he traído unas tostadas. Y café." Se acerca a mí y duda. Sus ojos son inmediatamente atraídos por las botellas esparcidas junto a mi cama. Examina mi habitación y sus labios se curvan con desagrado. Debería limpiar aquí de verdad.

"¿Noche dura?" pregunta, su desdén rápidamente reemplazado por preocupación. "Te oí por la noche. Estabas gritando algo. Las pesadillas te están afectando de verdad, ¿no?"

¿Noche dura? Intenta vida dura. Pero Kelsey sabe eso más que nadie, así que me quedo callada y simplemente me tapo la cabeza con las sábanas.

Oigo a Kelsey dejar la vajilla sobre mi cómoda, y se sienta en el borde de mi cama. Muevo los pies para evitar que rueden bajo su trasero. Para tener una constitución tan delgada, Kelsey parece pesar una tonelada cuando invade mi espacio.

"¿Has pensado más en ver a un terapeuta, como hablamos?"

La miro desde detrás de mi edredón. En realidad, sí he pensado en ello. Mucho. Pero no puedo hacerlo, y no sé cómo hacérselo entender.

Kelsey cree que hablar de las cosas lo arregla todo, y aunque eso pueda funcionar para la señorita sol, mis problemas son demasiado profundos. Demasiado complejos. No sabría por dónde empezar y no creo que pueda abrir esas heridas. Nunca dejarían de sangrar.

"Sí," le digo, y la culpa me corroe el estómago al ver su cara iluminarse de esperanza. "Pero, Kelsey, simplemente no puedo. ¿Puedes por favor intentar entender eso? ¿Puedes por favor dejarme en paz?"

No debería haber saltado así. Una disculpa acecha en mi boca, pero el orgullo la retiene. Maldigo mi estupidez.

Ni siquiera se molesta en responder. Hemos tenido esta conversación demasiadas veces, y sabe el resultado. En su lugar, cierra lentamente los ojos y suspira antes de volver a mirarme. La mirada de lástima en su cara me hace encogerme y morir por dentro.

Sé que tiene buenas intenciones, pero está pasando de amiga a madre, y me está volviendo loca. No necesito una madre. Ni ahora, ni nunca.

Conocí a Kelsey cuando tenía solo seis años. Nos pusieron en la misma casa de acogida temporal e inmediatamente nos cuidamos mutuamente. Nos separaron varias veces, pero nuestras vidas se entrelazaron tanto que siempre encontramos la manera de volver la una a la otra. Nos pegamos como pegamento.

Lo que necesito ahora es café. El olor amargo flota hacia mí y está cosquilleando mis papilas gustativas.

Kelsey lo ha colocado amablemente fuera de mi alcance en la cómoda, y estoy desnuda. Que te jodan, Kelsey.

Maldita sea. Estoy tentada de echar atrás mi edredón y revelarle toda mi gloria desnuda, muslos con hoyuelos incluidos. Al menos saldría corriendo avergonzada. Pero, el pudor gana; además, no tengo la energía.

"¿Cómo te sientes por volver al trabajo? ¿Emocionada?" me pregunta, ajena a la urgente necesidad de mi dosis de cafeína.

Despego los ojos de la taza humeante. "No realmente. ¿De qué hay que emocionarse?"

Los ojos de Kelsey se iluminan. "¿Ver a tus compañeros? ¿Y a tus clientes? Apuesto a que estarán encantados de verte de nuevo."

Tiene razón en eso. Amo a mis clientes. A la mayoría de ellos, al menos. Algunos son un poco quejicas, pero sus corazones están en el lugar correcto. Eso es lo mejor de los perros. Aman incondicionalmente y están felices de aceptar lo que sea que puedas ofrecer a cambio. Incluso los dañados.

Kelsey me sonríe radiante y me doy cuenta de que estoy sonriendo. "¿Ves? Sabía que no podías esperar para volver."

Eso es una gran exageración, pero asiento de todos modos. Realmente quiero ese café.

Hay un momento de silencio antes de que Kelsey se dé una palmada en las rodillas y se levante. "Bueno, será mejor que me vaya. Necesito terminar de arreglarme."

"¿Arreglarte para qué? Es tu día libre."

Por primera vez noto algo diferente en Kelsey. Su pelo normalmente ondulado rebota en gruesos rizos castaños. Su cara ya de por sí suave está cubierta de maquillaje, el delineador de ojos realza las esquinas de sus hermosos ojos marrones oscuros. Miro sus largas piernas que asoman por su bata; se ha depilado. Aquí hay algo sospechoso.

"Tengo una vida fuera del trabajo, ¿sabes." Recoge las dos botellas de vino vacías del suelo y sale de la habitación con aire presumido. Estoy perpleja. ¿Adónde va hoy, actuando toda tímida? Me está ocultando algo, lo cual es raro, porque Kelsey es un megáfono personificado.

Lo que sea. Es hora del café.

Me levanto de la cama, al frío de la habitación, agarro el café y, contra mi mejor juicio, vuelvo a la cama. El café está negro como la noche - justo como me gusta.

Me huelo las axilas y solo percibo un ligero olor a rancio, así que decido saltarme la ducha hoy. Prefiero pasar unos minutos más en mi nido.

Llego diez minutos tarde al trabajo, pero mi jefa, Maggie, actúa como si fueran diez horas.

"¿Qué hora llamas a esta?" me ladra. "El Sr. Davis y Bugz llevan quince minutos esperándote, y tú entras aquí como si te hubieran arrastrado por un seto. Arréglalo, Michelle. Y ven a verme durante tu descanso para ponernos al día."

Echa un vistazo a mi camiseta de Metallica antes de irrumpir en su oficina, dando un portazo tras de sí. Puede quejarse todo lo que quiera. No me importa. Solo quiero ver a Bugz. Es mi cliente favorito.

Entro en la zona de recepción, pasándome los dedos por el pelo a la altura de los hombros. Me dirijo a la sección reservada especialmente para mis clientes de peluquería.

Maggie es muy estricta en mantener a mis clientes separados de los que vienen a ver a un veterinario. Quizás le preocupa que mis clientes puedan contraer algún tipo de enfermedad o algo así. O tal vez solo quiere mantenerme apartada de los clientes que pagan más. Considerando lo que pasó la última vez que estuve aquí, lo entiendo perfectamente.

Bugz me ve primero y viene corriendo, arrancando la correa de la mano del Sr. Davis. "¡Bugz, vuelve!" grita, pero es demasiado tarde. Bugz me tiene inmovilizada en una silla, y está pasando su nariz y lengua por mi cara ahora babosa. Está gimiendo como si no me hubiera visto en años. Su trasero se balancea de lado a lado con la fuerza de su cola meneándose.

"Hola, chico. ¿Me has echado de menos?" Paso mis manos por su largo lomo, entre su áspero pelaje. Bugz es un lebrel irlandés y su personalidad coincide con su tamaño: grande, audaz y hermoso, con un toque de caos. La alegría me levanta y mi corazón se hincha. Esto es lo que necesitaba.

"Puedes apostar a que te ha echado de menos," se ríe el Sr. Davis. Me cae bien el Sr. Davis. Es una persona con los pies en la tierra y divertida, a diferencia de algunas de las otras perras presumidas que vienen por aquí (las dueñas, no las caninas). "¿Dónde has estado? Bugz realmente necesita un baño. Apesta. No lo he traído desde que te fuiste."

Sostengo la enorme cabeza de Bugz entre mis manos. "Solo tuve un tiempo libre para organizarme." El Sr. Davis asiente como si entendiera, pero sé que en realidad no tiene ni idea. "Lo tendré listo para usted en una hora, ¿vale?"

"Gracias, Michelle. El interior de sus orejas también necesita una buena limpieza," grita el Sr. Davis por encima del hombro. "Están todas asquerosas de jugar en el río."

Oigo a Sharon, la recepcionista, chasquear la lengua ante nuestro ruidoso intercambio y le sonrío, guiñándole un ojo para enfatizar el sarcasmo. Ella solo sacude la cabeza y vuelve a teclear con sus uñas puntiagudas en su teclado.

"Vamos, chico apestoso. Vamos a darte un cambio de imagen."

Bugz trota a mi lado mientras lo llevo a la sala de peluquería. Quizás sí he echado de menos el trabajo después de todo.

Mi hora encerrada con Bugz me ofrece la distracción perfecta de mi fatiga y los pensamientos de mi pesadilla recurrente. Parece que no importa cuántos años pasen, no puedo dejarlo ir. El abuso, el dolor, el horror de todo.

Si me detengo por un segundo, todavía veo su cara mirándome. Gritando. Está señalando la puerta trasera. Estoy temblando ante la idea de atravesarla.

Bugz se sacude con tanta ferocidad que el agua salpica el techo, devolviéndome al presente. Me río y él me lame la mejilla encantado. "No, Bugz. No besos." Apoyo mi frente contra su cuello y le doy un abrazo, y él se calma, dejándome permanecer contra su cálido pelaje.

La hora del almuerzo llega sin mucho drama. Un Labradoodle vino necesitando un recorte, y Roxy, la Yorkshire Terrier, visitó para su tratamiento semanal de la piel. Mis colegas. Para cuando los tengo a todos mimados, mi corazón se siente más ligero.

Sin embargo, mi rara felicidad se viene abajo cuando la cabeza de Maggie aparece por el hueco de la puerta. "Es hora de que tengamos esa charla, ¿no crees?" Se ha recogido el pelo en un moño apretado, dándole un dudoso estiramiento facial. Su pintalabios rosa está manchado en un lado, haciendo que sus labios se vean torcidos.

"Claro, Mags," digo, dejando caer las toallas empapadas al suelo. Ella se eriza. A Mags le molesta cuando dejo cosas tiradas por ahí. También odia que la llamen 'Mags', y reprimo mi risa mientras paso junto a ella, saliendo de la sala de peluquería.

Entro en su oficina y me siento en una de las horribles sillas de plástico azul que llenan cada habitación del edificio. Maggie se sienta en la lujosa silla giratoria detrás de su escritorio.

"Solo necesitamos una rápida puesta al día," dice, juntando los dedos como una malvada directora de escuela. Me siento intoxicada por mi ajetreada mañana, escapando de mi pasado; ¿o es el vino que tomé con el desayuno? Lucho contra el impulso de reír, pero una sonrisa se abre paso. Llevo mi mano a la boca para ocultarla. "Supongo que un mes libre te ha permitido ordenar tus pensamientos," me pregunta.

Si Maggie me hubiera dado una década libre, todavía no habría ordenado mis pensamientos. Los mismos pensamientos dan vueltas en mi cabeza como un tiovivo. Es como si mi cerebro disfrutara centrándose en mi pasado. En ella. Mi corazón, sin embargo, no lo hace, y me hace sentir como si me estuviera volviendo loca.

"Sí," miento. Realmente no necesito más agobios. Kelsey ha estado encima de mí desde que Maggie me echó, y no puedo molestarme en escucharlo más, especialmente de la quejica de Maggie. "Mis pensamientos están bien y verdaderamente ordenados."

"Bien." Maggie arruga la nariz hacia mí. "Debes saber que le he dado a la Sra. Mason peluquería mensual gratis durante los próximos seis meses, así que espera verla pronto."

Un gemido se escapa de mi boca.

"Yo no me quejaría si fuera tú, Michelle. Si no fuera por Kelsey, te habrían despedido hace mucho tiempo. Tienes suerte de tener a esa chica de tu lado."

Tiene razón. Cuando éramos adolescentes, éramos inseparables. Habríamos hecho cualquier cosa la una por la otra. Pero ahora, Kelsey me ha estado viendo alejarme durante años y sé que estoy patinando sobre hielo muy fino.

"¿Seis meses?" me quejo. "Parece un poco drástico."

Cuando Maggie se enfada, junta las yemas de los dedos. Ahora mismo, está presionando tan fuerte que parece que sus dedos van a romperse. No es sorprendente que esté enojada. Casi hago que demanden a la clínica, y si no fuera por Maggie trabajando su magia con la Sra. Mason, podría haberme denunciado por agresión. Debería agradecerle. Pero no lo haré. Estoy segura de que en el fondo sabe que estoy agradecida.

"Mira, Maggie. Esa mujer es una conocida criadora ilegal de cachorros. Y me estaba provocando," le digo por centésima vez.

"Sí, sí. ¡Eso no es excusa para golpearla, Michelle!"

"¿Golpear?" Me río. "Fue más bien un cosquilleo. Apenas la toqué."

"Llámalo como quieras. Estoy bastante segura de que la policía no estaría de acuerdo contigo." Maggie suspira. Ya ha tenido suficiente. "Esta es tu última oportunidad, Michelle. Si me llega el más mínimo indicio de que tu mala actitud está molestando a alguno de mis clientes o personal de nuevo, puedes despedirte de tu trabajo."

Ya sé todo esto. He presionado a Maggie tantas veces y todavía me sorprende que me haya mantenido. Supongo que ser la mejor amiga de la veterinaria principal tiene sus ventajas.

Capítulo Tres

MICHELLE

Salgo de la clínica sintiéndome llena de energía. Resulta que volver al trabajo ha sido bueno para mí. ¿Quién lo hubiera dicho? Jugar y acurrucarme con mis clientes de nuevo me ha proporcionado una buena dosis de felicidad, permitiéndome dejar ir, aunque solo sea por un momento.

Olvidar.

Decido caminar por el camino largo a casa pasando por el parque. La tarde es cálida mientras el verano se aferra al aire, y está húmedo como si se estuviera gestando una tormenta. Mirando de cerca, puedo ver el otoño comenzando a asomarse. Los árboles están tocados de rojo y algunas hojas están cayendo al suelo. Hay un olor terroso en el aire que ofrece una dulzura asociada con la descomposición.

Me encanta.

Respiro hondo, dejando que el aire me llene con una sensación de calma. Hoy es un buen día. Los buenos días son raros, así que intento grabarlo en mi memoria con afirmaciones positivas forzadas.

Estoy tranquila y en paz.

Estoy tranquila y en paz.

El parque está lleno de niños gritando, sus padres rezando para que puedan agotarlos para una pronta hora de dormir, para que luego puedan pasar la noche desplazándose por sus teléfonos e ignorando a sus parejas.

Reduzco la velocidad para observar el caos. El tobogán azul giratorio está teniendo éxito. Cinco niños están haciendo cola para su turno. Algunos se están empujando, mientras sus padres están de pie charlando. Una niña está llorando porque su amiga aplastó un insecto. Sonrío, imaginando a Kelsey y a mí a esa edad. Kelsey apenada y llorando; yo - la asesina.

"¡Jason!" grita una madre cerca de la puerta. Un joven con una mata de pelo negro rizado gira la cabeza para mirarla desde el carrusel. No se mueve. Tiene una expresión de desafío en su rostro que me hace reír. Este pequeño no se va a mover a ninguna parte.

"Jason. Es hora de irse." La madre está metiendo a un bebé diminuto en una de esas cosas de portabebés atadas a su cuerpo. Sus mejillas están rojas y tiene enormes bolsas bajo los ojos - el tipo que solo tiene la madre de un recién nacido.

Jason cruza los brazos, sacude la cabeza y, para rematar, da una patada en el suelo.

Me estremezco y siento que mi pulso se acelera y mis ojos se abren. Me apoyo en la valla para ver cómo se desarrolla esta escena. A menos que Jason se ponga las pilas bastante rápido, esto no terminará bien.

La madre agobiada lo llama una vez más, mirando alrededor para ver si alguien se ha dado cuenta. Al darse cuenta de que todos los ojos están puestos en ella, se dirige pisando fuerte hacia su hijo, el bebé rebotando contra su barriga redonda. El terror llega a los ojos de Jason mientras ella se acerca, y yo jadeo.

Ella agarra su brazo y lo arrastra hacia la puerta. "¡Mamá, no! ¡Me estás haciendo daño!" chilla Jason. Su voz me perfora los oídos. Intenta alejarse de ella, pero puedo ver sus dedos pellizcando su pequeño brazo.

Jason grita e intenta soltarse. Su madre lo gira para que la mire. "No te atrevas a gritarme así." No levanta la voz, pero su tono corta el aire. Todos fingen que no están mirando, pero sé que todos los ojos están observando cómo se desarrolla la escena.

Que alguien haga algo para ayudarlo, pienso. ¿Debería intervenir? Para mi horror, encuentro una lágrima corriendo por mi mejilla. Me la limpio y me dirijo hacia ellos. No me voy a quedar sentada viendo esta mierda. El niño tiene, ¿qué, cinco años? Alguien necesita defenderlo.

La puerta chirría cuando la empujo para abrirla. "¡Oye!" grito. "¿Está todo bien aquí?"

Tanto Jason como su madre se giran para mirarme.

"¿Y a ti qué te importa?" me escupe.

"Solo estoy comprobando si tu chico está bien." Me encojo de hombros. No puedo apartar los ojos de Jason, que ahora se está escondiendo detrás de los muslos regordetes de su madre.

"Oh, déjalo ya, señora. Vuelve cuando hayas tenido tus propios hijos. Por supuesto que está bien."

Toma a Jason de la mano, y él trota a su lado mientras se dirigen al aparcamiento donde les espera su Prius. Siento los ojos de todos sobre mí, pero cuando miro alrededor, todos desvían rápidamente la mirada.

Veo a la mujer alejarse conduciendo antes de salir del parque apresuradamente y continuar mi camino a casa, mi buen humor completamente destruido. ¿Debería haber intervenido? ¿Era mi lugar decir algo? ¿Estará Jason bien?

La vergüenza me abruma. La duda se arremolina en mi estómago. ¿Me habré pasado de la raya? ¿Es así como se ve una crianza normal? Me escabullo lo más rápido que puedo. Jason ciertamente parecía estar bien. Estaba limpio, feliz, y apretó la mano de su madre de camino al coche sin preocupación en el mundo. Acabo de hacer el ridículo.

Cuando era niña, soñaba con un caballero que viniera a salvarme de mamá, o un superhéroe o algo así. Nunca llegó. No me salvó. Sé que no soy una superheroína, pero también sé que si no hubiera dicho nada, no habría podido soportarlo. Mi culpa me habría carcomido como todas las otras cosas horribles que me han pasado. No, me alegro de haber defendido al pequeño. Aunque todo lo que hice fue avergonzarme.

El amor no era una característica prominente en mi hogar de la infancia. Mis padres no me amaban. Maldita sea, ni siquiera creo que se amaran mucho entre ellos. Todos simplemente existíamos en el mismo espacio. Yo era su pelota antiestrés humana, solo estaba allí para aliviar los dolores de la rutina diaria. Eventualmente, nuestros tenues lazos se rompieron, y pude dejar ir. Solo que nunca lo hice. Siempre permaneceré atormentada por su maldad.

Nunca pude entender la actitud de mis padres hacia mí. ¿Cómo se puede odiar tanto a un niño? A menudo me preguntaba si había hecho algo malo, algo para merecer mi castigo; pero ahora sé que lo único "malo" vivía dentro de mis padres. Era de ellos. Solo desearía poder dejar ir eso, en lugar de tener los mismos pensamientos de mierda dando vueltas en mi cabeza sin parar.

Una vez más contemplo la sugerencia de Kelsey de ver a un terapeuta, pero rápidamente la descarto.

Doblo la esquina hacia mi calle y, siendo una criatura de costumbres, me veo atraída hacia la tienda de la esquina. El incienso flota hasta mi nariz, envolviendo mis senos nasales en el espeso y embriagador olor. Los artículos se alinean en cada pared, aparentemente al azar, y tocan el techo - desde latas de judías, hasta estropajos y cometas de plástico. Seguramente es solo cuestión de tiempo antes de que la torre de cajas de bolsitas de té se derrumbe sobre la cabeza de alguna viejita. ¿Cómo es que nunca han demandado a Ravi?

"¿Todo bien, Ravs?" grito al gran trasero que sobresale de detrás del mostrador. Ravi se gira para mirarme, con su habitual sonrisa plantada en la cara. Me cae bien Ravi. Tiene una capacidad innata para animarme.

"Shelly," me llama, dejando caer una caja de mecheros en el mostrador. "¿Vienes por lo de siempre?"

"Solo si todavía están en oferta," le guiño un ojo.

"Para ti, siempre, mi flor."

Dejo caer dos botellas de merlot en el mostrador y tiro encima una bolsa de cacahuetes. Necesitaré cenar en algún momento, y soy una cocinera de mierda, así que los cacahuetes tendrán que servir. Igual que anoche. Y la noche anterior.

"Once libras con cuarenta, por favor, cariño." Ravi empuja el lector de tarjetas hacia mí, y lo toco con mi tarjeta.

"Nos vemos mañana," dice mientras arranca el recibo, con un toque de risa en su voz.

Le lanzo un saludo con la mano mientras salgo, llevándome mi actividad vespertina conmigo.

Entro por la puerta principal y veo a Kelsey sentada en el sofá, esperándome. Está fingiendo ver algún drama médico en la tele, pero en el segundo en que tiro mis llaves en el cuenco designado, se gira para mirarme, fingiendo sorpresa.

"¡Michelle! Hola. ¿Cómo ha ido hoy?"

"Bien." Me quito las botas y me doy cuenta de que he dejado huellas de barro por todo el pasillo. Kelsey sigue mi mirada y frunce el ceño.

"¿Algún... problema?"

"Me he portado bien, si es eso lo que insinúas." Joder, acabo de entrar por la puerta y ya me están sometiendo a un interrogatorio.

"Bueno, eso está bien. Maggie me dijo que todo estaba bien."

¿Ha hablado con Maggie? Entonces, ¿por qué coño se molestó en preguntar?

"¿Café?" pregunta, sintiendo mi molestia. Salta del sofá y junta las manos, luego se dirige a saltitos a la cocina. Sus leggings negros exageran sus largas extremidades. Parece un caballo sorteando obstáculos.

"No para mí, gracias." La sigo a la cocina y levanto mi bolsa, haciendo tintinear las botellas de cristal.

"Oh, Michelle. Otra vez no," gime.

"Está bien. Solo tomaré una y guardaré la otra para otro día."

Kelsey resopla. "No, no lo harás. He oído eso demasiadas veces. Te estás mintiendo a ti misma y a mí."

¿Quién se cree que es? ¿Mi madre? ¿Qué le importa a ella? Sé que solo se preocupa, pero a veces es tan... asfixiante.

"Mira, tienes turno mañana. Necesitas tener la cabeza despejada. Estás tan enfadada, y el alcohol lo empeora. ¿Por qué no tomas una taza de café y una galleta en su lugar? Tengo Jammie Dodgers..."

"Estaré bien. Deja de estresarte, ¿quieres?" Lo que anhelo decir es que tengo que beber. Me adormece. Las pesadillas siguen viniendo en oleadas, pero me importa un poco menos cuando bebo. Debería estar agradecida de no tener idea de lo que es sufrir tanto que una botella de vino es tu única escapatoria.

"Michelle," se queja Kelsey, dejando caer su máscara alegre. Me apunta con una cucharilla. "Respondí por ti ante Maggie. Mi cuello está en juego, y no puedo salvarte el culo otra vez. Maggie ya está rara conmigo. Resulta que me gusta mi trabajo y no quiero perderlo."

Por tu culpa... Las palabras no dichas bailan entre nosotras, pero las aparto.

Tomo un vaso limpio del escurridor y desenrosco el tapón de una botella. El líquido carmesí gorgotea ruidosamente en el vaso, y siento que mi lengua se humedece con anticipación.

"Oh, por favor, eres su niña dorada. Ella nunca se enfadaría contigo. Por favor, solo déjame en paz, ¿quieres? No te pedí que hablaras por mí." Sé que sueno como una completa malcriada, pero no puedo evitarlo. La verdad es que estoy muy contenta de seguir teniendo mi trabajo. A fin de cuentas, necesito pagar mi alquiler.

"No, pero alguien tiene que defenderte antes de que te autodestruyas." Kelsey suspira y vierte el agua ya burbujeante sobre una bolsita de té. "Michelle, estoy preocupada por ti, eso es todo. Necesitas resolver esto. No puedes seguir viviendo así. Esto no es vida."

Las lágrimas pican mis ojos y aparto la mirada. Vuelvo a la sala de estar para poner algo de espacio entre nosotras. Tiene razón, por supuesto. Siempre la tiene, pero necesita darse cuenta de que no hay salida para mí. Esta es mi vida. Esta soy yo.

Espera un momento... ¿qué es eso? Saco un calcetín perdido metido detrás de un cojín del sofá. Esto es raro. Kelsey no es de las que deja la ropa sucia por ahí, y estoy segura de que no es mío.

Es negro con rayas verde lima, y es enorme. Un calcetín de hombre. Miro a Kelsey, que ahora está asomándose por encima de mi hombro. Está sonrojada sobre su taza y sus ojos están abiertos de vergüenza. Nuestra discusión se evapora.

Le sonrío con malicia. "¿Hemos tenido un poco de diversión en el sofá, eh, Kels?" Puedo oír el tono de burla en mi voz, pero no me importa. Esto es tan fuera de lo común para Kelsey. Es tan recta que prácticamente es un cadáver, y estoy disfrutando de tener una sobre ella por una vez. "¿Qué fue? ¿Estilo perrito? ¿Vaquera invertida? ¿Un poco de... sexo oral? Debe ser un verdadero caballero si se quitó los calcetines por ti." Me río con un gruñido.

"Oh, Michelle, madura," me espeta y sorbe su té. Respira profundamente antes de lanzarse. "He conocido a alguien, de hecho." Su tono es tan serio que me trago mi burla de inmediato. Se sienta suavemente en el sofá y dobla las piernas debajo de ella.

Esto no puede ser una buena noticia. Siempre me he sentido segura sabiendo que Kelsey nunca me echaría, porque necesita a alguien con quien compartir el alquiler. Ahora, sin embargo, si esto es serio, puede que haya encontrado a alguien más para asumir la carga financiera. Y Kelsey no hace nada casual, así que esto no augura nada bueno.

Me siento en el borde del sofá junto a ella. Doy un gran trago y el vino se desliza por mi garganta con facilidad.

"Su nombre es Travis. Nos conocimos en la Feria Veterinaria de Birmingham. Él estaba allí acompañando a su hermana, que está estudiando para su título en ciencias veterinarias, y simplemente empezamos a hablar en un stand de juguetes para perros."

Mierda. Eso fue hace meses. Ha guardado este secreto durante mucho tiempo. Esto no pinta bien. "Entonces, ¿es serio?"

Ella asiente. Muevo las piernas para ponerme más cómoda y derramo un poco de vino en mi camisa. Miro la mancha, pero decido ignorarla. Las manos de Kelsey se contraen ante el desastre.

"Podrías habérmelo dicho." Sueno como una niña petulante y, por mucho que me obligue a simplemente parar y estar feliz por Kelsey, simplemente no puedo. Kelsey merece algo mejor que yo. Merece a este tipo Travis que la hace sonreír de oreja a oreja.

"Quiero que lo conozcas," dice, y yo gimo en mi vino. Sé que es grosero, pero realmente no quiero conocer al novio de Kelsey. Vivir con Kelsey siempre ha ofrecido una simplicidad que anhelo y ahora me preocupa que las cosas se hayan vuelto repentinamente mucho más complicadas. No quiero introducir a alguien nuevo en nuestras vidas. Tres son multitud, después de todo.

"Por favor, Michelle. Esto es importante para mí."

Y se lo debo. Las palabras flotan sobre nosotras. Kelsey me ha apoyado a través de tantas cosas. Todos los dramas en el trabajo, mis pesadillas, los ataques de ira. Ella ha estado a mi lado durante todo, y ahora necesito estar a su lado.

"Está bien," acepto. Aunque estoy mintiendo - y ella lo sabe.

Me llevo el vino a la cama.

Capítulo Cuatro

MICHELLE

El dolor desgarra mi cráneo y perfora mis globos oculares. Las botellas de vino están vacías en mi mesita de noche, junto con la botella de whisky que tenía escondida bajo mi cama. Ni siquiera recuerdo haber bebido eso.

Mi despertador me está gritando, forzándome a la consciencia. Anoche le hice una promesa a Kelsey de que me recompondría. Buscar un terapeuta o algo así. Beber menos. Ups - creo que es seguro decir que caí en el primer obstáculo.

En fin. Hoy es un nuevo día.

Me levanto de la cama y me tambaleo hacia el baño. Me cepillo los dientes en tiempo récord y me pongo los vaqueros y una camiseta limpia, pateando la camisa manchada de vino de ayer al montón de la ropa sucia.

Son las ocho y diez. Tengo exactamente veinte minutos para caminar la milla hasta el trabajo. Puedo hacerlo. Incluso con una resaca furiosa pesándome.

"Llegas tarde," grita Maggie desde el mostrador de recepción en el momento en que cruzo la puerta. Miro mi reloj: 08:33. Oh, por favor. Paso directamente junto a Maggie sin siquiera mirarla y me dirijo a la sala de peluquería, cerrando la puerta detrás de mí. Oigo a Maggie cotilleando con Sharon, sin duda sobre lo inútil que soy. A la mierda, mi primer cliente ni siquiera ha llegado todavía. ¿De qué hay que estresarse?

La bilis me quema la garganta, amenazando con hacer una obra de arte espectacular en el suelo de la sala de peluquería.

El dispensador de agua en la esquina de la habitación me grita y me bebo tres vasos, refrescando mis sentidos. Soplo aire a través de los labios fruncidos y con los ojos al cielo, busco a tientas una fuerza que sé que debe estar en mí en alguna parte. Mis respiraciones vienen en jadeos cortos y agudos e incluso yo puedo oler el alcohol pegado en la parte posterior de mi garganta. Me sirvo otro vaso de agua y lo bebo más despacio.

¿Por qué me hago esto a mí misma? Beber siempre parece una buena idea en el momento, pero luego mis resacas me dan una dosis masiva de arrepentimiento.

Me preparo, alistándome para enfrentar el día. Puedo hacerlo. Siempre que Maggie me deje en paz.

Doy gracias a Dios cuando mi primer cliente no aparece, dándome tiempo de sobra para sentarme y reflexionar sobre la revelación de Kelsey anoche.

Si conoció a este tipo Travis en la Feria Veterinaria, entonces han estado saliendo durante cuatro meses. Obviamente ha estado metiéndolo a escondidas en la casa, como lo evidencia el calcetín. Gimo de vergüenza. Es la casa de Kelsey, pero está metiendo invitados a escondidas. ¿Realmente cree que no puedo manejar las visitas? ¿O es porque está avergonzada de mí?

Kelsey tiene razón. Tengo que cambiar. Una cosa es arruinar mi vida, pero no puedo arruinar la suya también. Kelsey es un dolor en el culo a veces, pero tiene un corazón de oro. Merece ser feliz. No merece que yo le joda las cosas.

Saco mi teléfono del bolsillo y busco en Google terapeutas en la zona. Obtengo más de cien resultados. No me había dado cuenta de que hubiera tanta gente jodida en esta ciudad. Da miedo si lo piensas.

Hago clic en algunos y me encuentro con sonrisas y ojos empáticos. Me hace sentir náuseas de nuevo. No puedo hacer esto. No puedo tener esos ojos mirándome fijamente mientras expongo mi dolor interno. Simplemente no soy yo. Encontraré otra manera.

Golpeo mi teléfono contra la mesa y paseo por la habitación. No puedo cambiar. Lo sé, y me niego a dejarme llevar por falsas esperanzas. Debe haber una manera de hacer que Kelsey piense que lo estoy intentando. Si cree que estoy intentando cambiar, tal vez no me eche. Es decir, podría dejar el alcohol, pero eso es tan probable como que Maggie se convierta en una buena persona.

Sharon asoma la cabeza por el hueco de la puerta. "Michelle, tu cita de las nueve y media está aquí. Te va a encantar este perro. Es un gran desastre baboso - justo tu tipo," se burla Sharon. Ella es una persona de gatos.

Me levanto de un salto, lista para conocer a mi nuevo cliente.

Sharon tenía razón. Felix es una cosa hermosa. Es un bóxer de dos años lleno de tanta personalidad y chulería que quiero llevármelo a casa y quedármelo para siempre.

"Necesita un buen baño," me dice su dueña, Pamela, con el acento más pijo que he oído jamás. Claramente no creció con una cuchara de plata en la boca. Fue todo el cajón de los cubiertos. "Se ha revolcado en algo asqueroso, y no puedo quitarle el olor. ¿Y podrías cortarle las uñas mientras estás en ello?"

Sus ojos taladran los míos, sin desviarse ni una vez, incluso cuando Felix intenta con todas sus fuerzas llamar su atención con su mejor voz de cantante.

Yo solo asiento. De repente, soy muy consciente de mi acento de barrio obrero.

Pamela se va a hacer unas "compras rápidas", mientras yo masajeo a Felix con un champú suavizante para la piel. Huele a cítricos, y gime cuando paso mis dedos por su pelaje marrón chocolate. Cuando me detengo, me da golpecitos en las manos con sus patas, sus ojos ardientes ansiosos por que continúe.

"Oh, Felix." Me río de él. "Tenemos que secarte antes de que Mami regrese." Como si fuera una señal, Felix sacude gotas de agua por todas partes y me lanzo sobre él con una toalla. Lo envuelvo con ella y no puedo resistir darle un gran abrazo. Se queda quieto, aceptando mi afecto.

Esta es la terapia que necesito. Tal vez Kelsey me deje tener un perro. Mi estómago hormiguea de deseo. Pero mi esperanza se desvanece inmediatamente cuando recuerdo la última vez que tuvimos esta conversación. "Hasta que no puedas cuidar de ti misma, simplemente no creo que asumir una responsabilidad extra sea una buena idea." Probablemente tenía, y tiene, razón.

Estoy sentada en el suelo frente a Felix. Está arrodillado sobre sus patas delanteras, con el trasero en el aire como si estuviera a punto de saltar, meneando la cola furiosamente. Está esperando mi próximo toque en la nariz, pero la puerta se abre, arruinando nuestra diversión.

"Le caes bien," dice Pamela, acercándose sigilosamente detrás de mí. "Apenas notó mi llegada."

"Es un buen chico. Lo hemos pasado muy bien juntos," digo, dándole a Felix un último rasguño en la cabeza. Me dirijo al gancho junto al lavabo para coger su correa, luego la ato a su collar. Pamela extiende la mano y me quita la correa, sus ojos sin dejar mi cara cada vez más roja. Me siento expuesta.

Me mira entrecerrando los ojos. "Huele divinamente, también. Lo traeré más a menudo. Tal vez entonces mi casa huela menos a perro."

Finjo una risa. Realmente no tengo mucho que decir. Pamela claramente viene de la riqueza. Habla bien y viste un traje crema, acentuado por una blusa rosa pálido debajo. Enormes diamantes cuelgan de sus orejas. No puedo adivinar su edad exactamente. Tiene la piel de una mujer de cuarenta, pero el aire de alguien con una vasta experiencia de vida, así que la sitúo a principios de los cincuenta.

"Será mejor que me vaya. Cosas que hacer, gente que ver. Pero, ¿puedo darte una de estas?" Desliza una tarjeta de visita en mi mano. No es de extrañar que sea rica, promocionando su negocio dondequiera que va. "Actualmente estamos buscando voluntarios, así que si conoces a alguien que busque algo de experiencia, diles que marquen mi número. Aunque creo que podrías encontrarlo algo beneficioso para ti misma."

Asiento, le doy una sonrisa tímida y meto la tarjeta en el bolsillo trasero. No quiero tirarla mientras ella todavía está en la habitación.

Se dirige a la puerta, pero justo cuando estoy a punto de soltar un suspiro de alivio, se detiene en el umbral y tamborilea con los dedos en el marco de la puerta. Siento como si me estuviera leyendo. Me muevo hacia la mesa y cojo la toalla de Felix. La mesa se interpone entre nosotras, un escudo contra su escrutinio.

Luego, sin decir una palabra más, se va, con Felix trotando a su lado.

Me quedo congelada en el sitio. ¿Qué acaba de pasar? Saco la tarjeta del bolsillo y me dirijo hacia la papelera, pero la curiosidad puede más que yo y la miro. Déjame adivinar, ¿abogada? ¿Analista de negocios (lo que sea que eso signifique)? ¿Tal vez algún tipo de coach de vida? Algo que gane mucho dinero.

Levanto las cejas.

SPEAK UP - Dando Voz a Todos los Niños

Debajo de las palabras hay una dirección web y un número de teléfono. Doy la vuelta a la tarjeta y en la parte de atrás hay imágenes de niños sonriéndome, con los brazos envueltos unos alrededor de otros como si compartieran una broma privada.

Intrigada, saco mi teléfono del bolsillo del abrigo y tecleo la página web en Google.

La página web es una mezcla de amarillos y naranjas. "¿NECE-SITAS ALGUIEN CON QUIEN HABLAR?" pregunta un banner. "¿ESTÁS PASANDO UN MAL MOMENTO?"

Hay imágenes de niños acobardados. Niños en un mar de lágrimas, aferrándose a ositos de peluche en sus pequeñas manos. Cada músculo de mi cuerpo se tensa.

Los mensajes animan a los niños a llamar a la línea de ayuda si quieren alguien con quien desahogarse. Alguien a quien contar sus secretos; alguien en quien puedan confiar. Es un lugar seguro para niños que viven en trauma. Tiemblo mientras escaneo las palabras. No entiendo cómo este servicio debería necesitar existir. Vivimos en un mundo tan jodido.

Detrás de toda la charla de relaciones públicas, Speak Up es esencialmente un centro de llamadas para niños que necesitan alguien con quien hablar.

La línea de ayuda proporciona un hombro en el que llorar. Ofrecen consejo y una caja de resonancia. Todo con la esperanza de que equipará al niño con la confianza para actuar con valentía, levantarse y romper la cadena de abuso, sabiendo que hay personas ahí fuera para ayudarles.

Y todo esto está dirigido por Pamela Greene. Fundadora.

Qué mujer.

Las lágrimas corren por mis mejillas. ¿Dónde estaba Pamela cuando yo era una niña pequeña? Necesitaba esto. Una salida. Un lugar seguro.

Esto es perfecto.

Meto la tarjeta en mi bolsillo trasero de nuevo y continúo con mi día.

Intento concentrarme en mis clientes de la tarde, pero mis pensamientos siguen volviendo a Speak Up. No puedo quitarme la sensación de que esta mujer Pamela sabía que yo necesitaba esto. ¿Es esta la salvación que he estado buscando? ¿Mi terapia?

Salgo de la sala de peluquería a las cuatro en punto para ir a casa justo cuando Kelsey sale dando saltos de la sala de consultas uno. Lleva su uniforme azul marino y se está poniendo el abrigo. Hoy tiene un turno más tarde, así que me sorprende verla salir.

"¡Hey, Kelsey! ¿Adónde te escabulles?"

Kelsey se detiene en seco. "Difícilmente escabulléndome, Michelle. Es mi hora de comer." Una sonrisa se desliza por su cara y ladea la cabeza. Es su movimiento característico cuando cree que te ha pillado. "Pareces animada. ¿Buen día?"

"¿Lo parezco? Oh." No creo que nadie me haya calificado jamás de "animada", y no me gusta. "Supongo que estoy de buen humor."

"¿Te apetece ir a tomar un café? Tengo poco más de una hora hasta que Jasper venga para la diálisis."

"Oh, pobre Jasper. Echo de menos a ese Cocker loco." Jasper solía venir a mí para el aseo regular, pero sus dueños ya no pueden permitírselo ahora que le han diagnosticado una enfermedad renal. Miro mi reloj. ¿A quién intento engañar? No tengo ningún sitio al que ir y no quiero ir a casa solo para sentarme sola. Lo sé, y Kelsey lo sabe.

"Claro," digo, sorprendida por el entusiasmo en mi voz. Tal vez sí que estoy animada esta tarde.

Hoy se siente bien.

Caminamos con el viento huracanado hasta la cafetería de la esquina. Es uno de esos lugares que apesta a grasa, y hay suciedad untada por las paredes, pero la comida es tan jodidamente deliciosa que se puede perdonar la asquerosidad general.

Cada una cogemos un taburete en la barra del desayuno junto a la ventana. Kelsey pide una ensalada de atún y un cartón de Ribena, y yo opto por un sándwich de beicon y huevo y una lata de cerveza de jengibre. No recuerdo la última vez que comí adecuadamente y se me hace la boca agua cuando hago mi pedido. Es el antídoto perfecto para mi resaca persistente.

Esperamos nuestra comida en silencio, viendo pasar el mundo. Kelsey se recuesta en su taburete sin una preocupación en el mundo. Envidio su actitud relajada. Me muerdo las uñas y contemplo el yin y el yang de nuestra relación.

Finalmente, rompo el hielo.

"Siento cómo actué ayer. Debería haber sido más comprensiva con todo el asunto del novio." Me estremezco al recordar nuestra conversación. Después de aceptar conocer a Travis, me fui hecha una furia como una adolescente malcriada. Evité a Kelsey toda la noche después de eso.

"No es mi novio." Kelsey se sonroja.

"¿Pero quieres que lo sea?"

Kelsey tamborilea con los dedos sobre la mesa y observa ávidamente a un hombre que cruza la calle, con el viento azotando su abrigo alrededor de él. "Sí," admite finalmente. "Michelle, realmente me gusta. Creo que a ti también te gustará, si le das una oportunidad."

"Bueno, si te gusta, debe ser un chico realmente bueno," digo, intentando darle a Travis la oportunidad que Kelsey merece. O, al menos, fingir que lo hago. "Así que ya me cae bien."

Kelsey se muerde el interior de la mejilla y sigue mirando por la ventana. Finalmente, hace contacto visual conmigo y sonríe. Se ve impresionante. A diferencia de mí, Kelsey nunca usa maquillaje, pero simplemente no lo necesita. Mi delineador de ojos es mi armadura, y mi caparazón es tan frágil que tengo que aplicarlo grueso. Kelsey se ve tan fresca a mi lado. Sus ojos de Bambi son enormes y sus pestañas revolotean como una puta princesa de Disney. Es una vaca con tanta suerte.

Me aprieta la mano en mi regazo. "Gracias, Mich," chilla en mi oído.

La camarera deja nuestros platos en la mesa y vuelve a jugar con su teléfono detrás del mostrador. Me froto las manos ante la perspectiva de mi comida caliente.

"¿Qué te ha pasado hoy? Estás diferente." Kelsey me da un golpecito en el hombro, haciéndome erizar.

"¿Diferente?"

"Sí. Como, entusiasta."

Me río. Es ridículo que mi felicidad sea un shock para ella. Necesito trabajar en eso.

"¿Sabes que me sigues diciendo que encuentre algo que me ayude a sanar? Bueno, creo que lo he encontrado." Me meto más sándwich en la boca.

"¿Estás viendo a un terapeuta? Oh, Michelle, ¡esa es una noticia increíble! Sabía que resolverías algo."

"No, no un terapeuta." La yema del huevo me gotea por la barbilla y me inclino sobre Kelsey para coger una servilleta. "Voy a ser voluntaria en una organización benéfica local."

Hay una pausa mientras Kelsey procesa lo que acabo de decirle. "¿Haciendo qué?"

Buena pregunta. En realidad no había pensado en eso. Mis pensamientos han sido principalmente sobre la organización en sí, no sobre mi papel en ella. Saco la tarjeta de mi bolsillo y la deslizo por la mesa hacia Kelsey. Ella la coge y le da la vuelta varias veces, examinándola.

"Esto parece perfecto para ti," dice finalmente, con una sonrisa extendiéndose por su cara. "Oh, Michelle. Me alegro tanto por ti. Este puede ser el nuevo comienzo que desesperadamente necesitas."

CAPÍTULO CINCO

TEDDY

Mami me dijo que saliera a tomar el aire fresco. Así que estoy de pie en el patio trasero.

Ojalá tuviéramos un jardín más grande. Con césped. Y espacio para correr un poco.

Está lloviznando afuera y hace tanto frío que me pica la piel. Las nubes están muy bajas y de un gris muy oscuro. Creo que pronto va a llover a cántaros.

Voy a sentarme en la esquina junto al cobertizo donde me gusta contar las losas del suelo. Catorce. Las he contado una y otra vez, y me aburro rápidamente.

Una vez, cuando Mami se balanceaba de un lado a otro y estaba de muy buen humor, me llevó a un parque. Estaba oscuro afuera y muy silencioso, así que creo que era de noche, pero me divertí muchísimo. Todavía puedo recordar la sensación de cosquilleo en mi barriga cuando bajé por el tobogán.

Mami puede ser una buena persona a veces.

Pero no muy a menudo.

A veces me gusta imaginar que estoy de vuelta en ese parque. Estoy pensando en ello ahora. Pienso en lo que pasaría si abriera la puerta del jardín y me fuera. ¿Se darían cuenta si me escapara un ratito para jugar en los columpios?

Esa es una idea estúpida. No sé cómo encontrar el parque por mi cuenta.

"Idiota de mierda," murmuro para mí mismo, golpeándome la frente con la mano.

"Oh tío, hace frío hoy," el susurro viene por encima del muro. El clima es nuestra contraseña secreta. Robert lo pensó hace un tiempo. Es muy listo. Debes aprender mucho en la escuela.

"Está bien," susurro de vuelta. "Están durmiendo en el sofá. Solo sé muy silencioso."

"Vale. Mami quiere hablar contigo. Espera." Oigo sus pies saltar por las losas en su patio trasero. Encojo los pies y abrazo mis rodillas contra mi pecho. ¿Por qué su mami quiere hablar conmigo? ¿Va a regañarme por hablar con Robert? Probablemente no quiere que alguien como yo hable con Robert.

Mi corazón late muy rápido. Espero que sea silenciosa. Espero que no pida hablar con mi mamá. Me pongo de pie otra vez y espero, saltando de un pie a otro.

Ojalá tuviera algún lugar adonde correr. Algún lugar donde esconderme. Pienso en esconderme en el cobertizo, pero está oscuro ahí dentro y realmente no quiero que me muerda una araña. Odio mucho las arañas.

De repente, la cabeza de una señora aparece por encima del muro. Es la primera vez que veo a alguien de la casa de al lado. El muro es más alto que Papi. Me imagino que la mami de Robert está de pie en una silla o escalón.

Me gusta su cara; se ve más bonita que mi mami y tiene menos líneas en la cara. Su pelo está peinado en un bonito moño en la parte de atrás de su cabeza y algunos mechones se han soltado alrededor de su cara. Se ve amigable. Agradable.

Retrocedo contra la puerta del cobertizo, tratando de poner algo de espacio entre nosotros.

"Tú debes ser Teddy." Está susurrando. Robert debe haberle dicho que se mantuviera callada, así que mi respiración se ralentiza un poco. "Soy Stacey. Es un placer conocerte por fin. Bobby me ha contado todo sobre ti." Me sonríe, pero sus ojos se ven tristes. "¿Tu mamá y tu papá no están por aquí?"

"Están durmiendo," digo.

"¿Duermen mucho, verdad?"

"Solo después de que han bebido o tomado sus medicinas." No me gusta la mirada que esta señora me está dando. Parece enojada. ¿Va a regañarme?

Pero, solo chasquea la lengua y mira hacia la casa.

"¿Toman sus medicinas a menudo?"

Miro al suelo. Me siento mal hablando con esta señora sobre Mami y Papi.

Ella sigue hablando, y me dan ganas de llorar. "Los oigo a través de la pared a veces. Gritando y chillando. Mi hombre, Barry, me dijo que no me metiera, pero tengo que hacer algo. ¿Sabes?"

Pero, no sé. No sé qué está pasando. Solo quiero entrar. No quiero que esta señora me hable más.

"Los llamé pero los servicios sociales fueron absolutamente inútiles. Mi hermana me dijo que tardan un tiempo, aparentemente no tienen suficientes recursos, pero esto es simplemente ridículo. No están haciendo absolutamente nada." Mira hacia abajo donde creo que Robert debe estar de pie.

No sé qué está diciendo. ¿Quiénes son los servicios sociales? ¿Qué deberían estar haciendo? ¿Les ha contado sobre mí?

"Seguiré insistiendo por ti, pobre niño. Te llevaría yo misma si no se considerara secuestro."

Hay un ruido dentro de la casa y mi estómago se retuerce. Giro la cabeza rápidamente para ver qué hizo el ruido. Por favor, que mi mami no vea a esta señora.

No hay nadie allí.

La señora me está mirando, con los ojos entrecerrados. "Haremos esto rápido," dice, lanzando algo por encima del muro hacia mí. Miro hacia abajo. No quiero recogerlo. Es solo una pequeña tarjeta con un número grande. "Llama a estos tipos si necesitas ayuda."

Mi cuerpo reacciona y recojo la tarjeta. La miro fijamente. No sé qué decir.

"Tienes un teléfono fijo en casa, ¿verdad?"

Asiento, pero no sé por qué. No se me permite usarlo.

"Bueno, copia esos números de esa tarjeta en el teléfono, y entonces alguien estará al teléfono para ayudarte. Necesitas hablar con un profesional. Alguien que pueda sacarte de este agujero de mierda."

"¡Mamá!" murmura Robert desde el otro lado del muro.

Stacey lo mira y sonríe. "Lo siento, cariño, no debería haber dicho una palabrota."

Miro hacia la casa. No hay sonidos que vengan de adentro; nadie se está moviendo. Si entrecierro los ojos para mirar a través de las cortinas de red, puedo ver a mi mami reclinada en su sillón, con la boca abierta, probablemente roncando.

Recuerdo que Mami y Papi recibieron una carta hace unas semanas. Mami la abrió y su cara se puso roja brillante. "¿Le contaste a alguien sobre nosotros?" Le dio la carta a mi papá, quien la leyó, moviendo la boca mientras leía. Sabía que la carta era sobre mí, porque seguía mirándome. Intenté aplastarme contra el respaldo del sofá para esconderme, pero no sirvió de nada. Me golpearon de todos modos.

"¡Teddy!" Papi me llama desde la casa, haciéndome saltar del susto. Debe querer que le traiga una cerveza. Miro a la señora, rezando para que se vaya antes de que él salga.

"Mantente a salvo, ¿quieres, niño? No puedo soportar pensar en lo que te están haciendo en ese infierno."

"Nos vemos luego, Teddy," Robert grita desde el otro lado del muro. Me lo imagino sosteniendo la mano de su mamá mientras vuelven a su acogedora casa donde guardan sus juguetes y abrazos.

Pasos.

"¿Dónde estás? Más te vale no estar ignorándome, pequeña mierda."

Corro de vuelta a la esquina donde estaba sentado antes, metiendo la tarjeta en mis pantalones justo cuando Papi abre la puerta.

"¡Oye! ¿Qué crees que estás haciendo? Ya podría haberme traído mi puta cerveza yo mismo. ¡Entra aquí, ahora!"

No necesito que me lo digan dos veces. Me aprieto para pasar junto a su cuerpo enorme en la entrada y tomo mi lugar en el borde del sofá, esperando mis próximas órdenes.

La tarjeta se me clava en la parte superior de la pierna, y me siento emocionado y nervioso al mismo tiempo.

Solo tengo que esperar a que salgan, y voy a llamar a esta persona. Voy a ser valiente.

Capítulo Seis

MICHELLE

Me siento mareada. Mi mente va a cien por hora. Hablar con Pamela por teléfono sobre el voluntariado fue abrumador. Su voz subió una octava cuando me presenté, y me encontré rápidamente concertando una cita para reunirnos solo para acabar con la alegría. Luego pasé dos días en un ataque de nervios, anticipando lo que podría traer esta noche.

El pub Rose and Crown está justo al final de la calle de las oficinas de Speak Up, y no puedo resistirme a entrar a tomar una copa rápida de vino para calmar mis nervios. Después de una, mi estómago todavía se siente revuelto, así que me tomo un rápido bourbon antes de irme. Todavía me siento como una mierda, pero voy a llegar tarde, así que me echo el bolso al hombro y salgo a la lluvia.

Mientras me acerco al edificio ahora, estoy tan nerviosa que me preocupa morderme el labio hasta atravesarlo. No sabía qué ponerme, así que opté por mis vaqueros negros más elegantes y una camiseta verde oscuro lisa debajo de mi chaqueta de cuero. No tengo otros zapatos decentes, así que mis botas tuvieron que servir.

¿Dónde demonios está? La dirección que me dio Pamela es una tienda de muebles de segunda mano. ¿Es esto una broma? Voy y vengo por la calle varias veces y estoy a punto de rendirme e irme a casa a por una botella de vodka, cuando oigo a Pamela llamarme.

"¡Michelle, por aquí!" Su voz es cantarina, como si estuviera haciendo una audición para Sonrisas y lágrimas.

Me dirijo hacia ella, y me saluda junto a una pequeña puerta gris metida en un pequeño nicho al lado de la tienda de muebles. Lleva un vestido hasta la rodilla del azul más pálido, su diminuta cintura ceñida con un ancho cinturón dorado. Me siento desaliñada en comparación.

Para mi vergüenza, me da la bienvenida con un abrazo que no puedo corresponder, así que se aferra a mi forma inerte, inconsciente de mi incomodidad. Huele como si se hubiera bañado en Chanel N° 5.

"Estoy tan contenta de que hayas venido. Sube y conoce al equipo," dice, abriendo el camino.

Subimos por las escaleras desvencijadas y entramos en las oficinas que están encima de la tienda de muebles. El área de recepción es luminosa y espaciosa, y me sorprende oír un bullicio de ruido que me recibe mientras nos acercamos a la oficina principal. Pamela abre la puerta a una sala de planta abierta pintada de un vibrante tono amarillo. Es un marcado contraste con el clima húmedo del exterior.

Debe haber unas veinte personas aquí, todas sentadas detrás de escritorios y con auriculares puestos en la cabeza o bajados alrededor del cuello. Algunos están entre llamadas, así que me dan un alegre "hola". Otros me saludan con la mano, charlando por teléfono. Un par no levantan la vista, aparentemente demasiado absortos en su conversación.

En el centro de la sala, una chica con el pelo rojo brillante está sentada con la cabeza entre las manos. Me compadezco de ella. Puedo sentir su angustia desde aquí. Pero, entonces un hombre barbudo que se parece a Papá Noel rueda su silla hacia ella y le pone una mano en el hombro.

La atmósfera es de apoyo y amabilidad, y siento que mi dura coraza se agrieta un poco. Pamela me lleva a su oficina en el otro extremo del centro de llamadas. Se deja caer en el asiento detrás de su colosal escritorio y me indica que me siente frente a ella.

"Muchas gracias por venir esta noche. Realmente apreciamos el apoyo." Se reclina en su silla giratoria y presiona sus manos manicuradas sobre el escritorio. "Tengo un par de voluntarios que volverán a la universidad pronto, y me preocupa que nos quedemos con muy poco personal para lograr el impacto al que nos hemos acostumbrado." Me sonríe, esperando una respuesta, pero no sé qué decir.

"Em. No hay problema. ¿Qué es lo que necesita que haga?" Cuando hice esta pregunta por primera vez durante nuestra conversación telefónica, Pamela fue vaga y me despachó con un montón de palabras de moda de caridad, algo sobre orientación e impacto.

"Atenderás llamadas, por supuesto," dice, encogiéndose de hombros. "Necesitamos más consejeros telefónicos para escuchar a los niños en problemas." Lo dice como si fuera obvio, pero las alarmas suenan fuerte en mi cabeza.

No estoy cualificada para hablar con niños maltratados. Pensé que estaría haciendo algo de archivo o algo así. No, esto no es lo mío. No puedo hacer esto. ¿Cómo me salgo de esto? Me muevo en mi asiento y apunto mis pies hacia la puerta.

Pamela percibe mi inquietud. "Michelle, puedes relajarte. Yo personalmente proporcionaré una formación adecuada y exhaustiva." Su sonrisa alivia un poco mi incomodidad, pero mi estómago sigue dando volteretas. ¿Esta mujer suele tomar un interés personal tan grande en todos sus voluntarios? Algo me dice que no. Es demasiado importante, seguramente.

"Supongo que has leído sobre Speak Up y lo que hacemos."

Asiento. He leído la página web una y otra vez. Pamela ha ganado premios por su excelencia caritativa.

"Entonces, ¿sabes el tipo de casos que manejamos?"

"Sí, creo que sí. Niños que son golpeados y esas cosas."

"Sí, pero no siempre. El abuso viene en todas las formas, tristemente. Pueden ser descuidados, pueden ser abusados sexualmente; o sí, el daño físico es un denominador común, como dices. Queremos ser un oído para los niños cuando necesitan hablar. Ofrecemos consejo y amabilidad. Y siempre prometemos confidencialidad. Un niño siempre puede permanecer anónimo hasta que esté listo para hablar por sí mismo, o dejarnos hablar en su nombre."

¿Consejo? ¿Amabilidad? ¿Dónde está la acción? ¿Dónde está la ayuda real?

"Entonces, ¿no los ayudan realmente?" ladro. No puedo mantener mi tono neutral. ¿Cuál es el punto de esto si no los sacan de allí? Detener el abuso. ¿De qué sirve hablar si no toman acción?

"Los ayudamos, Michelle. Solo nos damos cuenta de que estas cosas llevan tiempo. He denunciado más de cien casos a los servicios sociales desde que comencé este proyecto hace veinticuatro años. Eso son más de cien niños que no habrían sido ayudados de otra manera. Sin mencionar a los niños que han encontrado el coraje de buscar ayuda por sí mismos. O a veces solo tenemos que conformarnos con saber que hemos hecho mejor la vida de un niño durante los pocos minutos que estuvimos al teléfono con ellos."

Bebo un sorbo del vaso de agua frente a mí, con las manos temblorosas. Tengo la garganta seca y me cuesta tragar, pero espero que la distracción me impida romper a llorar. Es como si Pamela hubiera pinchado mis puntos de dolor con un alfiler afilado.

"¿Nos ayudarás, Michelle?" pregunta Pamela. "Realmente creo que serás un activo para el equipo."

Quiero correr y no volver nunca. Pero una parte más grande de mí quiere envolver con mis brazos a cada niño que está pasando por lo que yo tuve que soportar, y esto sería un comienzo. Puedo hablar. Ofrecer amabilidad.

Puedo ayudar a sacarlos.

Además, tal vez esta es mi oportunidad de arreglar el desastre que mamá dejó en mi corazón.

Asiento. "De acuerdo. ¿Qué necesito hacer?"

Pamela me da un tour relámpago por la oficina. Me presentan al equipo. Todos charlan alegremente conmigo, como si esta oficina no estuviera llena de miseria y devastación. Admiro su capacidad para desconectarse de cada llamada telefónica, y rezo por tener la fuerza para hacer lo mismo.

Pamela me lleva a un escritorio escondido en la esquina donde está sentada una mujer que se parece a Shrek. "Esta es Lisa, nuestra Gerente de Oficina. Además de atender llamadas, se encarga de las tareas diarias de la oficina y se ocupa del horario del equipo. Si necesitas algo, no dudes en hablar con ella."

Lisa se quita los auriculares. "Encantada de conocerte," dice con una voz sorprendentemente femenina. "Nos vendría bien otro par de manos." Sus cejas permanecen fruncidas y su boca se aprieta en una mueca. No parece encantada de conocerme. Parece que ha pisado mierda de perro.

"Hola," murmuro. Mis mejillas se sienten calientes. Los brazos de Lisa son tan gruesos como árboles. Creo que podría lanzarme por la habitación como una jabalina, y tengo que luchar contra la tentación de esconderme detrás de Pamela.

Para mi alivio, Pamela agradece a Lisa y me toma del codo. Me lleva a la cocina, donde enciende la tetera. "No te preocupes, Lisa es gruñona con todos. Está en su naturaleza." Saca dos tazas de un armario sobre el fregadero. "Yo haré la mayoría de tus observaciones. Lisa está aquí principalmente para mantener a todos en línea. No puedo tener gente que me prometa el mundo y luego simplemente no aparezca. Los niños necesitan consistencia. Lisa es el músculo de la operación. Hace un trabajo fantástico. ¿Eres más de té o de café?"

"Café, por favor. Negro, con un azúcar," digo, pero realmente podría asesinar por un vodka ahora mismo.

Pamela coloca una taza llena de café humeante con el emblema de Speak Up en la mesa y la acuno entre mis manos, el calor calmando mis dedos temblorosos.

"¿Siento que te sientes un poco incómoda?" Pamela me pregunta, sentándose frente a mí en la pequeña mesa. Nuestras rodillas casi se tocan, y alejo mi cuerpo de ella.

La forma en que Pamela me mira me trae un nudo a la garganta. Esta mujer es cariñosa. El amor corre por sus venas. Se inclina hacia adelante, como si quisiera agarrar mis sentimientos destructivos y llevárselos.

Y anhelo dárselos. Lleno mis pulmones de aire.

Es hora de ser honesta. He estado ahogándome durante tanto tiempo, y cada vez que Kelsey me ha lanzado un salvavidas, ha fallado. Tal vez Pamela, con toda su experiencia, tiene mejor puntería. Tengo que intentarlo al menos.

"No estoy segura de poder hacer esto, Pamela," admito.

Pamela asiente y sorbe su té afrutado. "Pensé que dirías eso. La mayoría de la gente lo hace. Pero creo que eres más capaz de lo que te das cuenta. Veo una fuerza en ti." Sus ojos brillan hacia mí y quiero creerle, pero siento que hay un muro enorme entre nosotras. "Hay algo en ti. Una cierta cualidad que he estado buscando."

"Pamela..." me detengo. No sé cómo decirle que no soy quien ella cree que soy. No soy especial, y definitivamente no soy lo suficientemente fuerte como para hablar con niños que necesitan ayuda. La ayuda que yo tan desesperadamente necesité, hace tantos años. No sé cómo explicar lo egoísta que soy por querer huir.

"Por favor, llámame Pam. Habla conmigo. Aquí no hay juicios." Se recuesta en su silla, sosteniendo su té rosa intenso.

No puedo. Solo puedo sentarme en silencio, mirando una mancha marrón en la mesa. Es un punto muerto. Ninguna de las dos quiere romper el silencio. Pamela - Pam - está completamente tranquila y ajena a mi temperatura en aumento. Mis axilas se sienten húmedas, y aprieto mis brazos a mis costados.

Entonces el ruido dentro de mi cerebro se vuelve demasiado fuerte, y estallo.

"Fui abusada. Ya sabes, cuando era niña." Las palabras salen de mi boca. No tengo idea de dónde vinieron. "Desde que tengo memoria, pasé la mayoría de las noches durmiendo en el garaje. Mi madre me golpeaba y me empujaba por la puerta trasera a esta caja fría y oscura. Era como un ataúd." Escupo las palabras como si fueran tóxicas.

Luego se han ido. Es como si un gran peso se hubiera levantado de mis hombros. Las lágrimas pinchan mis ojos y las parpadeo antes de que caigan.

Pam solo asiente, animándome a continuar. Realmente es buena en esto.

"Y no sé si puedo hacer esto. Ya sabes, hablar con estos niños. Si no pude ayudarme a mí misma, ¿cómo se supone que los ayude a ellos?

Sería como si estuviera fingiendo. Mintiéndoles." Para mi horror, una lágrima se escapa y se desliza por mi mejilla. Me la limpio con la manga.

"Pero, ¿no lo ves? Es tu historia la que te equipa con las habilidades exactas que estos niños necesitan. Sabes lo que es estar en sus zapatos, así que sabes lo vital que es ayudarlos. No pudiste escapar de tus padres porque no tenías a alguien como tú de tu lado. Estos niños te necesitan.

"Michelle, el dolor que experimentaste es tu fuerza. Algo bueno puede salir de todo ese lío."

Más lágrimas se deslizan por mis mejillas, pero ahora las dejo caer. El calor me invade y la carga que he estado llevando en mi pecho durante toda mi vida se rompe un poco. La presión se reduce y mi cabeza se aclara. Lentamente, coloco mi taza en la mesa y luego entierro mi cara en mis manos.

Capítulo Siete

MICHELLE

Kelsey me grita cuando entro por la puerta. Son las diez y estoy agotada y lista para meterme en la cama, pero Kelsey tiene otras ideas.

"¿Cómo ha ido?", me pregunta, empujando una copa de champán en mi mano. Arrojo la carpeta de anillas que Pam me dio sobre el sofá, agradecida de soltar el peso físico y metafórico, y doy un sorbo al líquido burbujeante. Creo que es prosecco, pero algo sabe un poco raro. Aquí pasa algo sospechoso. Doy otro sorbo y observo cómo las mejillas de Kelsey se sonrojan. Por el amor de Dios, es sin alcohol.

Menuda celebración.

Kelsey se desploma en el sofá y se gira para mirarme.

"Bien", le digo. "Eso creo". Ciertamente me siento un poco más segura ahora, pero decir que ha ido bien quizás sea exagerar un poco.

Kelsey parece que va a estallar. Lo entiendo. Ha estado aguantando mis cambios de humor y comentarios francamente ofensivos durante años. Soy un completo desastre y ella siempre ha estado ahí para limpiarme. Mi inesperado cambio de entusiasmo debe ser una bendición para ella.

Se ha encendido un fuego dentro de mí, y no sé qué ha causado la chispa. ¿Fue Speak Up? ¿Pam? ¿Yo?

"¿Qué harás allí?"

Me encojo de hombros. Si parezco demasiado entusiasmada, Kelsey hará un gran drama de ello, y sé que solo alimentará mis nervios. "Contestar llamadas. Asesoramiento. Pero primero tengo un montón de cosas que aprender". Señalo la carpeta que yace junto a ella, que contiene todo lo que necesito saber sobre Speak Up y mi papel en ello. "Una lectura ligera", bromeo, imitando a Pam.

Kelsey silba. "Bueno, eso te mantendrá ocupada", dice. Pero sé lo que quiere decir: algo para evitar que bebas. Quizás tenga razón.

Sonrío, pero la tristeza me invade mientras veo a Kelsey hojear mi archivo. Kelsey parece tan aliviada por mi cambio de actitud, y finalmente veo las cosas a través de sus ojos. He sido muy injusta con ella. Quiero a Kelsey. Es la única persona que tengo en todo este maldito planeta, y la he tratado como una mierda. He dicho cosas crueles.

Mi mente retrocede a una pelea que tuvimos hace unos meses. Había dejado una taza manchada de café en mi habitación hasta que creció un hongo asqueroso, y genuinamente pensé que estaba ayudando al dejarla en el fregadero sin lavar.

Kelsey, que normalmente es tan jovial, perdió los estribos conmigo.

"¡¿Qué coño te pasa?!", gritó, lanzando la taza a la basura. Yo simplemente me quedé allí, mis ojos moviéndose entre los fragmentos de la taza en la basura y Kelsey con las manos en las caderas, su pelo oscuro y ondulado alborotado. No podía entender qué la había hecho estallar. ¿Era algo del trabajo? Siempre se emociona cuando ha tenido que sacrificar a un animal, pero normalmente me dice cuando necesita algo de espacio. No podía entender por qué estaba tan irritable.

Era una maldita idiota.

"Limpia tu propia mierda, Michelle. Y ya que estás, arregla tu puta vida".

Luego se fue furiosa con lágrimas en los ojos. Me quedé allí en shock. Nunca había visto a Kelsey tan enfadada y su arrebato me había desconcertado por completo.

Era una imbécil. ¿Cómo ha podido aguantarme durante tanto tiempo?

Tengo ganas de abrazarla, pero lo descarto. Paso a paso.

Hablar de mí me hace sentir expuesta, así que desvío la conversación hacia ella.

"¿Cuándo quieres que conozca a Travis? Tengo grandes expectativas para este súper bombón, ¿sabes? No dejaré que cualquier pardillo esté contigo".

Kelsey se ríe y aparta la mirada. No está acostumbrada a que yo sea amable. Maldita sea, ni siquiera yo estoy acostumbrada a ser amable. Me pone los nervios de punta.

"¿Qué tal la semana que viene? Está trabajando de noche esta semana". Me mira con los ojos bien abiertos. Instintivamente empiezo a negar con la cabeza, pero me detengo. No puedo borrar esa mirada ansiosa de su rostro. No ahora que nos estamos llevando tan bien.

"Suena bien", digo. Me bebo el resto de mi decepcionante bebida y me despido. Quiero devorar algo de este papeleo antes de irme a dormir. Por absurdo que suene, quiero destacar en esto.

Dejo a Kelsey con cara de satisfacción. Como si hubiera ganado una batalla épica.

Supongo que lo ha hecho. Supongo que ambas lo hemos hecho.

El archivo es horripilante. Contiene caso tras caso de niños que han pasado por mucho más de lo que yo pasé: palizas, hambre, violaciones.

Niños que nunca han experimentado el amor. Un niño en Escocia ni siquiera había experimentado la luz. ¿De qué coño va eso?

Según el archivo, hace poco más de dos años, un niño pequeño se puso en contacto con Speak Up después de encontrar a su madre golpeada hasta la muerte por su ex novio. Había estado muerta en el suelo del salón durante cuatro días antes de que él encontrara el valor para llamar. Había estado comiendo la comida del congelador y durmiendo junto a su cadáver sólido cada noche.

Tenía cuatro años.

Estoy agotada. Ni siquiera puedo obligarme a leer las transcripciones de las llamadas de ejemplo hechas a la organización benéfica. Se siente como un puñetazo en el estómago, y no sé si puedo ayudar a estos niños. ¿Qué les digo? Los que trabajan allí deben ser una especie de superhéroes, sin las capas.

No soy una superheroína; ni siquiera soy adecuada. Solo soy una perdedora promedio.

Sintiéndome abatida, empujo el archivo al final de la cama y me quedo dormida.

Es la primera noche en meses que no he bebido para calmar mis nervios. También es la primera noche en años que no me he despertado llorando.

Capítulo Ocho

MICHELLE

"Buenos días", saludo al equipo de recepción mientras entro a trabajar. Se miran entre ellos antes de devolver un inseguro "hola". Me río. Esta versión más feliz de mí es hilarante. Me divierte confundir a la gente.

Paso la mañana frotando a un perro con sarna y peleando con un bulldog francés para que se bañe. Acabo más mojada que él, pero al menos está limpio y ahora somos mejores amigos.

A la hora del almuerzo, decido salir a tomar un poco de aire fresco. La ventana de la sala de peluquería solo se abre unos centímetros, y a menudo me entra claustrofobia.

El sol brilla de manera inusual para mediados de septiembre, y quiero aprovechar el impulso de vitamina D. Mientras me dirijo al campo al otro lado de la calle del consultorio, oigo que alguien grita mi nombre.

"¡Michelle! ¿Has terminado el trabajo por hoy?"

Me doy la vuelta y veo a Pam y a un Felix babeante corriendo hacia mí. "Estoy en mi descanso para almorzar. Puedes traer a Felix a las dos, si te viene bien".

"Oh, no, todavía está fresco como una lechuga. Solo estamos dando un paseíto". Miramos cómo corre a olfatear lo que parece curry, pero podría ser igualmente un montón de vómito. "Bueno, quizás no esté tan fresco como una lechuga. ¿Tan fresco como un cubo de basura, tal vez?", continúa Pam sin siquiera reconocer el hecho de que su perro está devorando el mejunje. "¿Puedo invitarte a almorzar? Para agradecerte lo de ayer. Aprecio que no pudo haber sido fácil para ti".

La clínica veterinaria donde trabajo está en una zona menos deseable de la ciudad, así que dudo mucho que Pam estuviera simplemente paseando por aquí. ¿Qué se trae entre manos? ¿Por qué está aquí?

Curiosa y no siendo de las que rechazan comida gratis, me uno a ellos en su paseo. A la orden de Pam, Felix trota perfectamente a su lado con la cabeza en alto. Estoy impresionada. Ojalá todo el mundo pudiera dedicar el tiempo a entrenar a sus perros como claramente lo ha hecho Pam. Mi trabajo sería mucho más fácil si lo hicieran.

Nos dirigimos al parque y Pam me guía hacia el quiosco de música donde nos espera una furgoneta de hamburguesas. Para mi sorpresa, pide dos hamburguesas. Habría apostado a que nunca había comido una hamburguesa en toda su privilegiada vida.

"Solo quería agradecerte de nuevo por inscribirte con nosotros. Realmente apreciamos toda la ayuda que podamos conseguir".

El vendedor de hamburguesas nos entrega nuestra comida, y la llevamos a un banco donde Pam ordena a Felix que se siente a su lado. Le doy un mordisco a la hamburguesa y disfruto de la grasa deslizándose por mi garganta. Pam desmenuza su hamburguesa y empieza a dársela a Felix, que se sienta pacientemente sobre su trasero, tomándola suavemente de su mano. Sabía que no era una mujer de hamburguesas.

"He estado leyendo el material que me diste", digo, dando otro bocado a mi almuerzo.

Pam junta las manos con deleite. "¿Ya? Oh, esas son grandes noticias. Con ese nivel de entusiasmo, podemos empezar tu entrenamiento antes de lo que pensaba".

Las mariposas bailan en mi estómago y para mi sorpresa, me doy cuenta de que es emoción, no temor.

Anoche dormí como un tronco. Los sueños de mi horrible pasado no me atormentaron. No vi a mi madre agarrándome la garganta, ni la cara que ponía cuando entraba en la habitación. Creo que ni siquiera me moví. Es como si algo se estuviera levantando dentro de mí. Como si estuviera al borde de la claridad, y tengo la sensación de que Pam es la persona que puede disipar la niebla, si logro superar mis nervios.

"¿Cuándo puedo empezar?" Las palabras salen antes de que siquiera registre el pensamiento. Pero lo digo en serio. Quiero empezar. Mi vida necesita empezar.

"¿Cuándo es tu próximo día libre en la peluquería? Necesitas hacer ocho horas de entrenamiento, pero nada nos impide concentrarlo en un día".

"El lunes", le digo.

"Entonces será el lunes". Me sonríe radiante. Felix está olfateando alrededor de nuestros pies, buscando restos de hamburguesa. "Ve a hacer un poco de ejercicio, chico perezoso". Pam lo empuja cariñosamente lejos de nosotras y Felix se aleja trotando, olfateando el suelo mientras avanza.

"Entre tú y yo, creo que he dado en el clavo contigo", dice Pam. Se vuelve hacia mí y me agarra la mano. Realmente lamento no haberme limpiado mejor las manos después de la hamburguesa. "Amo a cada uno de los miembros de mi equipo, pero les falta algo, y presiento que tú lo ofrecerás a raudales".

"¿Ofrecer qué, exactamente?"

Pam se muerde el labio inferior y me mira entrecerrando los ojos. "No puedo precisarlo. Tu experiencia, aunque terrible, podría ser la clave para hacer cambios tremendos en Speak Up".

No puedo creer que le haya contado a Pam sobre mi pasado. Es tan poco propio de mí. Pero una calidez se extiende por mi cuerpo. Pam ha arrojado luz sobre mi sufrimiento, dándole una positividad que nunca podría haber imaginado. Se siente bien, realmente bien.

Aprieto las manos de Pam en respuesta. El contacto humano se siente extraño, pero es un buen tipo de rareza. Pam asiente lentamente y aprieta los labios.

"Creo que tú y yo vamos a trabajar espléndidamente juntas", susurra.

Yo también lo creo.

Capítulo Nueve

TEDDY

Estoy agachado junto a la ventana de mi habitación, esperando que el coche de papá se aleje. Tardan una eternidad. ¿Qué están haciendo ahí dentro? Parece que papá está inclinado sobre algo. Creo que está liando un porro. No es muy rápido haciéndolo. Dice que sus dedos son como salchichas gordas, así que normalmente me pide que lo haga yo.

Finalmente, el coche baja por la calle. Dijeron que iban a casa de Mark. No sé quién es Mark, pero sé que estarán fuera un rato. Probablemente volverán mañana. Está bien. Puedo ver lo que quiera en la tele y puedo escabullirme para coger algo de comida si tengo cuidado.

Además, puedo llamar a mis nuevos amigos.

Voy a la esquina de mi habitación y levanto la alfombra. Aquí es donde ahora guardo mis cosas importantes, como la tarjeta de cumpleaños que Robert me hizo y la mariquita muerta que encontré trepando por el lateral de la casa. También es donde guardo mi tarjeta de Speak Up.

Está un poco más arrugada que cuando la mamá de Robert me la dio, pero aún puedo ver los números. De todos modos, creo que ya me los sé de memoria.

Me dirijo a la sala de estar donde guardan el teléfono de casa y marco los numeritos.

"Hola, Speak Up. Habla Pam. ¿En qué puedo ayudarte?"

Es Pam. Me gusta Pam. Suena como una reina, toda elegante y etérea.

"Soy Teddy", digo al teléfono.

"Teddy, ¡qué alegría! ¿Cómo estás?"

Le cuento sobre mamá encerrándome en mi habitación. Pam suena triste, pero no me regaña. Eso me gusta. Me pregunta si puede llamar a alguien que me ayude.

"No", digo. Estoy demasiado asustado. ¿Y si mamá descubre que he estado usando el teléfono y me pega? Podría hacerme mucho daño. Podría no dejarme usar el teléfono nunca más y me quedaría completamente solo. No quiero estar solo otra vez.

Le cuento a Pam sobre el avión de papel que Robert lanzó por encima del muro. Lo había coloreado de rojo y había escrito mi nombre en el lateral en azul. Era increíble. No podía hacerlo volar muy bien y seguía flotando hacia el callejón de atrás. Robert dijo que era un avión de combate. Me gustó eso. Un avión de combate llamado Teddy.

Entonces lo oigo. Un motor de coche acercándose. Cada vez más cerca.

Estiro el cuello para mirar por la gran ventana de la sala. ¡Son ellos! Cuelgo el teléfono de golpe y corro escaleras arriba hacia mi habitación a toda velocidad. Gruño cuando me tiro sobre la cama y me golpeo el codo contra la pared; luego me siento e intento respirar con normalidad.

Cierran la puerta de un portazo. Mamá está gritando por algo. No puedo respirar y el mundo da vueltas.

"¿Quién coño se cree que es para hablarme así?", grita mamá. Oigo a papá murmurar algo, pero no distingo sus palabras.

"Quiero decir, sé que le debo un par de libras, pero soy de fiar. ¿Cómo se atreve a echarme? Me trató como a una escoria. ¿Lo viste? Una auténtica escoria."

Su voz se vuelve un poco más baja mientras entran en la sala de estar. Me doy cuenta de que la alfombra de mi habitación sigue levantada, y entonces ya no puedo respirar en absoluto.

La tarjeta de Speak Up sigue abajo.

Me clavo las uñas en los brazos. ¿Qué hago? ¿Qué hago ahora?

Intento pensar en un plan, mis uñas sacando sangre. El pánico se siente demasiado grande. Podría explotar.

"¡El pequeño cabrón!", grita mamá más fuerte que nunca, y la oigo subir las escaleras pisando fuerte. Los pasos pesados de papá la siguen de cerca. La puerta de mi habitación se abre de golpe tan fuerte que el pomo astilla la pared detrás.

"¿Con quién coño has estado hablando?" Está tan cerca de mi cara que puedo sentir su aliento húmedo contra mis labios. Su cara está morada. Intento esconderme detrás de mis manos, pero ella las aparta de un tirón.

"¡Contéstame!"

Papá interviene, "Será mejor que le contestes, colega". ¿Colega? Papá nunca me llama así. Solo es amable conmigo cuando está asustado, y nunca ha sido tan amable conmigo antes.

"Con nadie", chillo. "Iba a hacerlo. Solo para hablar con alguien. Porque estaba aburrido. Pero no sé cómo. No sé cómo usar el teléfono". La mentira es mucho mejor que la verdad, aunque sé que mentir puede meterme en muchos más problemas.

"Si le cuentas a alguien sobre mí, estás muerto, ¿me oyes?"

Asiento con la cabeza muy fuerte para que me crea.

En un abrir y cerrar de ojos, sus dedos rodean mi cuello. Y aprieta.

"Vamos, cariño, obviamente está diciendo la verdad. Es demasiado estúpido para usar un teléfono. Vamos a probar con Andy, él nos dará algo", dice papá. Estoy tan feliz de que esté tratando de ayudarme, pero mamá solo aprieta sus dedos aún más fuerte. Quiero toser, pero no me sale.

Intento apartar sus manos, pero es demasiado fuerte. Demasiado enfadada.

Mis lágrimas se mezclan con mis mocos. Luego todo se vuelve blanco brillante. Luego negro.

Me despierto cuando papá me da un golpecito con el pie. "¿Estás vivo?" Se está riendo, pero incluso a través del sonido ensordecedor en mi cabeza, puedo notar que está asustado. Nunca había visto a papá tan asustado antes, y siento que mi respiración se acelera. Mi cuello arde cuando el aire toca los moretones. No sé adónde ha ido mamá.

He acabado en el suelo, y papá mete sus manos bajo mis axilas y me sienta, apoyándome contra la cama.

Sigo buscando a mamá con la mirada.

"Ralentiza tu respiración", dice papá. Lo intento, pero mi pecho se siente más pequeño. No puedo respirar lo suficientemente rápido y me siento todo angustiado.

"Me alegro de que no estés muerto, chico. Sabe Dios qué haría con un cadáver".

"Papá", croó.

"Mantente alejado de tu madre por un tiempo". Se levanta del suelo de mi habitación y me deja solo para llorar.

Capítulo Diez

MICHELLE

El lunes no podía llegar lo suficientemente rápido. Pasé el sábado trabajando en la veterinaria, con mi cerebro disparándome constantemente casos de estudio del archivo. Luego ayer, leí el resto.

Dios mío, fue una lectura difícil.

La segunda mitad del paquete de información fue brutal. Contenía conversaciones de ejemplo, respuestas apropiadas y diagramas de flujo para posibles conversaciones. Era abrumador, pero de una buena manera. Me siento más segura. Estoy lista para empezar ahora.

Mi única preocupación es que debo informar de todas las medidas de protección a Pam, quien personalmente hará las llamadas apropiadas a las autoridades. Parece un cuello de botella innecesario en el sistema. ¿Qué pasa si Pam está enferma? ¿Qué pasa si tiene demasiado en su plato? A los voluntarios ni siquiera se les da una indicación de quién sería el equipo relevante para contactar.

Aun así, Pam debe saber lo que está haciendo. Ha iniciado esta organización benéfica desde cero, y ha pasado de un equipo de una persona a un tesoro nacional. Obviamente es un sistema que funciona.

Pam me está esperando en su oficina. Lleva una sonrisa deslumbrante y un traje gris pálido de aspecto caro con una blusa verde esmeralda debajo. Me indica que me siente, y espero mientras ella teclea en su teclado con sus uñas manicuradas. El sonido me atraviesa.

"Vamos a divertirnos hoy", dice finalmente, empujando su monitor para que quede de espaldas a nosotras. Asiento. Aunque estoy deseando que llegue este momento, difícilmente puedo llamar "diversión" a hablar con niños maltratados.

Pam continúa, "Pensé en dejarte que me siguieras esta mañana, luego esta tarde podemos hacer una pequeña sesión de preguntas y respuestas, y quizás un poco de juego de roles. Luego la próxima vez que estés aquí, puedo lanzarte a la piscina". Junta las manos como si estuviera a punto de zambullirse en una piscina.

¿En qué demonios me he metido?

"Esto es Speak Up. Estás hablando con Pam. ¿En qué puedo ayudarte?", dice Pam por segunda vez. Tiene la llamada en altavoz y la línea permanece en silencio. El temor llena mi estómago. Todo tipo de escenarios pasan por mi cabeza, y ninguno es bueno. ¿Quizás el niño no puede hablar porque está demasiado asustado? ¿Demasiado herido? ¿Muriendo? Por favor, di algo, rezo en silencio, mientras simultáneamente le digo a mi imaginación pesimista que se calle.

"Bien, ¿puedes toser si necesitas ayuda?", murmura Pam en su micrófono.

Nada.

"Estoy aquí cuando estés listo para hablar. No te dejaré". Hay una suavidad en la voz de Pam que casi me dan ganas de derramar mi alma ante ella.

Entonces, una risa estridente llena la oficina de Pam a través de los pequeños agujeros del teléfono. Las cejas de Pam se fruncen hacia abajo, y sus dientes se aprietan. "Si esto es una broma para ti, recuerda que estás perdiendo un tiempo precioso que podría estar dedicando a un niño que necesita ayuda seria", escupe. El rojo tiñe sus mejillas.

La risa aumenta en volumen antes de que Pam presione con su dedo el botón de "finalizar llamada".

Pam resopla y se reclina en su silla giratoria de cuero. "Ojalá pudiera decir que las llamadas de broma son una ocurrencia rara, pero las recibimos todo el maldito tiempo". Empuja su silla hacia atrás y baja la mano para que Felix la lama. Ni siquiera sabía que estaba ahí. Está todo acurrucado en la esquina de la habitación en la cama de aspecto más cómodo que he visto en mi vida. ¿Es eso espuma viscoelástica?

"¿Por qué la gente llama solo para reírse por teléfono?"

"Porque no tienen nada mejor que hacer, Michelle. Porque están sentados en un lugar de tanto privilegio, que ni siquiera pueden imaginar las llamadas que podría estar perdiendo. Aun así, supongo que debería estar agradecida por eso".

"Creo que es porque son unos capullos", ofrezco, y la risa tintineante de Pam llena la habitación. Suena como si alguien estuviera pasando los dedos por una lámpara de cristal.

"Bien dicho", me dice con una pequeña sonrisa.

El teléfono suena de nuevo.

"Esto es Speak Up. Habla Pam. ¿En qué puedo ayudarte?"

Esta vez el silencio en la línea está lleno de una intensidad que no puedo explicar. "Está bien. Estoy aquí para escuchar cuando estés listo para hablar. No hay prisa". Pam me mira y me hace un rápido gesto de asentimiento.

Se oye un gemido en la línea. Respiración profunda. Quiero estirar mis brazos por el teléfono y atraer al pequeñín a mis brazos.

"Soy Teddy", una vocecita chirría por la línea.

La cara de Pam se ilumina. "Hola, Teddy. Es un placer volver a saber de ti. ¿Está todo bien?"

Silencio.

"Mamá se enfadó conmigo otra vez". Teddy toma una respiración profunda, y oigo su aliento temblar dentro de su garganta. "Creo que esta vez fui muy malo".

"Teddy, debes saber que no eres malo. Eres un niño muy bueno y especial".

"Pero mamá dice que soy una mierda".

Mi estómago hace ruido. Las náuseas amenazan con salir de mí. Mi madre solía llamarme igual.

"Ciertamente no eres una mierda. Te lo prometo. ¿Dónde está tu mamá hoy?"

"Fuera", susurra Teddy. Claramente está asustado de que ella pueda volver en cualquier momento. Pam se muerde el labio inferior. "Puede que vuelva pronto. Tendré que irme".

"Está bien, Teddy. Piensa un poco. ¿Hay alguien más a quien puedas acudir cuando estés en apuros? ¿O estás listo para que me ponga en contacto con alguien que pueda ayudarte?"

Teddy hace un sonido gutural, luego la línea se corta.

Jadeo.

Pam mira fijamente el teléfono durante unos momentos antes de volverse hacia mí. "Teddy ha estado llamando casi todos los días durante aproximadamente una semana. Las llamadas son siempre cortas. No me ha dicho qué edad tiene, pero mi suposición es que tiene unos seis años, aunque creo que tiene un retraso en el habla, así que podría ser mayor".

"¿Podemos sacarlo de allí? Debe haber algo que puedas hacer".

"Michelle, ni siquiera sé dónde está. Podría estar en cualquier parte del país. Ahora mismo, solo tenemos que estar aquí para él, para ayudarlo a superar cada día. Luego tenemos que rezar para que encuentre el valor para dar un paso adelante y dejarnos sacarlo de allí".

"Joder".

La palabra queda suspendida entre nosotras. Voy a disculparme por mi lenguaje vulgar, pero Pam asiente enfáticamente. Quiero meter la mano en el teléfono y agarrarlo, hay algo en Teddy que profundiza más en mi simpatía. ¿Es su voz dulce y suave? ¿Es porque es un reflejo de mí?

"Vamos. Tomemos un descanso y tomemos un café, y te mostraré cómo actualizar cada expediente. Tenemos un archivo para cada niño para poder dar un toque personal a cada llamada, y como prueba en caso de que la policía llame a nuestra puerta".

"Para cuando arresten a los bastardos, ¿verdad?"

"Sí. Y..." Pam me mira a los ojos. Un escalofrío recorre mi espalda y temo las palabras que están a punto de salir de su boca. "Cuando hay una muerte - del cuidador, o del niño".

Eso es todo. Me disculpo y corro al baño. Apenas llego al cubículo antes de que el vómito suba por mi garganta y golpee la taza del inodoro.

No puedo hacer esto. Estoy completamente fuera de mi elemento.

"¿Primer día?", una voz llama desde el otro lado de la pared del cubículo. Oigo el inodoro vaciarse y mi vecina sale al lavabo donde se lava las manos. "Yo también vomité en mi primer día. No te estreses por eso. Es como si tu cuerpo quisiera purgar la mierda con la que tenemos que lidiar. Mi primera llamada fue de una niña llamada Poppy-Lea. Su padre le había quemado el brazo con una plancha. ¿Quién coño le hace eso a un niño, verdad?"

Me limpio la boca con un poco de papel y lo tiro. Luego me aseguro de que mi vómito haya desaparecido por el desagüe antes de abrir la puerta para unirme a mi camarada.

Es Lisa, la jefa de equipo. Hoy lleva una falda larga, así que se parece más a la Princesa Fiona que a Shrek.

"Me siento tan enfadada. Es como si estuviera burbujeando por cada parte de mí", le digo. "¿Cómo puede la gente ser tan malditamente cruel?"

Lisa simplemente se encoge de hombros. Su indiferencia es impactante. Los niños están siendo asesinados por aquellos en quienes se supone que deben confiar. Aquellos que se supone que deben amarlos a través de cada berrinche, cada sangrado de nariz, cada noche sin dormir. Es repugnante.

"Odio decirlo, pero desarrollas una tolerancia. Suena cruel, pero debes levantar un muro, y rápido. De lo contrario, te derrumbarás, y esos niños seguirán ahí fuera. La única diferencia es que ya no te tendrán en su esquina. Aguanta, novata. Puedes hacerlo".

Lisa me da una palmada en la espalda, la fuerza empujando mis caderas contra el lavabo. Asiente bruscamente antes de salir marchando de los baños.

Me miro en el espejo. Un pequeño trozo de vómito se asienta en mi barbilla, y lo limpio con el dorso de la mano antes de lavarme las manos en el lavabo. Mis ojos me devuelven la mirada. Sus ojos. Cada vez que me miro al espejo, veo a mi madre mirándome. Se siente como si corriera vidrio por mis venas. Estos son los ojos de una perra malvada.

Golpeo mis puños contra el lavabo y gruño.

Mis respiraciones son superficiales, y la habitación da vueltas, así que cierro los ojos con fuerza y respiro lentamente. Mis dedos se aferran al borde del lavabo hasta que mis nudillos duelen.

Gradualmente, mi respiración se ralentiza, y la imagen de mi perra madre se disipa. Continúo concentrándome en mi respiración hasta que las nubes se disipan dentro de mi cerebro.

Aflojo los puños y muevo los dedos, aliviando el dolor de mi agarre apretado.

La puerta chirría al abrirse y Pam entra en la habitación. "¿Está todo bien aquí? Lisa me dijo que estás teniendo un momento difícil".

"Estoy bien", le digo. Y lo estoy. Puedo hacer esto.

Salgo de la oficina justo después de las cinco, bajando las escaleras de dos en dos. Me sumerjo en la calle y tomo un trago de aire. Hordas de gente se apresuran, tratando de llegar a casa después de un largo día, antes de que los cielos se abran.

El viento me muerde, limpiándome del sabor amargo que tengo en la boca y en el alma. Me siento sucia, como si no me hubiera lavado en semanas. Mi cordura ha sido manipulada y no sé si reír o llorar. Me quedo de pie en la calle, sin saber cómo comportarme en el mundo normal, un mundo donde no todo el mundo está constantemente rodeado de horribles actos de abuso.

"¿Te apetece que te lleve?", Pam aparece detrás de mí. Está agarrando la correa de Felix con una mano y cerrando la puerta de la oficina con la otra. Sensatamente, tiene un paraguas bajo el brazo.

Miro hacia arriba y siento la primera gota de lluvia salpicando contra mi frente.

"¡Vamos!", grita Pam, y me arrastra a su plaza de aparcamiento personal. Para cuando estamos dentro del Mercedes de Pam, estamos empapadas.

"Bueno. No esperaba eso", se ríe Pam.

Me pierdo en lo ridículo de la situación y dejo que la tensión del día abandone mi cuerpo. Me río tan fuerte que mis lágrimas se mezclan con las gotas de lluvia. Un relámpago zigzaguea por el cielo. Felix ladra al cielo y me río aún más fuerte.

Las carreteras van lentas. La visibilidad es pobre a través de la lluvia, y todos parecen reacios a conducir más rápido que la mitad del límite. ¿Por qué la lluvia convierte a todos en conductores incompetentes?

Sorprendo a Pam observándome por el rabillo del ojo. "El primer día siempre es el más difícil", me dice. Mi buen humor momentáneo se desploma.

"Se podría decir eso". Intento sonreírle, pero mis mejillas duelen con la pretensión.

"Se volverá más fácil".

"Lisa dijo lo mismo".

Un silencio se asienta entre nosotras, llenando el coche de una calma reconfortante. Felix se acomoda en el asiento trasero, el cuero haciendo un cómico ruido de pedo.

Pam habla primero. "¿Sabes cómo conocí a Lisa?"

Niego con la cabeza. "No".

"Ella formaba parte de un equipo de servicios sociales que estuvo involucrado en el caso del Bebé Patty".

Conozco bien el caso del Bebé Patty. Maldita sea, creo que todo el Reino Unido conoce el caso del Bebé Patty. Patty era el nombre dado por los medios al bebé horriblemente abusado física y sexualmente por sus padres a cambio de dinero de gente en línea, que se conectaba desde todo el mundo para ver su tortura. Murió a los dieciocho meses, golpeado hasta la muerte. Los servicios sociales no hicieron absolutamente nada.

"Sé lo que estás pensando. Todo el mundo piensa lo mismo cuando se trata de ese caso: los servicios sociales no hicieron nada para ayudar a ese pequeño. Dejaron que sucediera. Pero, Michelle, no solo dejaron que sucediera. Lisa realmente no lo hizo. El único crimen que cometieron los servicios sociales fue descubrirlo demasiado tarde. No sabes lo que no sabes".

"Pero, ¿cómo puede ser que nadie lo supiera? Lo golpearon hasta la muerte".

"¿Y crees que a sus padres les importaba lo suficiente como para llevarlo al hospital? ¿A la guardería? Ese bebé nunca salió de su casa por lo que pudieron saber".

Miro por la ventana. Veo a una mujer recogiendo a su niña pequeña y arropándola con su abrigo. Luego corre al refugio de una parada de autobús cercana.

"Sufrió tanto", susurro.

Pam responde con silencio, y nos sentamos en triste contemplación.

"Cuéntame tu historia. Háblame más de tus padres". Por fin, Pam me pregunta.

Mi cabeza gira y miro a Pam. Está mirando por el parabrisas, su expresión suave.

No sé qué decir. Siempre he hablado alrededor de los bordes de mi infancia, sabiendo que profundizar demasiado haría que todos se sintieran incómodos. Siempre pensé que sería demasiado para mí contarlo, y demasiado para que alguien lo escuchara. Se sentía demasiado grande para caber en una conversación.

Pam, sin embargo, parece encogerse de alguna manera. No sé si es por su experiencia o su personalidad tranquilizadora. Hay algo en ella. Es como si la conociera toda mi vida.

"Fue mamá, principalmente". Hago una pausa y observo la cara de Pam. No mueve ni un músculo. "Papá no hizo nada".

Pam asiente. "Pero tampoco te ayudó, ¿verdad?"

"No. Se alejaba cuando ella se enfadaba. Una cosa de 'ojos que no ven, corazón que no siente', supongo".

"¿Qué te hizo ella?" Su pregunta me sacude. Nunca he conocido a nadie tan directo, tan brusco. Tomo una respiración profunda.

"Mamá tenía un problema de ira. La cosa más mínima la enfurecía y una vez que estaba enojada, solo había una manera que la ayudaba a soltar esa ira. Culparme la hacía sentir mejor consigo misma, supongo".

"Así que te pegaba", dice Pam. Es una afirmación, no una pregunta, así que no ofrezco respuesta.

Felix gime y gruñe en sueños, haciéndome saltar.

"Los golpes no eran lo peor", continúo. "Era el aislamiento. Se hartaba tanto de verme que me metía en el garaje durante días. Estaba oscuro. Frío. Tenía hambre".

"Eso debe haber sido aterrador para ti".

Mi voz sale como un débil susurro. "El tiempo se detenía cuando estaba allí. No sabía si estaba allí por horas o días. Era agonizante. Oía pequeñas patas correteando por el suelo. Hasta el día de hoy, no sé si esos sonidos eran reales o producto de mi imaginación".

Pam indica a la izquierda en Devonshire Street - mi calle. El tic-tac del intermitente puntúa la tensión en el coche. Me sorprende que sepa a dónde ir. No le he dado ninguna dirección, así que supongo que memorizó mi dirección de mi formulario de voluntariado.

Me saca de mi melancólica ensoñación con un cambio repentino de tema.

"Deberías venir a cenar alguna vez. A mi hijo, Aiden, le encantaría conocerte seguro". Una sonrisa juega en sus labios.

¿Me está intentando emparejar con alguien? Dios, espero que no. Esa es una complicación que realmente no necesito ahora mismo.

"No te preocupes, no me refiero a nada romántico. Solo creo que podría necesitar un amigo. Trabaja tan duro, me preocupa que pueda estar solo. Y parece que necesitas una buena comida. La próxima semana. Sin excusas". Su labio rojo cereza tiembla ligeramente, y hay picardía en sus ojos. "No acepto un 'no' por respuesta". Ni siquiera Houdini podría escapar de esta propuesta.

"De acuerdo. Envíame los detalles por mensaje", digo, mientras ella se detiene frente a la casa adosada que comparto con Kelsey. Tiro de la manija de la puerta y la empujo para abrirla. Un viento cortante se cuela en el coche.

"Lo haré. Oh, ¿y Michelle?" Me detengo mientras la lluvia pega mi pelo a mi frente. "¿Qué les dirías a tus padres ahora, si tuvieras la oportunidad?"

Niego con la cabeza. "No hay nada que pueda decir". Salto del coche y voy a cerrar la puerta de un golpe. "Están muertos".

Capto los ojos de Pam y ella asiente. "El karma es una perra, ¿no?", dice mientras la puerta se cierra. Y se aleja conduciendo.

CAPÍTULO ONCE

MICHELLE

"¿Puedo hablar contigo un momento?", me llama Maggie cuando me dirijo a la puerta. Me arrastro hasta su oficina. Mi turno terminó hace cinco minutos y ya no me están pagando, así que esto mejor que sea rápido.

"¿Todo bien, Mags?". La veo estremecerse ante el apodo que le he dado, pero sonríe de todos modos. Su sonrisa es cálida y siento que mis hombros se relajan. Está de buen humor, algo raro en ella. No me van a echar la bronca.

"Sí, Michelle. Solo quería felicitarte por tu cambio de actitud desde tu ausencia. Realmente has dado un giro a las cosas. Creo que estoy viendo a una mujer completamente nueva".

Mis cejas se juntan mientras me estremezco. Creo que nunca había recibido un cumplido de Maggie antes, y me hace retorcerme. De hecho, no estoy acostumbrada a recibir cumplidos de nadie; excepto de Kelsey, por supuesto. Pero ella sería capaz de elogiar a un buzón por su color llamativo si le diera la gana.

"Eh, ¿gracias?"

"De nada. Creo en dar crédito donde se merece. Y, Michelle, ¿seguirás así, verdad? Sigue haciendo lo que sea que te esté haciendo feliz. O quien sea". Maggie se gira hacia su ordenador, orgullosa de su broma inapropiada. Me despide con el sonido de su teclado.

Cuando salgo de la clínica veterinaria, Pam está esperando en su Mercedes al otro lado de la calle. Se está metiendo el dedo en el ojo.

"¿Estás bien?", le pregunto mientras salto al asiento del pasajero.

"Sí. Creo que tengo una pestaña en el ojo", dice, tirando de su párpado hacia abajo sobre el globo ocular. Lo suelta y sacude la cabeza. "Ya está. Se ha ido. ¿Lista?"

"Claro", digo con convicción, pero en realidad no lo siento. Por muy genial que me parezca Pam, no creo que quiera ir a su casa. He pasado todos los días con ella esta semana en Speak Up, pero ir a su casa parece un poco personal, como si estuviera cruzando un límite.

Mientras conduce, Pam me pone al día sobre un caso del que soy responsable (bajo su estrecha supervisión).

"Chloe llamó hoy". El tono de Pam me emociona. Presiento buenas noticias.

"¿Sí?"

"Está en casa de su tía".

Suspiro aliviada. Por fin está lejos de su padre abusivo. Está a salvo. "¿Su tía la mantendrá allí hasta que la policía atrape a su padre?"

"Sí. Hablé personalmente con su tía. Está bien al tanto de lo que hace el padre de Chloe, y no permitirá que Chloe vuelva con él. No creo que él vaya a poner mucha resistencia".

Sé que no lo hará. He hablado con Chloe varias veces esta semana. Ha estado llamando a la línea de ayuda durante meses, pero comprensiblemente, nunca tuvo el valor de decirle a su tía que su propio padre la tocaba. Cuando papá te dice que te matará si cuentas sus secretos, ¿cómo puedes siquiera pensar en contarlo?

"Me dijo que te diera las gracias". Pam me sonríe, apartando brevemente los ojos de la carretera.

"Yo no hice nada".

"Debes haber hecho algo bien. Hemos estado trabajando con Chloe durante semanas. Llegas tú, y ahora mírala. Está a salvo". Pam gira el coche hacia un pequeño camino rural. Si viene otro vehículo en dirección contraria, estamos jodidas. No hay forma de que dos coches quepan por aquí.

Pam continúa. "Creo que las personas que llaman sienten algo en ti. Las entiendes. Tu empatía es real. Eso es clave en este trabajo, y conmovedor de ver".

Sospecho que tiene razón. Es como si mi pasado iluminara todo lo que están pasando. Puedo sentir cada lágrima; cada incidente es real para mí. Me aferro a cada una de sus palabras con la esperanza de poder absorber parte de su dolor. Escucho sus historias con la esperanza de poder darles fuerza para escapar.

"Aquí estamos". Las palabras de Pam cortan mi contemplación y jadeo. Estamos atravesando dos enormes puertas de metal negro que se abren por sí solas. Ante nosotras, en lo alto de una pequeña colina, se encuentra la casa más hermosa que he visto jamás.

"¡Hogar, dulce hogar!", suelto. Pam se ríe y mete el coche en un camino asfaltado que fácilmente podría albergar cinco o seis coches. Hay un BMW descapotable aparcado a unos metros de distancia, y una motocicleta acurrucada detrás.

"Oh, bien, Aiden ya está aquí. He preparado un Wellington de ternera. Es una receta de Gordon Ramsay. Nunca lo he hecho antes, pero parece divino".

Pam sigue hablando sobre su plato de carne mientras salimos del coche y nos dirigimos a la puerta.

Admiro los terrenos. Están iluminados con focos esporádicos que proyectan haces de luz para resaltar la belleza natural. Parece mágico. El césped baja por la colina como terciopelo verde oscuro, y altos robles bordean la parte inferior de la pendiente que se aleja de la casa. No se ve ni un solo edificio o carretera desde aquí.

Pam empuja la enorme puerta de madera y grita: "¡Cariño, ya estamos en casa!". Se ríe, su risa tintinea alegremente. "Eso le hará sonrojarse". Me guiña un ojo.

Se oyen pasos desde el pasillo, que conduce a una habitación brillantemente iluminada. Aparece un hombre con una sonrisa tímida en su rostro. "Oh, vamos, mamá. No te avergüences". Me mira y sonríe.

Aiden es mucho mayor de lo que pensaba. Cuando Pam habla de él, lo hace sonar como un adolescente gruñón, pero debe tener unos treinta y tantos años. Con su sudadera negra de Nirvana y sus vaqueros ligeramente holgados, es un completo contraste con Pam, que lleva un vestido blanco y tacones dorados. Tiene barba incipiente en la cara y los mismos ojos azules centelleantes que Pam. Su cabello castaño oscuro está peinado hacia atrás; necesita un corte desde hace tiempo, pero aun así es atractivo.

Me siento sonrojar. Es mucho más guapo de lo que esperaba. Me tiende la mano.

"Hola. Soy Aiden". Toma mi mano y la sacude suavemente. "Lo que sea que mi madre te haya dicho sobre mí, ignóralo. Es una mentirosa".

Pam se ríe. "Oh, vamos, Aiden. Realmente te hiciste pis en los pantalones en una obra de teatro escolar".

"¡Mamá! Tenía cuatro años y estaba, ya sabes, nervioso". Envuelve su brazo alrededor de los hombros de su madre y planta un beso en la parte superior de su cabeza.

Su facilidad el uno con el otro es reconfortante. No hay resentimiento entre ellos. Solo amor. Mi respeto por Pam se multiplica por diez. Ojalá mi madre hubiera sido una fracción como Pam. Tal vez entonces yo podría haber sido feliz, y no estaría tan hecha un lío ahora.

"Tienen una casa hermosa", digo a nadie en particular, mientras me llevan a una lujosa sala de estar. Las paredes están decoradas con algún tipo de papel tapiz con patrón floral recubierto de oro, y la lujosa alfombra entierra mis dedos de los pies.

"Realmente es hermosa", responde Aiden. "Es por eso que paso todo mi tiempo aquí. Además, simplemente me gusta volverla loca". La sonrisa de Aiden hace muy obvio que sabe que esto no es cierto.

Pam da un golpecito a Aiden en el brazo. "Oh, tonterías. Sabes que puedes visitarme tanto como quieras. Disfruto tenerte cerca".

Aiden se vuelve hacia mí. "Alguien tiene que vigilar a la vieja. Bien puedo ser yo".

Pam jadea. "¡Qué descarado eres!" Se está riendo, pero su boca tiene una tensión, así que creo que Aiden ha tocado una fibra sensible.

Una bandeja de bebidas está sobre la mesa de café. Aiden debe haberlas colocado allí antes de que llegáramos. Es todo un caballero.

"¿Vino?", me pregunta Pam, pero no espera una respuesta. "Aiden, haz los honores".

Al más puro estilo británico, charlamos sobre el impredecible clima otoñal y el estado de las carreteras, mientras Aiden descorcha la botella y nos sirve a todos una generosa copa de vino. Pam toma un sorbo y nos mira a ambos por encima del borde de su copa antes de disculparse para atender la cena.

"Mamá me dice que estás trabajando en la organización benéfica con ella", dice Aiden. "¿Lo estás disfrutando?"

Asiento con entusiasmo. "Mucho. Realmente espero poder marcar la diferencia allí". Tomo un largo sorbo del delicioso líquido rojo.

Aiden se sienta a mi lado, agarrando su propia copa. Noto que aún no ha bebido nada, y me hago una nota mental para ir más despacio.

"Mamá ha estado cantando tus alabanzas toda la semana. Ciertamente estás causando impacto, por lo que he oído". Se inclina cerca. Está tan cerca que puedo oler su champú: canela y algo afrutado. "Entre tú y yo, creo que mamá creó la organización benéfica para distraerse de la muerte de mi padre, pero durante décadas no pareció funcionar. Luego llegas tú, y de repente ella es todo arcoíris y sol".

No sé qué pensar de eso. ¿Cómo puede ser tan descarado sobre un detalle tan personal? "No sabía que era viuda", digo.

"Sí, no te veas tan horrorizada. Está bien, de verdad; fue hace un millón de años. Creo que es seguro decir que lo hemos superado".

"Dios, lo siento". Quiero meter mi pie en mi boca para callarla. No puedo creer que esté hablando con el tipo sobre su padre muerto diez minutos después de conocerlo.

"En serio, no te preocupes. Fue hace mucho tiempo. Un recuerdo lejano". Agita su mano hacia mí, apartando mis preocupaciones.

"¡La cena está lista!", llama Pam desde el pasillo.

Cuando entramos en el comedor, Pam está sonrojada por inclinarse sobre el horno caliente. Lleva un delantal y está colocando los platos en la mesa colosal.

"Ahí lo tenemos", dice Pam, mirando los cubiertos dispuestos con demasiados tenedores y cuchillos para una sola comida. El olor a carne llena mis fosas nasales y se me hace la boca agua.

La cena es divertida. Aiden y Pam tienen una camaradería que es hilarante de ver. A Aiden le encanta bromear incesantemente sobre los manierismos y peculiaridades de Pam, y Pam finge estar herida, pero su sonrisa traiciona su actuación. A cambio, ella es exageradamente dulce con su hijo, actuando como si fuera un travieso niño de ocho años.

Después de la cena, Pam va a limpiar la cocina, rechazando toda ayuda. Aiden me lleva de vuelta a la sala de estar.

"Mamá es genial, ¿verdad? ¿Cómo te va trabajando con ella?", me pregunta Aiden. "¿Le gusta apretar las tuercas?"

"Es..." Lucho por encontrar la palabra adecuada, pero decido que la honestidad es probablemente la mejor política. "Inspirador".

Aiden asiente con entusiasmo. "Seguro que sí. Ha trabajado muy duro en ese lugar. Solo no dejes que te desvíe, o te verás absorbida".

¿Desviar? ¿Qué significa eso? Supongo que en el trabajo de Pam, hay que obtener resultados. Ahora que lo pienso, no me sorprendería escuchar que Pam ha tenido que doblar algunas reglas a lo largo de los años para lograr el éxito que ha tenido. Y cuanto más éxito tiene, a más niños puede llegar.

"Mamá me dijo que tus padres murieron", dice Aiden. Me sobresalto, sorprendida por el repentino giro en la conversación. Parece que la confianza de Pam al hablar sobre el abuso se ha contagiado a su hijo. "Eso debe ser duro". Estamos sentados uno al lado del otro en el mismo sofá crema en el que estábamos sentados antes de la cena. Solo que esta vez, está a escasos centímetros de mí. Si estiro los dedos, estaré acariciando su muslo. Cruzo las piernas para poner algo de espacio entre nosotros y para evitar hacer algo de lo que me arrepienta.

Una electricidad recorre mi cuerpo; mi piel hormiguea y puedo oír el latido de mi pulso detrás de mis oídos. Me siento viva. Es como si todo mi odio hacia mí misma y mi dolor se estuvieran evaporando de mi cuerpo. Desde que conocí a Pam, es como si una gran sombra se hubiera encogido. Su franqueza y facilidad sobre mi pasado me han hecho ver que no tiene por qué arrastrarme. No tiene por qué impactar toda mi vida. Puedo respirar.

Creo que he bebido demasiado vino.

Aiden me mira ansiosamente, y me siento obligada a llenar el vacío en la conversación antes de lanzarme sobre él. "Era más difícil cuando estaban vivos. La verdad es que me alegro de que estén muertos. El mundo es un lugar mejor sin ellos". Meto los pies debajo de mi trasero y me reclino contra los mullidos cojines. "Pero luego, hay una pequeña parte de mí que desearía que aún estuvieran aquí. Hay algunas cosas que me gustaría decirles, o hacerles".

Aiden asiente con conocimiento. Supongo que Pam le ha contado todo lo que le he dicho. Me alegro de que se lo haya contado. Que mi verdad esté ahí fuera se siente catártico. Y confío en él. Toma mi mano, mi piel hormiguea donde se encuentra con la suya y un calor me invade. Le da un pequeño apretón antes de soltarla. No puedo evitar sentirme decepcionada.

Ansiosa por desviar la atención de mis mejillas sonrojadas, digo lo primero que me viene a la cabeza: "Así que, tu padre murió". No lo llamaría un cambio de tema sin fisuras, pero Aiden lo sigue de todos modos.

Aiden toma un largo sorbo de vino, sin perder el contacto visual conmigo ni por un momento. Es sexy como el infierno.

"Ataque al corazón". Coloca su copa de vino vacía en la mesa y la rellena. "Sabes, cuando murió, pensé que sería el fin de mi madre. Estaba devastada. Pero, a pesar de su devoción por él, o tal vez debido a ella, desde que falleció, ha brillado. Es curioso cómo funcionan estas cosas".

Agarra la botella de vino de nuevo de la mesa de café, cerrando el tema. Coloco mi mano sobre mi copa, señalando a Aiden que no me sirva más. Me siento mareada y quiero mantenerme enfocada. Ahora mismo, corro el riesgo de soltar cada pequeño detalle de mi vida, y no quiero hablar demasiado sobre mi pasado por si abro heridas que no puedo curar.

"No tienes que responder a esto", digo. Nunca he sido de las que se meten en los asuntos de los demás, pero la familia Greene me fascina. "¿Cómo consiguió Pam el dinero para crear Speak Up? Estoy muy impresionada con lo que ha hecho allí".

"Mi padre era banquero de inversiones. Puedes imaginarte el resto". Aiden sonríe. Sus dientes son perfectamente blancos y ligeramente torcidos, lo que suma a su encanto. Sus ojos son tan cálidos y gentiles.

"Mamá está establecida de por vida, y quiere ayudar a tantos niños como pueda con eso. Su dinero es su superpoder".

"Es una inspiración", murmuro.

"Espera a que te tenga bien y verdaderamente bajo su ala. Tiene grandes esperanzas puestas en ti, Michelle. Ustedes dos van a formar un equipo increíble. Hay algo en ti. Algo impresionante".

Capítulo Doce

MICHELLE

Con la lluvia cayendo a cántaros durante las últimas semanas, he estado muy ocupada dando a mis amigos caninos los cuidados tan necesarios para librarlos del barro incrustado y el pelo enmarañado.

También he estado haciendo voluntariado en Speak Up casi todos los días, así que estoy oficialmente agotada. Cada llamada telefónica me deja sintiendo como si hubiera corrido una maratón a velocidad récord. He estado arrastrando los pies hasta la oficina de Speak Up y mi irritabilidad ha subido un escalón. Estoy cerca del agotamiento total.

Así que, cuando Pam me dijo que me tomara un descanso, me sentí agradecida de verme temporalmente aliviada de todo el dolor que he absorbido últimamente. Siento como si mi cerebro estuviera a punto de explotar, y no soy de ayuda para nadie sin cabeza sobre los hombros.

Es miércoles y mis citas de peluquería terminan temprano, y cuando entro por la puerta de casa, me alegro de ser recibida por el delicioso olor a ajo que viene de la cocina.

Mis llaves tintinean al caer en el cuenco, y pateo mis botas hacia la esquina del pasillo. Dudo. ¿Acabo de oír la voz de un hombre? Me quedo en el pasillo y escucho. Oigo la risita femenina de Kelsey emanar de la cocina, seguida de una risa estruendosa de un hombre.

Se me cae el alma a los pies.

Mierda. Travis, el novio de Kelsey. Realmente no estoy de humor para conocerlo. He logrado evitar el encuentro durante semanas, con Speak Up proporcionando la excusa perfecta. La idea de poner una sonrisa falsa y fingir interés en la vida de este extraño me da náuseas, especialmente con Kelsey arrullando de fondo. Y ni hablar de las muestras públicas de afecto.

Considero subir corriendo las escaleras y esconderme en mi habitación, pero mi conciencia me hace tomar un profundo respiro y empujar la puerta con los dedos de los pies. Necesito acabar con esto de una vez. Necesito hacerlo por Kelsey.

Kelsey me ve primero. "¡Michelle! Hola. ¿No haces voluntariado esta noche?"

Fuerzo una sonrisa. "Esta noche no. Necesitaba algo de tiempo libre".

"Oh, bien". Intenta darle un tono de sinceridad, pero inmediatamente me siento indeseada en mi propia casa. ¿He interrumpido algo sexy?

Sus ojos van y vienen entre mí y el área de la cocina, y me doy cuenta de que está nerviosa. ¿De que yo esté aquí? Vaya, realmente he hecho un número con mi mejor amiga.

"Michelle, conoce a Travis. Travis, esta es Michelle".

Un hombre enorme sale de detrás del frigorífico, se limpia las manos en un paño de cocina y me tiende una mano. Mi mano prácticamente desaparece en la suya cuando nos saludamos. "Es un placer conocerte, Michelle. He oído mucho sobre ti".

Me estremezco al pensar en las cosas que sé que Kelsey podría haberle contado sobre mí: soy una compañera de piso inútil, una carga; y para rematar, soy una borracha. Intento tranquilizarme: Kelsey es una buena persona. Es amable y cálida. Nunca hablaría mal de mí.

"Bueno, yo no he oído mucho sobre ti", digo, aunque inmediatamente me arrepiento de mis palabras. Sueno despectiva. Afortunadamente, Travis se ríe. Su sonrisa borra completamente la expresión seria de su rostro; solo ahora veo el atractivo. Parece cálido y amable, el complemento perfecto para la naturaleza cariñosa de Kelsey.

Me dice: "Bueno, tal vez podamos arreglar eso esta noche. ¿Puedo interesarte en algo de mi lasaña mundialmente famosa?"

"¿Mundialmente famosa?"

Travis se encoge de hombros. "A mi madre le gusta, al menos".

Me río. Travis es enorme y parece llenar todo el espacio de la cocina, pero su presencia es fácil y relajada. Es totalmente adecuado para Kelsey. La miro ahora, y ella levanta las cejas hacia mí. Quiere mi sello de aprobación.

Y lo apruebo. "Me gustaría eso", digo. "Siempre y cuando no esté interrumpiendo". Kelsey junta las manos y una sonrisa se extiende por su rostro. Un pequeño grito se escapa de sus labios. Me rodea la cintura con un brazo y me da un pequeño apretón antes de ir hacia el lado de Travis.

"Para nada", dice Travis, y se echa el paño de cocina al hombro, besando ligeramente a Kelsey en la frente. Es un gesto simple que dice mucho. Este tipo es perfecto para mi amiga. Me siento culpable por haber evitado conocerlo durante tanto tiempo. "Pondré un poco más de pan de ajo en el horno", dice a nadie en particular, abriendo la puerta del frigorífico.

La cena es realmente increíble y si la lasaña de Travis no es mundialmente famosa, entonces maldita sea, merece serlo. Las capas están perfectamente proporcionadas y hay una gruesa capa de costra de queso en la parte superior. Tengo que resistirme a gemir con cada bocado.

"¿A qué te dedicas, Travis?", le pregunto, esperando completamente que diga que es chef.

"Detective". Travis habla con la boca llena de pan de ajo. Estoy impresionada, aunque un poco intimidada. Las personas en posiciones de poder siempre me han hecho sentir tímida. En la escuela, era la niña que mantenía los ojos bajos en todo momento para que el profesor no hiciera contacto visual y me llamara. Prefería no existir, y las personas con poder pueden arrastrarte a la luz sin previo aviso.

Sin embargo, hay algo raro en esto. "Entonces, si eres detective, ¿qué hacías en la Feria Veterinaria donde conociste a Kelsey?"

Travis se ríe y se reclina en su silla. "Buen pensamiento, tal vez deberías unirte a la fuerza policial". Se limpia la barbilla con un trozo de papel de cocina. "Estaba allí con mi hermana. Está estudiando ciencias veterinarias en la universidad de Liverpool", dice, dando un bocado enorme al pan de ajo y hablando con la boca llena. Me gusta eso. No le importan un comino los aires y las gracias. "Su amiga la dejó plantada en el último momento y no quería ir sola. Así que entró en escena su hermano mayor: el héroe". Se da un golpecito en el pecho y nos reímos.

Trago mi comida, contemplando el trabajo de Travis. Debe ser genial blandir tu placa, estar en una posición de poder. "¿Cómo es ser detective? ¿Algún caso jugoso en este momento?"

Travis se ríe, y Kelsey se sonroja. ¿Fue incorrecto preguntar eso? ¿Hay algún tipo de código de secreto policial que no conozco? Me sonrojo. Soy una idiota. Una idiota con una boca grande.

"Ya sabes, lo normal: gente muerta, drogas, agresores sexuales".

"Suena intenso". Se me pone la piel de gallina por todo el cuerpo. Esto está demasiado cerca de casa. Si esto es su normalidad, de repente me siento muy apenada por él.

"Lo es. Pero afortunadamente, y supongo que tristemente, te insensibilizas un poco después de un tiempo. Estas personas se convierten simplemente en parte del trabajo, y solo tienes que irte a la cama satisfecho de que estás haciendo lo mejor que puedes".

Eso es triste. Pero lo entiendo totalmente. He estado ahí. Entumecerse ante el dolor a tu alrededor es la única manera en que puedes lanzarte al caos y realmente ayudar. Asiento con conocimiento. Siento que Travis y yo nos entendemos. Él comprende el dolor.

Todos caemos en un silencio cómodo. Mis pensamientos dan vueltas en mi cabeza. Solo el raspar de cuchillos y tenedores rompe la paz.

"¿Cómo va el voluntariado en Speak Up?", me pregunta Travis. Kelsey le lanza una mirada. "Lo siento, ¿era un secreto?"

"Para nada", me río. "A Kelsey simplemente le gusta pisar con mucho cuidado a mi alrededor por si me hago pedazos". Me giro hacia Kelsey y le doy una cálida sonrisa. "Pero ahora estoy bien".

Me meto en la boca lo último de mi pasta. "Suena muy mal, pero en realidad lo estoy disfrutando mucho. Marcar la diferencia, ¿sabes?". Trago.

Travis asiente. "Sé a qué te refieres. No puede ser una tarea fácil entrar en ese lugar todos los días, sin saber a qué te enfrentarás. Quiero decir, al menos a mí me pagan por limpiar el desastre que me lanzan. Es muy admirable de tu parte".

Siento que mis mejillas se calientan y me meto más pan de ajo en la boca. Los cumplidos siempre me hacen sentir incómoda. Pero me recuerd el consejo de Pam: disfruta de los cumplidos que recibes, aunque no los creas. Así es como construyes confianza.

Después de la cena, recojo los platos vacíos y los llevo a la cocina. Tomo un respiro profundo. Lo hice. Me senté y cené con un completo extraño sin actuar como una idiota total. Estoy agotada, eufórica y llena de comida italiana. Me siento bien.

Momentos después, Kelsey entra saltando a la cocina llevando el plato de lasaña. "Entonces, ¿qué piensas?", dice emocionada.

No puedo evitar tomarle el pelo. "Estaba delicioso".

"Me refería a Travis, tonta". Pone los ojos en blanco. "Aunque es bastante delicioso, ¿no?"

Suena tan alegre que no puedo resistirme a abrazarla. Ella deja caer el plato en la encimera y me corresponde, apretándome fuerte. Parpadeo para contener las lágrimas.

"Estoy tan feliz por ti. Es agradable". Suelto el abrazo y me giro para lavar los platos.

"¿'Agradable'? ¿Eso es todo?"

Me río. "Vale, vale, es muy agradable. Os complementáis muy bien". Es la verdad. Irradian felicidad y no pude evitar ser absorbida por ella. "¿Y detective?", me burlo. "Ahora tendrás que vigilarte. Nada de atracones de cocaína los sábados por la noche".

Kelsey pone los ojos en blanco y se ríe. Toma un plato del escurridor para secarlo. "No seas idiota. Y no le digas que te lo conté, pero es tan bueno en la cama".

"¡Kelsey!" Siempre pensé que era una virgen de treinta y cuatro años. Podría haber jurado que la vagina de Kelsey estaba seca y olvidada hace mucho tiempo. Nos reímos juntas, y me doy cuenta por primera vez en mucho tiempo, posiblemente nunca, de que estoy feliz.

"Hay algo que quiero decirte, sin embargo", dice Kelsey más seriamente. "Cuando le dije a Travis que trabajabas con Pam, se puso todo raro conmigo".

"¿Raro?"

"Sí, todo callado y no me miraba a los ojos. Michelle, creo que sabe algo sobre ella".

"¿Pero qué?" No puede dejarme así. ¿Qué sabe Travis sobre Pam?

Kelsey se encoge de hombros y dice: "No lo sé. Estoy segura de que no es nada". Me da una pequeña sonrisa, pero sé que solo está tratando de no preocuparme.

Aprieto los labios. Sé que Pam ha molestado a algunos en los servicios sociales y es conocida por la policía por ser contundente en su empeño por salvar a los niños. Así es como ha logrado tan buenos resultados y, si me preguntas, un mal necesario. Sea lo que sea, no importa. Pam es un alma bondadosa. Eso es todo lo que necesito saber.

Kelsey vuelve con Travis con una taza de café, y yo saco mi teléfono del bolsillo. Estar con Travis y Kelsey y verlos juntos me ha hecho sentir sentimental.

Mi dedo se cierne sobre el número de Aiden. Cuando intercambiamos números, pasé los siguientes días esperando su llamada. Cuando no llegó, pensé que simplemente no estaba interesado en mí. Pero ahora, bañada en el resplandor del afecto de Kelsey y Travis, no puedo resistirme a enviarle un mensaje para tantear el terreno.

Gracias por la cena del otro día. Lo disfruté mucho. xx

Presiono enviar e inmediatamente me estremezco. Sí, vale, me dio su número, pero apuesto a que nunca esperó realmente que le enviara un mensaje. Solo estaba siendo amable. ¿O no?

Responde al instante.

Yo también lo disfruté. No puedo esperar para verte de nuevo. xxx

Las mariposas juegan en mi estómago. Realmente estoy feliz. Se siente extraño, pero me gusta. Tal vez podamos tener una cita doble con Kelsey y Travis. Kelsey se meará de la emoción. Me río para mis adentros mientras guardo el último vaso.

Capítulo Trece

TEDDY

Hace siglos que no veo a Robert. No desde que Mami encontró la tarjeta. No le diría cómo la conseguí, así que no se me ha permitido salir desde entonces. Sabía que si ella se enteraba, nunca me permitiría ver a Robert de nuevo; pero, de todos modos, no se me permite verlo.

Le echo de menos.

A veces, si escucho con mucha atención, puedo oírle en el jardín. ¿Se habrá olvidado de mí? Apuesto a que está jugando con sus otros amigos, sus mejores amigos de la escuela que saben contar y jugar al fútbol.

Ayer vino un hombre a casa. Quería entrar, pero Mami y Papi no le dejaron. Le vi salir de su coche desde la ventana de mi habitación. Era un coche grande y negro, brillante, con ruedas enormes. Era un coche muy bonito. Parecía que podría ir muy rápido.

Mami no paraba de decir mi nombre, así que me paré en mi puerta y respiré hondo, intentando encontrar algo de valentía. Me asomé por la esquina. El pasillo estaba vacío, así que me sentí un poco más valiente. Gateé hasta lo alto de las escaleras.

Mami y Papi estaban de pie en la entrada hablando con el hombre. La puerta estaba casi cerrada, pero puedo verlos apenas por la rendija.

"Ya te lo he dicho: Teddy no está aquí ahora mismo. ¿A ti qué te importa, de todos modos?", dijo Mami.

"Como dice nuestra carta, estoy aquí para realizar una investigación sobre el bienestar de su hijo".

"¿Qué carta?" Ese era Papi respondiendo. Oí el roce de papel siendo entregado.

"Otra copia para ustedes. Como pueden ver, la fechÉ hace dos semanas, indicando claramente que llegaría hoy".

"¿Quién os llamó?" La voz de Mami era profunda, ronca y super tranquila, así que sabía que eso significaba que estaba muy enfadada.

"Esa es información confidencial. Ahora, ¿puedo ver a Teddy?"

"No está aquí", gruñó Mami. "Ahora, lárgate".

"Vamos, vamos, no hay necesidad de ser ofensivos. No están en ningún problema. Solo necesito ver a su hijo".

"¡Lárgate!", gritó Mami, haciendo que los pájaros del árbol salieran volando. Papi agarró la parte de atrás de la camiseta de Mami para sujetarla. ¿Pensaba que ella iba a pegar al hombre también?

El hombre con el que hablaban era mucho más bajo que Papi, así que no podía verlo muy bien. Y era un poco más alto que Mami, pero no mucho. Su cabeza era super brillante, y parecía un poco un topo. Tenía miedo de que Mami le hiciera daño.

"No me hagan llamar a la policía", les dijo. Gran error.

"¿Qué has dicho?", dijo Papi. Sus puños estaban apretados, y el hombre dio un paso atrás desde la entrada. "No tienes derecho a venir aquí con tus acusaciones y amenazas. Te sugiero que te largues por donde has venido".

"Miren, puedo ver que les he molestado. ¿Qué tal si empezamos de nuevo? Volveré la semana que viene para otra visita. Tal vez Teddy esté entonces". Saltó del escalón y volvió a su coche. No me quedé para ver qué pasaría después. Rápidamente, gateé de vuelta por el pasillo hasta mi habitación. De todos modos, no necesitaba ver esto. Creo que toda la calle podía oírlos gritar.

Todo lo que podía hacer era esperar. Cuando están tan enfadados, sé lo que va a pasar. Me apoyé contra la esquina de mi habitación, con las rodillas dobladas bajo la barbilla y los brazos apretados alrededor de mis espinillas.

"¿Quién llamó a servicios sociales?", chillaba Mami. Sonaba como loca y me la imaginé arrancándose el pelo pelirrojo de la cabeza.

"¿Cómo coño voy a saberlo? Apuesto a que fue ese gilipollas de al lado. Es una auténtica zorra entrometida", respondió Papi. Se refería a la mamá de Robert. Creo que tiene razón.

Sus voces se volvieron todas amortiguadas. Creo que seguían hablando de Stacey, pero estaban siendo silenciosos para que ella no pudiera oírlos a través de la pared.

Entonces oí el temido pisotón. Era un pisotón más fuerte, así que supuse que eran los pies pesados de Papi.

Enterré mi cabeza en mis brazos. Pensé que si me escondía, tal vez, por esta vez, me dejarían en paz.

"Ven aquí, chico". Papi me agarró por el pelo y me arrastró escaleras abajo. Intenté con todas mis fuerzas no hacerlo, pero se me escapó un chillido y Papi tiró más fuerte. Tuve que morderme el labio para no gritar. Moví mis piernas lo más rápido que pude; tenía miedo de que si me caía, me arrancaría todo el pelo de la cabeza.

"Aquí está. La estrella del espectáculo". Mami me estaba esperando en la sala de estar. Su sonrisa estaba toda torcida. Estaba sentada en el sofá con las piernas dobladas debajo de ella. Se inclinó hacia adelante cuando entré en la habitación como si fuera a contarme un gran secreto.

"Los servicios sociales quieren llevarte bajo su cuidado". Dijo la palabra cuidado como si fuera un sabor horrible y asqueroso en su lengua. "¿Sabes lo que les hacen a los niños pequeños bajo su cuidado? Niños pequeños como tú?"

Negué con la cabeza. Mi corazón latía tan fuerte que me dolía el pecho.

"Los violan".

No conocía esa palabra, pero sonaba muy mal. ¿Qué estaba diciendo? Papi sabía que yo no entendía y se inclinó hacia mi cara. Su aliento olía a cerveza y cigarrillos.

Susurró: "Te hacen besar sus pollas, y luego te las meten dentro".

Conocía esa palabra. Es como Papi llama a su colita cuando quiere que Mami le haga feliz. Yo no quería una polla dentro de mí. ¿Dónde la meten? Todo mi cuerpo temblaba y no podía hacer que parara.

Lloré.

"Está bien. Tenemos un plan", dijo Mami, mirando a Papi. "Necesitamos esconderte por un tiempo. Si no pueden encontrarte, no pueden llevarte".

Asentí. Eso sonaba como una muy buena idea.

"¡Está de acuerdo!", se rió Mami.

Papi también se rió. Dijo: "Vamos entonces, chico", y me agarró por la parte superior del brazo. Troté detrás de él mientras me arrastraba a la cocina.

Salimos por la puerta trasera y fuimos al jardín.

Cuando abrió la puerta del cobertizo, es como si un billón de alarmas se hubieran disparado en mi cabeza. Siempre he odiado el cobertizo. Está lleno de arañas enormes que Papi dijo que me arrancarían la cabeza de un mordisco. No estoy seguro si solo intentaba asustarme, pero por si acaso, nunca entro aquí.

Papi intentó empujarme al agujero oscuro, y no pude evitar resistirme. Intenté empujarlo para poder salir. Mis brazos se agitaban, y Papi gruñó cuando le golpeé en el estómago.

No podía entrar ahí.

Estaba llorando y hacía ruido, pero no me importaba.

No podía entrar ahí.

Papi me golpeó en la cara, tirándome de lado. Luego se arrodilló en el suelo de piedra, así que su cara estaba justo frente a la mía. Intenté apartarme, pero me agarró la barbilla para obligarme a mirarlo. Su cara estaba morada, y apretaba los dientes. Quería apartar la mirada, pero estaba demasiado asustado.

"Métete ahí de una puta vez", susurró. "Ahora". Y me empujó dentro del cobertizo con el pie. La puerta se cerró de golpe detrás de mí y oí el cerrojo deslizarse.

Di un paso atrás, y mi espalda tocó la pared, lo que me hizo entrar en pánico.

Todo esto es culpa mía. No debería haber llamado a Speak Up. Ellos me hicieron esto. Deben haberle contado a ese hombre sobre mí, y ahora estoy atrapado aquí.

Para siempre.

Ha pasado un día entero, y solo me siento y escucho la lluvia. Y me escondo de las arañas.

CAPÍTULO CATORCE

MICHELLE

Hay una atmósfera ominosa cuando entro en la oficina de Speak Up la noche después de mi cena con Kelsey y Travis. Todos mantienen la cabeza baja, y el habitual compañerismo parece apagado.

Bordeo las filas de escritorios y me dirijo hacia la oficina de Pam, pero las persianas están bajadas y la puerta está inusualmente cerrada. "¿Qué está pasando?", le susurro a Tanya, una joven voluntaria de Yorkshire. Ella se aparta de su pantalla y escanea la habitación, sus ojos cayendo sobre la oficina de Pam.

"Los servicios sociales están aquí", suspira. "Nos pone a todos nerviosos. Ya sabes, por si traen malas noticias".

Estoy confundida; siempre hay alguien de servicios sociales llamando. Tenemos que tener una relación cercana con ellos, dado nuestro tipo de trabajo. ¿De qué se trata esta vez? ¿Qué está pasando?

"Pero, ¿por qué está todo el mundo tan irritable?", le pregunto.

"Ha cerrado las persianas. No puede ser bueno". El teléfono de Tanya suena y me hace un gesto para que me vaya mientras contesta.

Me quedo merodeando alrededor del escritorio de Tanya durante unos segundos hasta que la incomodidad se hace presente. Tengo sed y la cocina está convenientemente ubicada cerca de la oficina de Pam, así que paso lentamente, intentando echar un vistazo a través del hueco en las persianas.

Apenas puedo distinguir la parte posterior de la cabeza de un hombre. Está inclinado sobre el escritorio de Pam, empujando algo suave y morado a través de la superficie. Su postura erguida sugiere que va en serio. Es bajo y tiene una cabeza calva increíblemente brillante.

Me acerco a la puerta y dejo caer el bolígrafo que estoy sosteniendo. Tan lentamente como me atrevo, me agacho para recogerlo, esforzando mis oídos con la esperanza de que sus palabras se filtren por la rendija de la puerta.

Solo oigo una palabra: "Teddy". Se me hiela la sangre.

¿Está Teddy bien? ¿Qué está pasando? ¿Lo están sacando de allí?

Nunca lo admitiría en voz alta, pero Teddy siempre ha sido mi favorito. No estoy segura si es solo cuando puede estar solo o si es más un esfuerzo deliberado, pero sus llamadas siempre coinciden con mis turnos, así que puedo hablar con él regularmente.

Cuando llama, solo quiere hablar de las cosas que le hacen feliz: piratas; su amigo, Robert; hacer figuras con las nubes. Hay una oscuridad entrelazada en sus palabras cuando habla de sus padres, pero siempre es tan positivo. Me encanta eso de él.

Es más fuerte de lo que yo jamás fui.

Una sombra se cierne sobre mí, haciendo que mi cuerpo se sobresalte. "¿Has perdido algo?". Lisa. Está frunciendo el ceño, sus cejas casi tocándose.

"No", trago saliva. "Solo voy a tomar un café. ¿Quieres uno?"

Niega con la cabeza, sus cejas ahora encontrándose en medio de su frente. Se ve bien hoy con un vestido floral y cuentas chillonas. Me pregunto para quién se ha arreglado tanto. Normalmente parece que acaba de salir de la cama.

"Ese es Graham de servicios sociales", ladra, señalando con la cabeza hacia la puerta. "¿Qué está pasando? ¿Qué sabes?"

"N-n-nada". La palabra sale tartamudeando, y trago mi vergüenza por haber sido atrapada espiando.

"Mira", Lisa mira de nuevo hacia la puerta de Pam. Parece asustada, lo que alimenta los nervios en mi estómago. "Has pasado mucho tiempo con Pam últimamente, ¿verdad?"

Me encojo de hombros. "No diría mucho".

"Oh, definitivamente te has convertido en su mascota. Solo ten cuidado, ¿sí? Especialmente cuando se trata de ese". Agita su mano hacia la oficina y se aleja.

Me quedo ahí perpleja, con la boca abierta. No tengo idea de lo que acaba de pasar. ¿Lisa me estaba advirtiendo sobre Pam? ¿O sobre el hombre con el que está hablando? O tal vez solo estaba diciendo un montón de tonterías.

Desde que empecé aquí, Lisa me ha dado un amplio margen. Cuando le pregunté a Pam al respecto, solo se rió. Aparentemente, Lisa no es particularmente amistosa con nadie. Pam me había dicho: "Pero entonces, eres hermosa, Michelle, y todo un éxito aquí en Speak Up. No me sorprendería que Lisa esté un poco celosa".

Me reí de ello, pero tal vez Pam tenga razón. Lisa claramente no le gusta que me acerque a la dirección. ¿Está tratando de asustarme para que deje el trabajo?

Estoy a punto de alejarme cuando la puerta de Pam se abre y el hombre sale. Sus ojos se abren cuando me ve parada fuera de su oficina sin razón aparente.

"Pam, visita", dice. Su voz es afilada como una navaja, profesional, profunda. Una completa contradicción con su apariencia de topo.

"¡Michelle! ¿Qué haces ahí?"

"Eh, solo veía si querías algo de beber. ¿Alguno de ustedes?"

"No, gracias". Su tono desafía sus modales. Está realmente enfadada y aprieto los labios.

"Está bien, no hay problema, me iré entonces".

Me escabullo de vuelta a mi escritorio y observo cómo Pam se inclina para besar al hombre de servicios sociales en la mejilla. Él le da una palmadita en la mano y se aleja a una velocidad sorprendente para unas piernas tan cortas.

Pam lo observa hasta que está fuera de vista, luego se vuelve hacia mí. Capto su mirada y aparto la vista, con las mejillas ardiendo. Debo parecer tan entrometida, tan poco profesional. No es asunto mío lo que Pam haga en la oficina. Estoy segura de que sea lo que sea, o de quien sea que ese hombre vino a hablar, está bien. Todo está bajo control.

Aunque hay algo en los ojos de Pam que me pone nerviosa. Una excitación. Un fuego. Está tramando algo y realmente quiero saber qué es.

Observo cómo se da la vuelta y vuelve a entrar en su oficina, cerrando la puerta detrás de ella.

Capítulo Quince

TEDDY

Tengo mucha hambre.

La luz empieza a entrar por debajo de la puerta otra vez, lo que significa que es por la mañana. Me alegro; el día significa que hace más calor. El sol calienta la puerta y si empujo mi cuerpo contra ella, yo también puedo calentarme.

Todavía tengo miedo, pero he dejado de llorar. Es como si mis lágrimas se hubieran apagado. A veces siento que una araña corre por mi cara, pero cuando la toco, no hay nada. Mi mente me está engañando.

Ojalá no tuviera tanto frío. Mis dientes no dejan de castañetear y me duele el cuerpo donde los músculos se ponen duros. Cuando Papi me encerró aquí, no podía parar de llorar. Pero pronto me dio dolor de cabeza, y se me acabaron las lágrimas, así que paré. Ahora no sé qué hacer.

Me imagino historias en mi cabeza para alejarme de aquí. Historias sobre piratas. Me gustan los piratas. Tienen una pierna y parches en los ojos. Están rotos pero no les importa; siguen viviendo en el mar y se lo pasan genial.

En mi historia, tienen un barco muy grande y están navegando sobre agua con olas, que les hace rebotar arriba y abajo. Entonces aparece un pulpo gigante y envuelve su brazo alrededor del barco, partiéndolo por la mitad.

Pero justo entonces, aparece un mago y hace aparecer una gran espada de la nada y apuñala al pulpo, salvando a los piratas de ahogarse. Es un héroe. Y los piratas están tan contentos que le dan abrazos y joyas de su cofre del tesoro.

Ojalá el mago me rescatara a mí.

Tengo que contarle a Michelle sobre el mago. Ella dirá algo que me hará reír. Me gusta reír con Michelle, me hace sentir más fuerte. Ella hace que me sienta menos solo. Ojalá Michelle fuera mi mami.

Mi barriga ruge, arruinando mis pensamientos. Miro de nuevo hacia la esquina. Hay un congelador ahí. Ni siquiera sabía que estaba aquí. Me duele mucho la barriga. Siento como si mi barriga fuera hacia adentro en lugar de hacia afuera. Me arrastro hacia el congelador. Solo quiero saber qué hay dentro. Solo un pequeño vistazo. Mami y Papi no lo sabrán.

Mis dedos están muy fríos, y tengo miedo de que se rompan cuando abra la puerta del congelador, pero no lo hacen. Me duelen, sin embargo, y lloro un poco, metiendo mis manos bajo mis axilas para calentarlas un poco.

No funciona, así que me rindo y vuelvo al congelador con mis dedos super helados.

El congelador tiene algunas cajas. Todas están blancas por el hielo. Paso mi mano sobre ellas, tratando de imaginar qué hay dentro. ¿Pizza? ¿Nuggets de pollo? Se me hace la boca agua. Hay una bolsa aquí y meto la mano dentro. Pan. Mami no notará que falta una rebanada de pan. ¿Verdad?

Las rebanadas están pegadas, pero la idea de comer algo me ha emocionado tanto que saco la bolsa y la golpeo contra el suelo. El ruido es muy fuerte y espero, conteniendo la respiración. No pasa nada. Mami y Papi no vienen.

Ahora tengo mucha hambre. Las rebanadas se separan y muerdo una. Está fría, y muy dura, pero mi boca la calienta un poco y baja por mi garganta más fácilmente.

Sabe increíble.

Me he terminado la primera rebanada y tomo una segunda antes de volver a meter el pan en el congelador, rezando para haberlo puesto en el mismo sitio. Mami no puede saber que estoy robando comida, o nunca me dejará salir.

La luz ha desaparecido ahora. La primera vez que empezó a irse, pensé que Papi vendría a buscarme. Pero no lo hizo. ¿Cuándo terminará mi castigo? No pueden mantenerme aquí para siempre. ¿O sí pueden?

Tal vez el hombrecito con la cabeza calva vendrá a buscarme. Me siento esperanzado, hasta que recuerdo que es de servicios sociales. No quiero ser violado.

Pero tampoco quiero estar aquí.

Me he terminado el pan y he escondido la bolsa detrás del congelador, esperando que Mami haya olvidado que está aquí. Las mariposas hacen cosquillas en mi barriga cuando pienso en lo que hará si encuentra la bolsa.

Ahora quiero mi cama. Mi habitación.

Echo de menos a Michelle. Ella siempre es amable conmigo. Me dice que mantenga la cabeza alta y que me mantenga fuerte, porque nada dura para siempre. Intento recordar sus palabras cuando mis lágrimas empiezan a caer de nuevo.

Debería haber dejado que Michelle viniera a ayudarme. Debería haber sido valiente.

Si Michelle supiera que estoy aquí, me salvaría. Lo sé. Ella nunca encerraría a un niño en un cobertizo. Me daría comida y bebida, y me dejaría ducharme y usar el baño.

Doy una patada en el suelo.

Hay un sonido de raspado en la puerta y me lanzo a la parte trasera del cobertizo, escondiéndome detrás de mis manos. La puerta se abre y alguien ilumina el interior con una linterna. Es demasiado brillante, así que cierro los ojos con fuerza para que no me duelan.

"Está bien. Ya te tengo", dice una voz que no conozco. Miro a través de mis dedos. Un hombre me está mirando. Es pequeño y no tiene nada de pelo. ¡Es el hombre que estaba en la puerta!

Se agacha y me tiende la mano. "Ven conmigo. Es hora de que dejes este lugar". Tengo dos opciones: ignorar al hombre y quedarme aquí en este horrible cobertizo, o ir con él a donde sea que me lleve.

Extiendo la mano y tomo la suya.

Me lleva por la puerta trasera, hacia la casa. Alguien más sale corriendo por la puerta principal, cerrándola de golpe. ¿Siguen aquí Mami y Papi? Está extrañamente silencioso. La casa siempre está silenciosa cuando ellos no están, pero algo raro está pasando. Algo se siente diferente aquí. Es como si el aire fuera pesado.

"Mira hacia allá", dice el hombre-topo, señalando la pared. No quiere que mire en la sala de estar. Pero lo hago. No puedo evitarlo; mis ojos simplemente van hacia allí.

Mami está sentada en el sillón en la esquina de la habitación. Está toda desplomada en los cojines, como si estuviera dormida pero muy,

muy profundamente. Su piel tiene un color raro, y tiene algo atado alrededor del brazo.

Papi está tumbado de lado en medio de la habitación. Hay vómito espumoso delante de su cara. Parece enfadado, pero está quieto.

¿Están muertos?

"Vamos, chico, sigue caminando". El hombre pone su mano en mi hombro y me empuja suavemente fuera de la habitación. No me había dado cuenta de que me había detenido a mirar.

Entonces, me doy cuenta de lo que ha pasado. Los malos me han atrapado.

CAPÍTULO DIECISÉIS

MICHELLE

El día siguiente es mi día libre en la clínica veterinaria. Iba a pasar el día en la bañera con algunas velas aromáticas, pero estoy ansiosa por hablar con Pam sobre Teddy, así que decido pasar mi tiempo libre en Speak Up.

Pam está tan alegre como siempre y esquiva mis intentos de hablar sobre Teddy. A las seis de la tarde, la oficina está tranquila, Pam está leyendo algunos documentos en su despacho y Lisa está al teléfono con el proveedor de internet; a juzgar por el color de su cara, no es una llamada exitosa.

Estoy aburrida y frustrada. La lluvia acaba de empezar a caer afuera y no me apetece caminar a casa bajo el inevitable aguacero. Me pongo la chaqueta, lista para irme a casa a mi cómoda cama y ver alguna película de terror de bajo presupuesto en Netflix.

"¿Te apetece que te lleve a casa?" Pam se acerca a mi escritorio cuando me dirijo a la puerta. Tiene su bolso colgado al hombro y un gorro forrado de piel en la cabeza. Parece increíblemente acogedora.

Miro por la ventana. La lluvia ahora golpea contra el cristal. El mundo más allá es invisible a través del torrencial aguacero. No hay manera de que camine a casa con eso. Especialmente cuando los asientos calefactados del coche de Pam están disponibles.

"Claro. Gracias." Me subo la cremallera del abrigo y sigo el paso de Pam hacia la puerta principal de la oficina. Justo cuando empezamos a bajar las escaleras, la puerta de abajo se abre y entran dos policías.

Son polos opuestos el uno del otro. El primero en entrar es un hombre que se alza sobre mí. Trae consigo un fuerte olor a loción barata, haciendo que mi nariz se arrugue. Su compañera apenas mide un metro cincuenta y tiene una expresión sombría y determinada en su rostro que inmediatamente me hace sentir nerviosa.

"¿Pamela Greene?" pregunta el hombre gigantesco.

"Soy yo." Pam suena divertida. Yo estoy aterrorizada. La policía nunca trae buenas noticias.

"¿Podemos hablar un momento?" Miro a Pam buscando su reacción, pero ella no me reconoce, así que los sigo escaleras arriba hasta la oficina principal. Lisa es la única otra empleada que queda en la sala y estira el cuello para escuchar, pero mantiene los ojos en su pantalla para disimularlo. Me río para mis adentros. Va a estar tan cabreada de que yo tenga un asiento de primera fila.

"Señora Greene. Creemos que un tal Teddy Owen se ha puesto en contacto con usted respecto a su bienestar."

Mi corazón se hunde. Esto es. Mis pensamientos saltan a la peor conclusión: Teddy está muerto. Me siento en la silla más cercana; no creo que mis piernas puedan sostenerme. Pam se mantiene rígida. Esta no es la primera vez que recibe malas noticias aquí, y no parece afectada.

"Así es. ¿Les gustaría una copia de su expediente?"

"Eso sería muy útil, señora Greene. Gracias."

Pam llama a Lisa y le pide que copie todas las notas y grabaciones de llamadas en una unidad portátil. Lisa me mira significativamente mientras abre su cajón para sacar una memoria USB.

"¿Está Teddy bien?" pregunta Pam. Mi corazón está en mi boca. Pero la oficial de policía simplemente agita su mano, desechando la pregunta de Pam. Lo que sea que le haya pasado a Teddy, es confidencial.

"Por favor, ¿está Teddy bien?" suplico. "¿Está vivo?"

"No estoy en libertad de decirlo en este momento."

¿Qué coño? Necesito saber si está bien, pero tan pronto como abro la boca para preguntar de nuevo, la oficial levanta una mano para callarme. Pam pone su mano en mi hombro, advirtiéndome que no moleste a esta oficial de la ley. Necesitamos trabajar con ellos, no contra ellos.

Lisa se acerca y entrega a la oficial femenina la memoria USB que contiene las notas de Teddy. Se queda cerca, esperando participar en la conversación, pero los oficiales de policía se despiden y se van.

Los vemos marcharse en silencio antes de que Pam se gire hacia Lisa.

"Gracias, Lisa. Te veré mañana. No te quedes hasta muy tarde ahora," dice Pam, empujándome hacia la salida. No me atrevo a mirar a Lisa mientras paso junto a ella. Puedo sentir cómo me fulmina con la mirada. Quiero acercarme a ella y persuadirla de que no sé nada. No soy partícipe de lo que sea que esté pasando aquí.

Pam sabe algo; lo sé.

Bajamos las escaleras y chapoteamos bajo la lluvia hasta su coche en un silencio contemplativo.

Pam pone el coche en marcha atrás y sale de su plaza de aparcamiento. Nos dirigimos por la calle principal en dirección opuesta a mi casa.

"¿Qué sabes sobre Teddy? ¿Por qué está aquí la policía?" le pregunto. La expresión de Pam no cambió ni una vez durante su conversación con la policía. Si soy honesta, su reacción, o la falta de ella, me hizo sentir incómoda. Nadie puede estar tan emocionalmente desconectado.

Pam indica a la izquierda y se coloca delante de un Land Rover que pita al rozar casi el parachoques trasero de Pam. Algo suave rueda desde debajo del asiento y golpea mis tobillos. Miro hacia abajo. Es la bolsa púrpura que Graham le entregó a Pam en su oficina ayer.

"Si hay algo que he aprendido sobre la policía a lo largo de los años, es que tienen procedimientos estrictos. Todo tiene un orden. Solo tenemos que dar un paso atrás y no interponernos en su camino."

Me está dando largas y estoy furiosa.

"¡Solo dime lo que sabes!" Soy muy consciente de lo grosera que estoy siendo. Pam no me debe nada, pero un poco de tranquilidad sería agradable. Solo necesito saber si Teddy está bien.

"Cálmate, Michelle," espeta Pam. "Lo creas o no, sé lo que estoy haciendo."

Reprendida, me mantengo en silencio. Aprieto mis labios para borrar cualquier indicio de puchero.

Después de unos minutos, Pam rompe el silencio, su voz más suave ahora. "Siento haber estallado. Han sido unos días difíciles."

"Lo entiendo. Me callaré. Solo soy una novata." No pretendía que sonara tan petulante como salió. Es la verdad. Soy una novata.

"Michelle, has superado las expectativas de todos, incluidas las mías. No eres una novata."

Sus palabras me invaden, pero todo en lo que puedo pensar es en la bolsa que ahora descansa contra mi tobillo.

El tablero pita justo cuando Pam gira hacia la gasolinera. "Lo he calculado bien." Pam suelta su risa de niña.

Un par de minutos después, está llenando el coche bajo el refugio de la estación de servicio, con el viento azotando su abrigo a su alrededor. La observo mientras vuelve a meter la boquilla en su soporte y corre hacia la pequeña tienda, donde la gente está haciendo cola para pagar su combustible y compras.

Mis dedos se contraen y miro hacia abajo, a la bolsa de Graham en el suelo.

A la mierda.

La recojo sobre mi regazo y abro la cremallera.

Echando un vistazo sobre el capó, veo que Pam es la tercera en la cola. Todavía tengo un poco de tiempo.

La bolsa es como un neceser de maquillaje, con lazos designados para pinceles y bolsillos para sombras de ojos y colorete. Solo que no creo que esta bolsa haya sido utilizada alguna vez para su propósito previsto.

Metida en cada lazo hay una jeringa. Hay cinco aquí, todas sentadas en una fila organizada. Casi dejo caer la bolsa por la impresión. Luego, abro la cremallera interior y miro dentro. Una bolsa que contiene un polvo marrón sucio está metida en el medio.

¿Qué coño?

Estoy atónita. Pam no se droga, ¿verdad? Parece tan bien compuesta. Tan profesional. No hay manera de que esté consumiendo. Y Graham trajo esta bolsa a la oficina ayer. ¿Eso convierte a Graham en su traficante? Ni de coña.

Una sombra pasa por el coche y rápidamente cierro la cremallera de la bolsa y la empujo de vuelta al suelo justo cuando Pam abre la puerta.

"¿Estás bien ahí?" me pregunta, con el ceño fruncido.

"Sí, se me cayó el teléfono. Creo que se deslizó bajo mi asiento."

Pam asiente y se sienta en su asiento. No se molesta en ver si tengo mi teléfono y mis piernas comienzan a temblar de alivio.

Sale de la gasolinera, charlando sobre la mujer que estaba en la cola delante de ella. Pero no puedo concentrarme en sus palabras. Solo asiento con la cabeza y rezo para que lleguemos pronto a casa.

Unos minutos después, arrastro mi atención de vuelta al presente y me doy cuenta de que no reconozco la carretera por la que vamos. Pam nos ha sacado de la ciudad.

Los árboles bordean la carretera y pasan volando a una velocidad preocupante. Está muy lejos de las filas de casas adosadas que me rodean en mi trayecto habitual a casa. Las alarmas suenan con fuerza en mi cabeza. "¿Dónde estamos?" le pregunto.

"Solo tomando la ruta escénica." La mandíbula de Pam está rígida, sus labios apretados en dos finas líneas. Está agarrando el volante con tanta fuerza que sus nudillos están blancos. "Necesitamos tener una pequeña charla."

Trago saliva. "En realidad, me gustaría ir a casa. Kelsey me está esperando. Se preocupará."

"Oh, vamos, Michelle. Ya me dijiste antes que se quedará en casa de su nuevo novio esta noche."

Mierda.

"Quiero ir a casa, Pam." Pam ignora mis súplicas y pisa más fuerte el acelerador. El coche está acelerando por la carretera llena de charcos; los faros pasan disparados en dirección contraria. La multitud de baches hace que el coche rebote peligrosamente.

"Dime la verdad, Michelle. ¿Miraste dentro de esa bolsa hace un momento?"

Mi silencio grita la verdad.

"¿Miraste en el bolsillo?" me pregunta Pam. Su voz es aterradoramente monótona.

Pienso que, dado que Pam sabe lo que hice, bien podría enfrentarlo de frente. Mi miedo ha llegado a su punto máximo. No hay otro lugar al que ir desde aquí. Pero podría averiguar la verdad sobre Teddy.

"¿Por qué tienes heroína, Pam?"

Pam tira del volante hacia abajo, llevando el coche hacia la izquierda. Frena de golpe, haciendo que los neumáticos traseros patinen y chillen. Mi cabeza está a centímetros de golpear el salpicadero.

Mientras recupero el aliento, me agarro el corazón y mis ojos se mueven rápidamente, buscando a alguien a quien pedir ayuda. Hemos girado hacia un camino lateral; es un pequeño camino de tierra que imagino que conduce a una granja. Un charco se extiende a lo ancho de todo el camino frente a nosotras.

La sangre se me sube a la cabeza, ensordecéndome. Sacudo la cabeza para aclarar mis pensamientos y extiendo la mano para agarrar la manija de la puerta. Las alarmas suenan entre mis oídos cuando oigo que las puertas hacen clic. Pam me ha encerrado.

Me giro hacia Pam. Está mirándome con lágrimas en los ojos.

"Michelle. Necesitamos hablar. Necesito que entiendas." Ya no suena aterradora. Solo triste, y un poco asustada ella misma.

Su cambio de tono es más aterrador que cualquier otra cosa que haya pasado esta noche. Siento que su confesión va a ser enorme. Que cambiará mi vida.

Pam expulsa el aire de sus pulmones y agarra el volante, estirando sus brazos. "Las drogas no son mías, obviamente." Fuerza una risa. "Lo que necesitas entender, Michelle, es que estoy dispuesta a hacer lo que sea necesario para ayudar a mis niños. Y estoy segura de que tú sientes lo mismo."

¡Por supuesto! Si tuviera la oportunidad de detener su dolor, haría cualquier cosa. Absolutamente cualquier cosa.

"Bueno, Teddy necesitaba medidas extremas." Se gira hacia mí, su rostro oculto bajo la sombra. Todo lo que puedo ver son sus ojos brillantes.

La realización me golpea en el estómago. Retrocedo hacia la puerta del pasajero.

"¿Los mataste? ¿A los padres de Teddy?"

El asentimiento de Pam es lento y deliberado. Puedo ver los engranajes trabajando en su cerebro detrás de sus ojos.

"Teddy necesitaba ayuda. Ambas lo sabemos. Graham no podía entrar para ver si estaba vivo. El paso lógico era eliminar la barrera." Su voz comienza calmada, pero se vuelve más histérica a medida que salen las palabras. "

"¡Pero no merecían morir!" grito.

"¿Es eso lo que realmente piensas?" Pam grita. "Eran personas desagradables y dañinas. No aportaban absolutamente nada a la sociedad. Eran una amenaza para sus vecinos, y el pobre Teddy está marcado de por vida. Nunca se recuperará completamente de lo que le hicieron. Graham lo encontró encerrado en un cobertizo diminuto. ¿Sabías eso? Sin comida, sin calor, ni siquiera un cubo para hacer sus necesidades. Así que dime, Michelle, ¿realmente merecen vivir? ¿O deberían pudrirse en el infierno?"

Me muerdo el labio inferior y miro fijamente la lluvia.

"O responde a esto: ¿merece Teddy morir en su lugar? Porque ahí es donde se dirigía, y lo sabes. Tenía que hacer algo, Michelle. No podía simplemente dejar morir a ese niño."

No sé qué decir.

Por el rabillo del ojo, veo a Pam limpiarse la cara. Me giro para mirarla, y me horrorizo al ver lágrimas corriendo por sus mejillas.

"Entiendo tu punto. De verdad que sí," murmuro. "Pero lo que no puedo entender es *cómo*. ¿Cómo pudiste físicamente hacer eso? Pam, les quitaste la vida." Se me hiela la sangre, dejándome paralizada.

Pam suspira. "Cuando respetas el *por qué*, el *cómo* es fácil. Alguien tiene que cuidar de estos niños. Todo el mundo sabe que el sistema está fallando. Se necesita valor para hacer un cambio." Toma un respiro profundo, estabilizando su voz. "Amo a todos y cada uno de los niños que llaman a Speak Up. Por eso lo hago. Tener eso en mente lo hace fácil." Se inclina sobre mí y saca un pañuelo de la caja guardada en la guantera. Se suena la nariz ruidosamente. "Además, estos idiotas lo ponen tan fácil. Agita una bolsa de heroína frente a ellos y prácticamente se matan solos."

Algo se agita pidiendo mi atención en la boca del estómago. Observo cómo la lluvia se desliza por la ventana. "¿Dónde está Teddy ahora, entonces? No puedes simplemente matar a sus padres y enviarlo con los servicios sociales. Hablando de señales de alarma."

"Ese es el dominio de Graham. Ha trabajado para servicios sociales durante años. Como he dicho, no hacemos esto a la ligera. Todo está pensado con meticuloso detalle. Graham sabe exactamente qué informes presentar; cuáles necesitan ser falsificados. Luego, se asegura de que cada niño sea colocado con padres amorosos. Es una operación delicada, pero una que hemos dominado a través de décadas de pensamiento y práctica."

Cada niño. Plural. Sacudo la cabeza. "¿A cuántos niños has *ayudado* así, Pam?"

Ella suspira y cierra los ojos. "Ya no lo sé."

"Joder."

Apoyo la cabeza en el reposacabezas y presiono mis dedos contra mis ojos. Siento como si me hubieran lanzado tanta información en los últimos minutos que quizás nunca me ponga al día.

"Michelle... Cuando eras más joven, tus padres te trataron horriblemente. Murieron. ¿Alguna vez has considerado dónde estarías si no hubieran muerto?"

Por supuesto que sí. He repasado mi historia innumerables veces. Cada vez que hay un momento de silencio en mi cabeza, inmediatamente se llena de dolor y horror de mi infancia. Su abuso arruinó mi vida. Si hubieran vivido, tal vez yo no lo habría hecho.

Pam continúa, "Mi suposición es que no estarías donde estás hoy. Ayudando a la gente. Haciendo un trabajo que amas. Siendo una gran amiga para mí. Y para Kelsey. Lo he visto todo antes. Probablemente estarías tan dañada que irías tropezando de día en día, perdiendo completamente el sentido de la vida. Toda alegría drenada." Presiona una mano sobre mi rodilla. "O, podrías incluso estar muerta."

Sus palabras duelen. Así es exactamente como estaba viviendo antes de que Speak Up me diera una nueva perspectiva de mi vida. Antes de que Pam me levantara del suelo. Era una borracha, una mierda en el trabajo, y una amiga hiriente para Kelsey, que no tiene más que amor para mí.

Gimo.

"Me siento tan cansada," susurro. Siento como si pudiera dormir durante días.

"Solo dime que entiendes de dónde vengo con todo esto. Necesito saber que estás de acuerdo."

"¿Para que no vaya a la policía?"

"Sí." Toca mi brazo. "Y - para que puedas ayudarme a luchar esta guerra."

Capítulo Diecisiete

MICHELLE

Me doy la vuelta y miro fijamente los dígitos brillantes de mi despertador. 03:04. Estoy tan desesperadamente cansada, pero el sueño aún no me ha atrapado.

Los pensamientos siguen dando vueltas en mi cabeza. Intento bloquearlos para que el sueño pueda asentarse, pero la parte más perversa de mí quiere darle vueltas a todo. Pam mata a gente. Gente que hace daño a los niños.

Pam mata a gente.

Me invaden los recuerdos de la tarde de ayer. Las palabras de Pam siguen dando vueltas en mi cabeza como una mosca que no se larga. Estoy sudando, pero cuando aparto el edredón, me congelo. Así que me revuelvo intentando encontrar una posición en la que pueda relajarme.

Es inútil.

Alcanzo debajo de mi cama y tanteo. Para mi alivio, mis dedos agarran el cuello frío de una botella. Hurra. Mi suministro de emergencia de vodka. No sé qué tipo de emergencia había previsto cuando compré esto, pero puedo garantizar que no era esta.

Mis preocupaciones pasadas de repente parecen absurdas. Mi pasado es solo eso - el pasado; cosas que ya no están. Entonces, ¿por qué necesitaba automedicarme durante tanto tiempo? ¿Cuál era el punto? Seguramente que una amiga resulte ser una asesina es una mejor excusa para beber, ¿no?

Sostengo la botella contra mi pecho. Está fría y un delicioso escalofrío recorre mi cuerpo. Desenrosco el tapón.

Mis pensamientos sobre Pam siguen oscilando. Pam es una asesina, pero asesina por el bienestar de los niños que quiero ayudar. Los niños que necesitan desesperadamente salir, antes de que acaben muertos ellos mismos.

Pam es una asesina.

Pam es una vigilante.

¿Como Batman? Me río en la oscuridad, respirando los vapores del alcohol. Incluso solo el olor del vodka me ha hecho sentir mareada, y el cansancio me ha vuelto tonta.

Aunque Batman estaba bueno, así que se le permitía causar caos en nombre de la protección. Además, es ficticio. Pam es muy real, al igual que sus acciones.

Toco la botella con mis labios.

En el viaje de vuelta a casa, Pam me dijo que encontraron a Teddy encerrado en el cobertizo del jardín, cubierto de orina y telarañas. Su piel estaba azul por el frío. Iba a morir allí.

Pam salvó la vida de Teddy. Eso es innegable. Cada niño que llama a Speak Up está en el camino de la devastación, ya sea muerte, dolor o una vida de miseria. Pam detiene eso. Es mejor que Batman. Nuestros tipos malos son asquerosamente reales, y no se ponen una sonrisa descarada y un traje llamativo.

Vuelvo a enroscar el tapón de la botella y la coloco en mi mesita de noche. Beber no ayudará con esto. Necesito una mente racional.

Necesito dormir.

La almohada envuelve la parte trasera de mi cabeza mientras me acurruco de nuevo. Tiro del edredón hasta mi barbilla y mi cuerpo se siente pesado. Mis párpados se cierran lentamente y el sueño finalmente me encuentra.

El sonido de Kelsey chillando interrumpe mis sueños, y me veo forzada a volver a la consciencia. Son las 10:27 y es un raro sábado en el que ambas estamos libres del trabajo. ¿Por qué está chillando?

La puerta de mi habitación se abre de golpe y Kelsey entra sosteniendo un enorme ramo de flores en tonos blancos y amarillos. Son hermosas.

"Oh, son bonitas." Intento mostrar algo de entusiasmo. No quiero arruinar la felicidad de Kelsey. "¿Qué hizo mal Travis esta vez?" Lo digo en broma, pero Kelsey me frunce el ceño.

"Como si Travis fuera a hacer algo tan cliché," responde. "Pero no. ¡Son para ti! ¿Por qué no me dijiste que estabas saliendo con alguien? Podemos tener una cita doble."

Ahora mismo, en medio de mis emociones dispersas, la idea de una cita doble me dan ganas de vomitar, pero la curiosidad me impide despreciar a Kelsey. Tomo las flores que me está entregando.

Leo la nota adjunta al envoltorio de papel.

Michelle. ¿Cuándo puedo llevarte a cenar? Aiden XX

Mis ojos se ensanchan y agarro la nota con más fuerza. ¿Sabe Aiden sobre Pam? ¿Va a intentar convencerme con halagos para que me quede callada?

"¿Qué pasa?" pregunta Kelsey. Está frunciendo los labios como siempre hace cuando está preocupada.

"Estoy bien." Fuerzo una sonrisa. "Es solo una sorpresa, eso es todo. No es todos los días que recibo flores."

Kelsey se ríe. "Bueno, ya era hora. Eres un buen partido." Me resisto a poner los ojos en blanco.

"Vas a salir a cenar con este tipo Aiden, ¿verdad?"

Asiento. Necesito hablar con él para averiguar exactamente qué está pasando. Necesito ordenar todo el ruido en mi cabeza antes de que explote directamente de mis hombros.

Kelsey sale de mi habitación cantando "Sexual Healing" a todo pulmón, mientras se balancea y arrastra sus manos sobre su cuerpo. Creo que está intentando ser sensual. Me río. A pesar de todo, Kelsey es un soplo de aire fresco. Ojalá lo hubiera visto hace años, en lugar de luchar contra ello.

Decido que el mejor curso de acción es pasar el día ignorando mis problemas. Destierro mi teléfono a mi habitación para poder concentrarme en simplemente disfrutar de la compañía de Kelsey. Como en los viejos tiempos. Antes de que la bebida me atrapara.

Acurrucadas en el sofá, vemos episodio tras episodio de Anatomía de Grey, debatiendo quién es el doctor más guapo (Owen Hunt, obviamente).

A las seis de la tarde, hay un golpe en la puerta.

"Oh, será la pizza," digo, levantándome de un salto.

Tengo frío ahora que he dejado la comodidad del sofá, así que corro hacia la puerta principal. Cuando abro la puerta, me sorprende encontrar a Travis en el umbral.

Tiene una expresión tímida en su rostro. "Perdón por la intrusión. Estaba trabajando cerca y solo quería saludar a Kelsey. ¿Está en casa?"

Me hago a un lado y lo dejo entrar, cerrando las temperaturas heladas fuera tras él. "Pasa directamente. Está ahí."

Ni siquiera termino mi frase y ya está en la sala de estar, saludando a Kelsey con un beso prolongado. Son tan lindos juntos. Me doy la vuelta por si estoy interrumpiendo. ¿Debería salir de la habitación? ¿Cuál es el protocolo aquí?

Afortunadamente, Kelsey se aparta.

"¿Qué haces aquí? Pensé que estabas trabajando."

"Lo estoy. Estaba cerca y pensé en tomar un descanso."

"¿Cerca? Oh Dios mío, ¿qué ha pasado?"

No había conectado los puntos hasta que Kelsey dijo eso. Si Travis está trabajando cerca, entonces algo horrible debe haber sucedido cerca de nuestra casa.

"Hace unos días, dos personas se sobredosificaron a unas pocas calles de aquí. Han dejado un desastre absoluto. Está en todas las noticias - cambia el canal."

Me siento silenciosamente en el sillón junto al televisor, con las manos entrelazadas mientras Kelsey agarra el mando a distancia.

Es agonizantemente lenta para encontrar el canal de noticias, y estoy a punto de arrancarle el mando de la mano cuando aparece en la pantalla el familiar banner rojo.

Nos enfrentamos a una imagen de un pequeño cobertizo. El ticker en la parte inferior dice: LA POLICÍA BUSCA EL CUERPO DE UN NIÑO PEQUEÑO DESPUÉS DE QUE LOS PADRES MURIER-AN POR SOBREDOSIS.

La presentadora de noticias parece sombría y está usando su voz de lectura más melancólica: "Aún se desconoce el paradero de Theodore, de siete años."

Pasa al reportero de deportes con una facilidad asombrosa.

Theodore.

Teddy.

Salto de mi silla. No puedo seguir escuchando esto.

¿Dónde está Teddy?

Necesito hablar con Pam.

Ahora.

CAPÍTULO DIECIOCHO

MICHELLE

Mi taxi se detiene frente a la verja de Pam. "Te dejaré aquí, cariño," me dice el conductor. Está tecleando su próxima carrera en su teléfono, y esperar a que se abran las puertas de Pam es obviamente demasiado esfuerzo para él.

No tengo energía para discutir con él, así que salto y le lanzo un billete de veinte libras. Salgo del coche, preparándome contra el frío. El camino de entrada se siente mucho más largo cuando vas a pie.

Finalmente llego a la puerta y toco el timbre. Un ominoso ding-dong suena desde dentro de la casa. No hay respuesta.

"Vamos," murmuro en el cuello de mi abrigo, tratando en vano de encontrar algo de calor.

Mi taxi se ha ido y la casa de Pam está en medio de la nada. No sé qué hacer. Doy vueltas unas cuantas veces tratando de decidir mi próximo movimiento, y respiro aliviada cuando unos faros se acercan a la casa.

El coche se detiene frente a la fila de tres garajes y la puerta del conductor se abre. "Michelle. ¿Está todo bien, cariño?" Pam llama en la oscuridad. "Te ves terrible. Estaba preocupada de que nunca te volvería a ver."

Pam se apresura hacia mí, agarrando un paraguas a su lado, y abre la puerta y me hace señas para que entre primero. Pam se quita el abrigo y lo lleva al guardarropa junto a la puerta. Vuelve con el brazo extendido para tomar el mío, pero me aprieto la chaqueta alrededor del cuerpo. Mis brazos envuelven mi torso como una armadura y Pam solo asiente, con preocupación escrita en toda su cara.

Ahora que estoy aquí, no sé por dónde empezar.

"Ven al salón. Graham, ¿encenderías un fuego para nosotras?"

Me doy la vuelta. Nunca oí entrar a Graham. Es como un pequeño Gollum arrastrándose por las sombras. Sin decir una palabra, se dirige al salón, presumiblemente para encender el fuego como se le indicó.

Es mucho más bajo que Pam y lleva una camisa negra y pantalones chinos. Es un completo contraste con Pam, que lleva un traje pantalón del rosa más pálido.

Pam me ve temblar y engancha su brazo en el mío. "Necesitamos calentarte." No le digo que es la adrenalina lo que me hace temblar, no el frío.

"Solo pondremos la tetera," Pam llama al salón y me hace un gesto para que la siga. Graham asoma la cabeza por la puerta del salón y ofrece el más pequeño asentimiento. Lo observo mirarnos mientras nos alejamos. Mis pies se arrastran por el pasillo como si fueran de plomo.

"¿Qué pasa? ¿Qué haces aquí?" Pam susurra.

"'¿Qué pasa?' ¿Qué crees que pasa?" No me di cuenta de lo enojada que me había dejado nuestra última conversación. Y perdida. Ahora que Pam está frente a mí, podría arrancarle los ojos. "Eres una asesina."

"Oh, no seas tan cruda. Hay más en esto que eso, y lo sabes. Esas personas merecen morir y no finjas que no estás de acuerdo conmigo,"

Pam escupe. Se da la vuelta y llena la tetera. ¿Cómo se atreve a estar enojada conmigo? Solo lo estoy diciendo como es.

Sus motivos pueden ser blanco y negro en su cabeza, pero en la mía son sombrías tonalidades de gris.

"Dime dónde está Teddy."

Pam abre el cajón y saca una cucharilla.

"Ha sido colocado con una encantadora familia de acogida en los Cotswolds."

Me burlo. "No me mientas, Pam. Está en todas las noticias. Teddy ha desaparecido y quiero saber dónde coño está." Golpeo la palma de mi mano sobre la encimera, haciendo que Pam salte.

"¿Todo bien aquí, señoras?" Graham está de pie en la puerta, sosteniendo sus manos cubiertas de ceniza frente a él. Su mirada alcanza la mía y se me hiela la sangre. Sus ojos son negros y diminutos, como pequeños guijarros. No hay ni un atisbo de calidez en ellos.

"En realidad, no," dice Pam. "Creo que necesitas explicarnos dónde está Teddy."

Prácticamente me doy un tirón en el cuello, girando la cabeza para mirar de nuevo a Pam, luego a Graham, y de vuelta. Hay un silencio incómodo entre Graham y Pam, y no sé qué es más aterrador: la ruidosa exuberancia de Pam con apetito de asesinato; o este ninja silencioso, que siento que tiene secretos aún más grandes guardados. Ambos están dando miradas que podrían matar.

Pam se vuelve hacia mí. "Ya te lo he dicho, Michelle; Graham es mi contacto en los servicios sociales. Me ayuda a reubicar a los niños que ayudo. ¿Realmente pensaste que simplemente entra en el trabajo con un niño en brazos y les dice lo que hicimos? ¿Realmente crees que es tan simple? Usa tu cerebro, Michelle."

"¿Y estás de acuerdo con todo esto?" Mi voz es mucho más alta de lo que pretendía y Graham me mira entrecerrando los ojos, sus cejas tupidas conectándose sobre sus penetrantes ojos oscuros.

"Si te refieres al puro heroísmo de Pam, entonces sí." Camina hacia el grifo y se lava las manos. El agua corre negra por el desagüe. "Así que tú eres Michelle. Pam me ha hablado de ti. Me dice que eres especial."

Pam está asintiendo enfáticamente hacia mí. No respondo. "Especial" ¿cómo? ¿De qué está hablando?

Graham se gira para enfrentar a Pam y cruza los brazos. "Dime qué está pasando aquí."

Pam se sonroja. "Solo quiero tranquilizar a Michelle. Me dijiste que Teddy ha sido llevado a cuidado, pero Michelle aquí ha oído por ahí que la policía no puede localizarlo."

"Está bajo cuidado." Graham habla lentamente mientras saca una toalla de un gancho. Se seca las manos a un ritmo agonizantemente lento mientras esperamos una explicación adicional. Se gira para mirarme y me retuerzo bajo su mirada. "Michelle, ¿sabes lo difícil que es colocar a estos niños en un lugar seguro? ¿Sabes lo cuidadoso que tengo que ser para asegurarme de que no surja un patrón? ¿Que si estoy de acuerdo con ello? Ciertamente. Creo que hemos demostrado hasta dónde llegaríamos por estos niños. Y Teddy no es una excepción."

Pam asiente suavemente y extiende su mano hacia Graham. "Estoy verdaderamente agradecida por eso."

Mis ojos van y vienen entre los dos. Ambos comparten una mirada de sinceridad, pero mientras que la de Pam contiene tristeza, la de Graham es fría. Pam trabaja con compasión. Él va al grano.

Todavía no estoy satisfecha.

"Pero ¿dónde coño está, entonces?" grito. Estoy harta del lameculos de Pam y estoy ansiando un trago fuerte. Y algunas malditas respuestas.

Graham junta sus dedos antes de dirigirse a una enorme pared de botellero que separa la cocina del comedor. Saca una botella de vino tinto, luego busca a tientas un sacacorchos en el cajón superior junto al botellero.

Pam abandona el té a medio hacer y obedientemente saca tres copas de vino de un armario detrás de ella. Las coloca en el mostrador para que Graham las llene con el hermoso líquido carmesí.

Sus acciones toman un tiempo exasperantemente largo, pero la promesa de vino es demasiado tentadora, y espero pacientemente, con el corazón martilleando en mi pecho.

"Como ya sabes, Teddy está con una familia en los Cotswolds." Toma un sorbo de su bebida, dejando una mancha roja en su labio superior. "Tracey y Mark Thompson han estado intentando tener un bebé durante años, pero lamentablemente no han podido concebir. No pueden permitirse la FIV, y no pueden adoptar porque Mark tiene antecedentes penales. Fraude." Baja la mirada. Parece triste. "¿Sabes lo desgarrador que es que te digan que nunca podrás ser padre biológico? Te destroza."

Me doy la vuelta, avergonzada por el aparente dolor de Graham.

"Así que los ayudé. De manera extraoficial. Entiendo tu preocupación, pero le he dado a Teddy una oportunidad de verdadera felicidad. Se merece los mejores padres, y realmente creo que Tracey y Mark le darán la vida más increíble. Odio decirlo, pero los servicios sociales no podrán ayudarlo. Simplemente no tenemos los recursos. El pobre chico será pasado de un lado a otro durante años y nunca conocerá un verdadero hogar. Creo que se merece algo mejor que eso. ¿No crees?"

No sé qué decir, así que me sirvo otra copa de vino, vaciando la botella. En el fondo, sé que tiene razón. Cuando el sistema está tan roto que los niños están siendo asesinados, tiene sentido luchar contra él. Hay demasiado en riesgo.

Todo está tan jodido. Esto es demasiado grande para que yo lo maneje.

Gimo y coloco las palmas de mis manos sobre el mostrador, con la cabeza inclinada. Me duelen las piernas. ¿Por qué estamos de pie? Necesito sentarme. Necesito sentarme ahora. Giro alrededor, buscando; mis piernas están temblando. Pam salta a la acción y acerca un taburete hacia mí. Agradecida, me siento y tomo un respiro profundo.

"Gracias, Graham. Estoy agradecida por tu ayuda como siempre," dice Pam, luego se vuelve hacia mí. "Sé que es mucho para asimilar, cariño," dice, colocando sus manos en mis hombros, su cara a centímetros de la mía. Huele a mentas para el aliento y vino. "Piensa en tu infancia. Piensa en cómo te trataron tus padres y cómo te hizo sentir eso. Podemos evitar que eso le suceda a muchos más niños, Michelle."

Nosotros. La palabra se siente enorme.

Pam mira a Graham y él asiente. Ella se vuelve hacia mí. "Te uniste a Speak Up para ayudar a los niños. Ahora esta es tu oportunidad de ayudar realmente, Michelle. No tengo el beneficio de la juventud como tú. Ayúdanos a salvar a más niños como Teddy."

"¿Quieres que mate gente?"

"Quiero que libres a este país del mal."

Me burlo. "Eso suena muy dramático, Pam."

Pam se encoge de hombros. "Pero es la verdad. La verdad es dramática."

Pienso en cuando tenía seis años. Había estado en mi habitación durante días, comiendo latas de salchichas con los dedos, el metal afilado mordisqueando mi piel. Mamá me llamó abajo, y la esperanza encendió mi corazón. Estaba tan emocionada de estar rodeada de algo más que las paredes de mi habitación y rezaba por poder comer algo. Mamá me estaba esperando al pie de las escaleras. Tenía su cara de enojo, y tuve que luchar contra el impulso de correr escaleras arriba.

"¿Divirtiéndote?" me preguntó. Negué con la cabeza. "Te oí reír allá arriba." Miré hacia arriba, tratando de entender qué estaba pasando. Estaba tan segura de que no me había reído. ¿Cuándo fue la última vez que me reí? ¿Me estaba volviendo loca?

Antes de que tuviera la oportunidad de pensar en una respuesta, Mamá empujó su pulgar en mi boca y sujetó mi lengua. Tosí, y ella apretó más fuerte. Mis brazos se agitaban. Quería que se fuera. Quería que simplemente me dejara en paz. Me estaba sonriendo, disfrutando, y yo solo me quedé ahí, parpadeando, aguantándolo. El terror fluyó por cada célula de mi cuerpo cuando Mamá empujó su pulgar hacia la parte posterior de mi garganta. Me tenía inmovilizada contra las escaleras. No podía gritar. Ni siquiera podía llorar.

Me quedé inmóvil y simplemente lo aguanté, rezando para que terminara pronto.

El sonido de su risa me desgarra, y me sacudo de vuelta al presente.

Me muerdo el labio, luego me vuelvo hacia Pam. "No puedo matar a alguien."

"Paso a paso, recuerda."

Asiento, con mis ojos fijos en los de ella.

La risa de Pam tintinea a mi alrededor, un marcado contraste con las carcajadas sádicas de mi madre. "Y, por supuesto, yo misma proporcionaré entrenamiento completo."

Tomo un gran trago de mi vino. Pam y Graham me están observando. Los labios de Pam están apretados, sus ojos llenos de preocupación. Graham me está sonriendo, revelando sus dientes amarillos entre sus labios delgados. No parpadea, ni una sola vez.

"Bien. Lo pensaré."

Capítulo Diecinueve

MICHELLE

Me miro fijamente en el espejo. ¿Quién es esta persona que me devuelve la mirada con ojos tan oscuros y enrojecidos? Mi pelo está encrespado y mechones grises cortan el castaño oscuro. Pero, lo peor de todo, si miras con suficiente atención, las profundidades de mis ojos contienen una oscuridad heredada de mis retorcidos padres. Un abismo en el que estoy cavando más profundo.

¿Puedo matar a alguien para proteger a un niño?

No tengo duda de que habría matado a mi madre si hubiera tenido la oportunidad. Si solo mis pequeñas manos fueran tan fuertes como mi convicción.

Las víctimas de abuso doméstico tienden a quedarse con su abusador porque sienten amor por ellos. No había amor en mí. ¿Asco? Sí. ¿Miedo? Absolutamente. Pero no amor. Cuando eres víctima de abuso, el concepto de amor se vuelve tan jodido que lo confundes con miedo. Con odio.

Es una mezcla borrosa de emociones que te rompe y te lleva por un camino de autodestrucción.

Cuando me fui de casa de Pam, le dije que lo pensaría antes de tomar una decisión. Ella me agarró del brazo cuando me estaba subiendo al taxi y dijo: "Michelle. Necesitas estar segura. Esto no es algo en lo que puedas simplemente meter el pie." Luego me abrazó y me susurró al oído: "Estaré a tu lado hagas lo que hagas. Por favor, quédate al mío también." Un sollozo se atascó en mi garganta.

Lo he pensado durante tres noches. Llamé para decir que estaba enferma en la clínica veterinaria y he evitado ir a Speak Up para poder tener algo de espacio para respirar. Aunque, irónicamente, el olor de mi habitación sugiere una seria falta de aire aquí. Huele a carne.

Hay un suave golpe en mi puerta. "¿Estás bien ahí dentro?" llama Kelsey. Su sexto sentido le ha dicho que he caído tan bajo que debo ser evitada. Tiene razón al hacerlo. Entrar en mi habitación sería como provocar al oso. Le arrancaría su linda cabecita si la viera, y realmente no quiero ser desagradable cuando nos estamos llevando tan bien.

No respondo. No, realmente no estoy bien. Pregunta estúpida. Me doy la vuelta en mi cama y espero hasta que los pasos de Kelsey se dirigen de vuelta por el pasillo, haciendo crujir las tablas del suelo mientras se va.

Sé lo que quiero hacer a continuación. Solo estoy luchando por enfrentarlo directamente. Es como mirar un eclipse. Si lo miras demasiado de cerca, quedas dañado de por vida, pero echarle un vistazo resulta demasiado tentador.

Puedo entender el punto de vista de Pam. Maldita sea, una parte de mí incluso piensa que es admirable; pero, todo es demasiado oscuro. Demasiado inmoral. Es aterrador.

Sin embargo, una cosa que sé con certeza es que no la voy a denunciar a la policía.

Aparto el edredón y me dirijo al baño, con cuidado de comprobar que Kelsey no me va a asaltar con sus incesantes preguntas. Puedo oírla abajo en la cocina, cantando esa canción de Frozen. Mal.

Agarro mi cepillo de dientes y lo cargo con la cara pasta de dientes de carbón de Kelsey.

Un millón de preguntas dan vueltas en mi mente. ¿Cómo hace Pam los asesinatos? No puede drogar a todos, ¿verdad? Sería demasiado obvio. ¿Y cuántas vidas ha cobrado ya? Mis preguntas me aterrorizan. Mi imaginación está jugando con mis nervios.

Escupo la pasta de dientes en el lavabo y enjuago mi cepillo, apartando todos los pensamientos sobre las actividades extracurriculares de Pam de mi mente. La puerta principal se cierra de golpe cuando Kelsey se va al trabajo y mis hombros se relajan. No quiero volver a mi habitación convertida en un pozo negro. Anhelo la luz del sol y el aire fresco.

En un intento desesperado por mantenerme distraída, encuentro el valor para enviarle un mensaje a Aiden para ver si está libre para vernos. Necesito hablar con alguien que no sea Pam para ver qué información puedo obtener sobre toda la situación.

Responde de inmediato. Puedo tomarme la tarde libre por ti. ¿Has comido? Xxx

No. ¿Qué tienes en mente? Xxx

Un taxi te recogerá en diez minutos. Xxx

Dejo caer mi teléfono en la cama. Mierda. Será mejor que me apresure.

Me encanta tener la casa para mí sola. Poner Slipknot a todo volumen en mis altavoces me anima a enfrentar el mundo. Me pongo unos vaqueros negros ajustados y una camiseta escotada. Mis pechos se ven bien en el profundo escote en V.

Aparto todos los pensamientos sobre Pam a un lado. Necesito desviar mi atención para evitar hundirme en profundidades aterradoras, y Aiden es la distracción perfecta. Es como bailar en la periferia del infierno.

No encuentro atractivos a muchos chicos. Es como si mi cerebro pasara por alto las apariencias, así que siempre asumí que esa parte de mí estaba apagada. Pero Aiden es como un soplo de aire fresco. Siento mariposas entre mis piernas cuando pienso en él. Me muerdo el labio inferior anticipando ver sus bíceps abultándose a través de sus mangas, su pelo desaliñado cayendo sobre sus ojos, e imaginando sus enormes manos agarrando mi trasero. Vale, quizás necesito una ducha fría.

Es un largo viaje hasta las afueras del distrito empresarial. Es un día glorioso poco característico, y observo cómo los adultos revolotean intentando aprovechar al máximo el tiempo personal que pueden en su hora de almuerzo. Algunas almas valientes se han atrevido a llevar mangas cortas, aunque juro que puedo ver su piel de gallina desde aquí.

Cuando el taxi me deja en las afueras de la ciudad, Aiden me está esperando en la puerta de un edificio de centralita telefónica convertido, con una enorme sonrisa en su rostro. El sol brilla sobre él, resaltando los destellos verdes en sus ojos. Quiero disfrutarlo, pero las dudas revolotean por mi mente. ¿Sabe lo que está haciendo Pam? Ella me aseguró que no, pero ya no estoy segura de qué creer. Gran parte de nuestra amistad se ha construido sobre mentiras.

Sacudo la cabeza, apartando mis preguntas. Solo hay una forma de obtener respuestas; necesito hablar con él adecuadamente.

"Hola, extraña. Pensé que me estabas ignorando." Me atrae hacia él para un abrazo y respiro su aroma a sándalo. Todos los pensamientos sobre Pam se desvanecen. Estoy perdida en él.

"Lo siento, he tenido un par de días difíciles," digo, mientras Aiden me guía por un tramo de escaleras. Me sorprende encontrar que el pasillo de arriba solo tiene una puerta. ¿Su piso ocupa toda la planta? Debe ser enorme.

A la orden de Aiden, abro la puerta y jadeo. Su piso es una habitación masiva, segregada en áreas con pilares metálicos expuestos y paredes a media altura. La cocina está en el otro extremo de la habitación, moderna y reluciente mientras el sol entra a raudales por las ventanas de suelo a techo.

Junto a la cocina hay una mesa de comedor lo suficientemente grande como para sentar a ocho personas. Luego, la pared izquierda está dominada por un lujoso sofá azul marino, frente al que debe ser un televisor de sesenta y cinco pulgadas montado en la pared. Giro alrededor, asimilándolo todo. Escondida en la esquina a mi derecha hay una cama enorme. Está rodeada de lujosas y gruesas cortinas que barren el espacio, separándola del resto de la habitación.

"Guau," jadeo. Nunca he sentido una habitación tan espaciosa y aireada. Siento un impulso ridículo de correr en círculos, chillando.

"¿Te gusta?" Aiden se ríe, llevándome hacia la cocina.

"¡Me encanta!" Lo sigo, absorbiendo los muebles caros y el diseño perfecto. Pam realmente sabe cómo cuidar a su hijo.

Una tabla de madera yace sobre la superficie de trabajo de la cocina. Está cargada de carnes frías y quesos. Una hogaza de pan recién horneado está junto a ella.

"¿Lo has horneado tú mismo?"

"Y una mierda." Aiden se ríe. "Abrir paquetes y hacer que se vea bien en una tabla de cortar es lo mejor que puedo hacer."

"Bueno, se ve increíble." He estado viviendo de Pringles y aceitunas los últimos días y mi estómago gruñe en anticipación. Aiden gira lentamente la cabeza para mirarme. Levanta una ceja ante el gruñido de mi barriga, y siento que me sonrojo.

"Será mejor que comamos antes de que ese alien se libere." Me da un codazo con su hombro, y me río. Recogiendo la tabla, Aiden me lleva al sofá y coloca la comida en la mesa de café. Me lanzo sobre el cojín más suave que he sentido jamás.

Comemos nuestro almuerzo mientras Aiden me deleita con historias de su juventud. Me da la impresión de ser un niño travieso con amor por molestar a la gente y causar travesuras. Menciona a Pam frecuentemente en sus historias, pero su padre está ominosamente ausente. Estoy intrigada y ansiosa por mantener la conversación alejada de Pam, por ahora.

"Cuéntame más sobre tu padre," le pido. Su rostro se arruga y me arrepiento inmediatamente de haber preguntado. "Lo siento, no tienes que hacerlo. Fue una estupidez decir eso."

Él descarta mi preocupación con un gesto de su brazo. "Está bien. Es historia antigua."

"Debe haber sido duro para ti. Imagino que un ataque al corazón no te da mucho tiempo para prepararte."

Aiden suspira y se hunde en el sofá. Toma un respiro profundo, con los ojos cerrados. "A la mierda. No tengo nada que ocultar... Se suicidó." Su explicación es tan brusca que considero la conversación cerrada. Extiendo la mano para tocar la suya, pero él se aparta. "No se lo cuento a mucha gente. No necesita discutirse, así que solo les digo a las personas que tuvo un ataque al corazón. Evita preguntas incómodas."

¿Incómodas? Nunca me he sentido tan incómoda en toda mi vida. Soy una idiota por meterme en su vida personal.

Sintiendo que necesita algo de espacio, recojo la tabla con los restos del almuerzo y la llevo a la cocina. Encuentro el lavavajillas, que está disfrazado como un armario, y lo cargo.

La culpa me hace apretar los dientes. ¿Por qué soy tan condenadamente entrometida?

Mientras cierro el lavavajillas, siento a Aiden presionarse suavemente detrás de mí. Me susurra al oído, dándome escalofríos. "Lo siento, no quise avergonzarte. Es solo que no hablo mucho de papá. Era un poco imbécil."

Me doy la vuelta y pongo mis manos en sus hombros. Aiden tiene una curiosa mezcla de afecto y odio en su rostro. Por su proximidad, asumo que la primera emoción es para mí. Pero, entonces, ¿por qué odia a su padre? Supongo que suicidarse es un pecado difícil de perdonar.

"Lo entiendo. Tampoco me gusta hablar de mis padres," susurro. Su mano roza la mía y flexiono los dedos para agarrarla, pero ya se ha alejado.

"Tenemos bastante equipaje entre los dos, ¿eh?"

Empiezo a reír, pero antes de que el sonido pueda escapar, se acerca de nuevo y presiona sus labios contra los míos.

Un escalofrío recorre mi columna. Es tan gentil que apenas puedo sentir sus labios contra los míos. Justo cuando me estoy hundiendo en su afecto, se aparta y me mira.

Nos miramos a los ojos durante lo que parece una eternidad. Entonces Aiden me atrae hacia él para que mi cuerpo esté presionado contra el suyo. Su boca saluda a la mía con un vigor y una pasión que debilitan mis rodillas. Un gemido escapa de mis labios.

Todos los pensamientos sobre Pam han escapado. Solo existe este momento. Justo ahora. Aquí.

Capítulo Veinte

TEDDY

Mi nueva habitación es agradable. Tengo una cama grande con un cajón debajo y hay algunas ropas allí. Algunas tienen agujeros y hay una enorme mancha rosa en el pijama, pero no me importa. Me quedan bien y una camiseta tiene un barco pirata. Esa es mi favorita. También hay una pequeña estantería en la esquina, con muchos libros. Algunos tienen las esquinas dobladas y marcas de garabatos. Hay una muñeca tirada detrás de la puerta que me mira fijamente cuando estoy acostado en la cama. Le di una patada para girarla para que ya no pueda verme.

Lo mejor es que puedo sentarme en la sala de estar cuando quiera. La señora me enseñó cómo usar el mando a distancia de la tele, pero había demasiados botones y todavía no estoy seguro. Así que la enciendo con el botón rojo y veo lo que sea que aparezca. Normalmente son las noticias, pero ahora mismo estoy viendo a una señora guapa que le enseña a algunas personas una casa en un país llamado Australia. Se ve bien allí. Todo el mundo está sonriendo.

La puerta principal se abre y entra el hombre de los ojos entrecerrados. "Soy yo," grita. "¿Glory, estás aquí?"

La señora, Glory, sale de la cocina, secándose las manos con un paño de cocina.

"Aquí. ¿Alguna noticia?"

Suena nerviosa. Tal vez incluso asustada. Mis ojos bailan entre los dos mientras hablan. Es como si ni siquiera estuviera en la habitación.

Glory es muy amable conmigo, pero la sorprendo mirándome con lágrimas en los ojos. Me hacía sentir raro, así que ahora simplemente salgo de la habitación cuando ella entra.

"Sí. Lo recogerán el sábado. A la misma hora que el último," dice el hombre. Esta vez, me mira. Me doy la vuelta; sus ojos me asustan.

"¿El sábado? Jesús, eso es una eternidad. Sabes que no me siento cómoda teniéndolos aquí tanto tiempo."

"Pero te gusta el dinero, ¿eh?" le responde el hombre. "¿No metió a tu chica en rehabilitación el año pasado? No es que sirviera de mucho." Se ríe.

Se quedan mirándose el uno al otro durante un rato antes de que Glory diga, "De acuerdo. Estaremos listos."

¿Estaremos? ¿Se refiere a mí? ¿Listos para qué? ¿A dónde voy ahora? Quiero quedarme aquí. Me gustan los libros y puedo usar el mando a distancia de la tele.

Desde que llegué aquí, he pensado en mi mami y mi papi todo el tiempo. Sé que están muertos y eso significa que se han ido para siempre, y los extraño mucho. Un poco, al menos.

Eran las únicas personas que conocía. No sabía que el mundo sería tan grande y extraño. Todo es tan nuevo ahí fuera y no me gusta. Ni un poco.

El hombre asiente a Glory, luego se vuelve hacia mí. Se arrodilla muy cerca, como si tuviera un secreto que quisiera susurrarme.

"Estás siendo un buen chico, ¿verdad?"

Asiento.

"¿Estás siendo agradable y callado para Glory?" Saca su teléfono del bolsillo.

Asiento.

"Bien hecho. Te irás de aquí pronto, ¿de acuerdo?" Mira el teléfono y sonríe.

"¿A dónde voy?" susurro.

Me guiña un ojo, pero no es un guiño agradable. Mi cuerpo tiembla. "A algún lugar lejos de aquí."

Busco a Glory, pero se ha ido a la cocina. Creo que puedo oírla llorar.

No quiero ir lejos de aquí. Quiero ir a casa.

Capítulo Veintiuno

MICHELLE

No tenía intención de quedarme a dormir. ¿Quién duerme con un chico en la primera cita? Soy una desvergonzada. Pero estoy un poco orgullosa de mí misma.

Nos sentamos en el sofá hasta las primeras horas de la mañana. Hablando, bebiendo, besándonos. Cuando nos dimos cuenta de lo tarde que era, no tenía sentido coger un taxi a casa. Aiden durmió en el sofá y yo dormí en la cama. Ahora sonrío ante el recuerdo de camino al trabajo.

"Aiden," susurré en voz alta a través del espacio abierto de su apartamento.

"¿Sí?" susurró de vuelta. "¿Estás bien?"

"No. Tengo frío."

"¿Quieres otra manta?"

"No. Te quiero a ti." La risa de Aiden cortó la oscuridad; segundos después, saltó a la cama junto a mí. Encuentro consuelo en que no tuvimos relaciones. Soy más elegante que eso, además estábamos un poco demasiado borrachos. Pero nos besamos y abrazamos, y caí en un sueño profundo y hermoso con sus brazos alrededor de mí.

Me sentí segura.

Maggie no está para interrogarme sobre mi falsa enfermedad cuando llego al trabajo, lo que se suma al sentimiento alegre en mi corazón. Aunque mi humor baja un poco cuando veo a mi primera cliente esperándome.

"Buenos días, Pam," le digo y me agacho para tomar la cabeza de Felix en mis manos. "¡Hola, chico!"

"Buenos días a ti también. Pareces animada hoy."

Me doy la vuelta para que Pam no pueda ver mis mejillas rojas. No estoy lista para enfrentarla. Su presencia invita a grandes sentimientos, y solo quiero flotar en mi nube un poco más.

Tomo la correa de Felix y Pam camina de vuelta a la puerta. Asoma la cabeza para ver quién está alrededor. Satisfecha de que la clínica esté vacía - salvo Sharon limándose las uñas en la recepción - cierra la puerta suavemente y se vuelve para mirarme.

"Quería ver cómo te va."

"¿Quieres decir que quieres saber qué he decidido? ¿Mi decisión que cambiará mi vida sobre si matar gente o no?"

Pam inclina la cabeza hacia un lado, sus rizos perfectos cayendo sobre su hombro derecho. "Bueno, sí; aunque prefiero pensar en ello como salvar a niños vulnerables."

Pam todavía suena como Pam. Se ve como Pam. Actúa como Pam. Excepto que ahora, conozco sus secretos más oscuros y está tan expuesta ante mí. Puedo ver su crudeza. Veo su verdad.

Y puedo sentir la mía, abriéndose paso dentro de mí. Y es aterrador. A través de las ondas de choque, no puedo evitar sentir algo parecido al respeto. Pam está decidida a ayudar a estos niños incluso si se está poniendo en riesgo.

Admiro eso. Aunque aplasto la admiración. No estoy lista para enfrentarla todavía.

"Solo quiero saber cómo empezaste todo esto. ¿Te despertaste un día y pensaste, ya sé cómo ayudar a estos niños, simplemente iré y les clavaré una aguja a los padres?" Meto a Felix en el fregadero bajo y él entra a regañadientes para una ducha.

"Si te lo cuento, no debe salir de esta habitación. No puedes decirle a Aiden que lo sabes. Sé lo cercanos que son ustedes dos." Mierda, ¿sabe que me quedé en su casa anoche? Solo salí de su apartamento hace una hora. No puede habérselo dicho ya, por el amor de Dios. Me siento un poco asqueada.

"Aiden me dice que planea invitarte a salir," sonríe, demorándose.

Suelto el aliento que he estado conteniendo deliberadamente. Oh, gracias a Dios, no sabe nada. Fraternizar con el hijo de Pam cuando estoy lidiando con su confesión se siente vergonzoso. No tengo auto-control.

Felix sacude agua por todas partes, trayéndome de vuelta al presente.

Mi curiosidad puede más que yo. Quiero que vuelva a su ominosa propuesta. Quiero saber el origen de todo esto. Tal vez si puedo entender dónde comenzó todo esto, tendré la imagen completa y podré darle sentido a todo.

"No se lo diré."

Pam suspira. "Sabes cuánto amo a mi hijo. Y un día, cuando tengas hijos, entenderás que el amor te hace hacer cosas que nunca imaginaste que serías capaz de hacer. Es un amor que puede volverte loca."

Rocío a Felix con un champú desodorante y lo froto en su pelaje con las yemas de los dedos. Él gime y empuja su espalda contra mis manos.

"Cuando Aiden me dijo que su padre lo estaba tocando, simplemente vi rojo."

Giro la cabeza bruscamente para mirar a Pam. Ella está evitando mi mirada, sus dedos jugueteando con la cremallera de su abrigo.

"El padre de Aiden fue mi primera víctima, Michelle, y no me arrepiento. Lo que le hizo a mi hijo era imperdonable. El sistema de justicia simplemente no podía proporcionar la justicia que merecía. Merecía la pena máxima. Aiden también merecía eso."

"¿Cómo lo mataste?" No puedo creer que esté preguntando. ¿Quiero saber la respuesta?

Pam agita las manos con una indiferencia que envía escalofríos por todo mi cuerpo, luego dice: "Lo drogué y le corté las muñecas."

Toso y trago la bilis que está subiendo por la parte posterior de mi garganta. Cierro el agua y dejo que Felix se sacuda antes de lanzarle una toalla encima.

Estoy temblando. No puedo respirar.

Felix salta del fregadero y comienza a correr alrededor, ajeno a la tensión en la habitación.

"Michelle." Pam está justo detrás de mí; su perfume floral ahoga mi sentido del olfato. "Debes entender por qué tuve que hacerlo. Ese bastardo repugnante tocó a mi hijo en lugares donde un niño nunca, nunca debería ser tocado. Le quitó tanto. Tenía que quitarle la vida, Michelle. Simplemente tenía que hacerlo. Era lo mínimo que podía hacer."

Para mi horror, me doy cuenta de que Pam está sollozando en su manga. Parece lastimosa. Pequeña y débil. Se alimenta de su heroísmo, y yo lo he convertido en algo desagradable. Puedo ver su mundo desmoronándose a su alrededor mientras revive el dolor supremo causado por alguien que se suponía que debía amarla. Su integridad yace en pedazos en el suelo.

La rodeo con mis brazos, atrayéndola hacia mi delantal empapado. Felix se acerca trotando y coloca una pata en la pierna de Pam. Ella continúa sollozando en una mano y acaricia a Felix con la otra.

"Entiendo," susurro. "De verdad que sí."

Lloramos juntas, liberando el dolor por el que hemos pasado. Ambas víctimas. Pam la luchadora. Pam hace lo que hace porque hay muchas más víctimas allá afuera. Solo quiere ponerle fin. Puedo ver eso. Puedo sentir eso.

Todo lo que quería de niña era sentirme segura. No quería montones de regalos de Navidad o viajes a Alton Towers, solo seguridad. Pam está proporcionando eso a estos niños y, si soy honesta, a mí también.

Cuando nuestras lágrimas disminuyen, Pam se aparta y me mira. "Mira, si no quieres ayudar, lo entiendo completamente; pero por favor, no puedes contarle a nadie sobre todo esto. Pondría tantas vidas en peligro."

Las lágrimas resbalan por mis mejillas. Aiden tenía trece años cuando Pam mató a su padre. ¿Cuántos años estuvo sometido a tan asqueroso abuso? ¿Cómo es que Aiden resultó tan gentil y dulce? Es tan... bueno... normal. Mejor que normal. Y eso es gracias a Pam.

"Tienes mi palabra, Pam. Tu secreto está a salvo conmigo."

Pam solloza.

"Y, ¿Pam?"

Ella se vuelve para mirarme. Su maquillaje está corrido y puedo ver las bolsas bajo sus ojos. No ha dormido en días. Se seca la cara con un pañuelo floral.

"Quiero ayudarte."

"¿De verdad?" Deja caer su pañuelo al suelo y aplaude con deleite. Felix agarra el pañuelo y se lo lleva a la esquina de la habitación para una buena masticada.

"Sí. No podemos dejar que la gente se salga con la suya."

Pam aplaude de nuevo. Sus mejillas están sonrojadas y brillantes por las lágrimas. "¿Te gustaría acompañarme en mi próximo caso? ¿Aprender las cuerdas?"

"Sí." Asiento con una confianza que me cuesta reunir. "¿Les inyectas cada vez?"

"Oh no, a veces eso simplemente no funcionará. Pero es un buen lugar para empezar."

Estoy en partes iguales horrorizada y curiosa. Esto se siente como una especie de inducción laboral jodida. Aun así, casi estoy ansiosa por ver cómo va esto.

Capítulo Veintidós

MICHELLE

La última semana se ha arrastrado, y ahora son las diez de la noche del jueves cuando Pam se detiene frente a mi casa. Afortunadamente, Kelsey está en casa de Travis esta noche, así que no tengo que tratar de evitar sus preguntas entrometidas. Salgo de la casa con el peso de lo que va a suceder hundiéndose en mis hombros.

"¿Cómo estás?" pregunta Pam cuando cierro la puerta del Fiat Punto de alquiler detrás de mí. Se ve rara con un abrigo negro, sin maquillaje y el pelo recogido en un moño apretado.

No le respondo. No creo que haya palabras que puedan resumir cómo me siento. ¿Cuál es la palabra para aterrorizada, atónita, asqueada y emocionada todo en uno?

Pam conduce hasta la carretera principal y gira a la izquierda hacia la autopista. Nuestro objetivo, Kate, vive a dos horas de distancia, así que Pam tiene tiempo de sobra para ponerme al día con el plan.

"Hay tres reglas esenciales que nunca debes olvidar. Uno, no debemos ser vistas." Asiento, mirando fijamente a través del parabrisas hacia la oscuridad. Esa es una regla jodidamente obvia. Un escalofrío recorre mi espina dorsal y Pam continúa. "Dos, usa guantes en todo momento y recoge tu pelo. Tres, me observas; eso es todo lo que tienes que hacer. Esto es entrenamiento, para construir confianza. En ningún momento te involucras."

"Vale." Mi voz suena débil, y toso para endurecerla un poco. "Vale," repito un poco más fuerte. Sí, eso no funcionó.

"Y, Michelle. Si necesitas irte, vete rápida y silenciosamente. Ven directamente al coche y espérame."

"¿No rastreará la policía el coche hasta ti?"

Pam sonríe. "No, lo rastrearán hasta una tal Diane Herne que vive en una dirección inexistente en Devon."

Realmente esta no es la primera vez de Pam. Intento relajarme en la experiencia.

"¿Qué vamos a usar para... ya sabes... matarla?" le pregunto. "¿Sobredosis de drogas?"

"No. Kate no es una adicta a las drogas. Eso significa que no tenemos una causa de muerte obvia en la que apoyarnos. Creo que ambas podemos estar de acuerdo en que necesitamos que esto tenga impacto y termine rápidamente. Solo observa y aprende."

Trago saliva. "¿Y si te supera?" ¿Puede Pam superar a alguien que lucha por su vida? ¿Tiene algún tipo de superpoderes de los que no estoy al tanto?

Pam me lanza una mirada conocedora. "No necesitas preocuparte por eso," se ríe.

Gruño con frustración. Pam está deliberadamente bailando alrededor de los bordes del plan. Probablemente en caso de que me acobarde. Me está cabreando.

Sigo arrastrando mi mente de vuelta a por qué estamos haciendo esto. Estoy al borde de mi asiento, una parte de mí ansiosa por saltar del coche y correr.

Sé que esta mujer Kate hizo que su hija bebiera lejía. Pam no me dirá quién es la niña. Dice que me distraerá de la tarea en cuestión y me emocionará, lo que puede llevar a cometer errores.

Pam continúa. "Graham ya ha llevado a la hija de Kate bajo custodia. La recogió de la casa más temprano hoy. Kate estaba devastada aparentemente, pero es difícil simpatizar cuando has oído a su pequeña niña sollozar por teléfono. Graham se reunirá con su nueva familia mañana, y está seguro de que todo saldrá bien."

Necesito abordar el elefante en la habitación. "Entonces, ¿por qué estamos haciendo esto? Si su hija ya se ha ido?"

"Porque la mujer es escoria, Michelle. Y la escoria asquerosa siempre encuentra una manera de prosperar. Solo será cuestión de tiempo antes de que encuentre a alguien más con quien jugar." Se mete en el carril derecho, rozando una furgoneta blanca. "Lo he visto más veces de las que puedo contar. Se llevan a un niño y el padre se aburre. Meses después, están embarazadas de su próximo juguete."

Escucho la respiración laboriosa de Pam, y espero a que se calme antes de hacer mi siguiente pregunta ardiente.

"¿No tiene otros familiares con los que pueda ir?"

"En este caso, no. Tiene un tío, pero está en prisión por apuñalar a alguien con una botella rota, y francamente, incluso si tuviera familia, eso no significa que esté más segura. No hay forma de saber si ese familiar mantendrá a la niña alejada de su abusador. A menudo encontramos que están de vuelta en manos del abusador en semanas, y probablemente puedas imaginar lo que les espera."

Ya estamos fuera de la autopista y serpenteando por calles residenciales. Veo las farolas pasar en un borrón.

"Tiene cinco años, Michelle. A esa edad, los niños son resilientes. Se adaptará rápidamente, y Graham la visitará regularmente."

Nos sentamos en silencio, nuestros pensamientos resonando fuertemente en nuestros oídos.

Finalmente, Pam mete el coche de alquiler en una calle lateral y aparca junto a la acera. Se gira hacia mí. "Iremos a pie desde aquí, en caso de que el motor despierte a algún vecino. Está a unos ochocientos metros en esa dirección."

Esperamos un minuto, luego salimos del coche con la cabeza baja. Pam me hace señas para que la siga calle abajo.

No vemos un alma en nuestro camino. Todos están escondidos detrás de cortinas cerradas y puertas con llave. Oímos música a todo volumen desde una casa y giro la cabeza, por si miran afuera y ven pasar a dos asesinas.

Un gato salta de un arbusto cercano, y casi me cago encima. Es una cosita escuálida. Sus costillas sobresalen dolorosamente y su collar cuelga suelto. Tengo que resistir el impulso de recogerlo y salvarlo.

Los pasos de Pam se ralentizan mientras observa los números de las casas. En silencio, se desliza en el callejón junto a una casa y yo la sigo. Me atrae hacia el túnel de ladrillos completamente oscuro. "Entraremos por atrás. Tengo una llave."

"¿Cómo coño conseguiste una llave?" le susurro, retrocediendo.

"Graham." Casi puedo oír el encogimiento de hombros en su voz. "Cogió una cuando se llevó a nuestra niña."

El jardín está lleno de escombros. Junto a la puerta trasera hay una silla rota, una diana mohosa y una bolsa de basura derramando su contenido, hecha jirones por garras pequeñas y afiladas.

Pam mete la llave en la puerta trasera y la empuja para abrirla. Salto hacia atrás cuando cruje. Mi corazón está en mi boca.

Nos detenemos en el umbral de la cocina. Platos sucios yacen sobre todas las superficies con varios tonos de moho creciendo en ellos. Apesta. Mohoso y repugnante, y extrañamente, algo dulce. Arrugo la cara en un vano intento de bloquear el hedor. Más allá de la cocina, lo que supongo que es la sala de estar está en completa oscuridad.

"¿Cómo sabes que está dentro?" Mi susurro apenas penetra el espacio entre nosotras, pero Pam presiona su dedo contra sus labios y sacude la cabeza. Señala el techo, junta las palmas y apoya la cabeza en ellas, imitando el sueño.

Asiento.

Me hace señas para que la siga.

Nos abrimos paso hacia la sala de estar, esquivando los paquetes de comida desechados y las colillas de cigarrillos. Subimos las escaleras lentamente, poniendo nuestro peso en cada una, aprendiendo cuáles crujen. Pam es impresionantemente ágil, mostrando su vasta experiencia. Estoy horrorizada ante la idea de todas las vidas que ha tomado, pero no puedo mentir; también me tranquiliza su capacidad.

Damos la vuelta en la esquina en la parte superior de las escaleras. Tres puertas se extienden por el pasillo. Una está abierta y revela un pequeño y asqueroso baño. Las otras dos puertas están cerradas. Pam extiende su palma hacia mí, indicándome que me detenga. Se desliza en el baño y sale sosteniendo una toalla, que está doblando en un rectángulo pulcro.

Continuamos nuestro camino por el pasillo.

Una luz parpadeante se filtra por el espacio debajo de la puerta al final y fuertes ronquidos llenan nuestros oídos. Kate debe haberse quedado dormida viendo la televisión.

Sintiéndonos más confiadas de que nuestros pasos no la despertarán, procedemos con menos vacilación. Los ronquidos continúan.

Pam entra primero en el dormitorio.

Kate está acostada en su cama como si no tuviera una preocupación en el mundo; como si su pequeña no hubiera sido alejada de ella. Su vasta forma está desparramada, cubriendo casi toda la cama doble. Tiene una máscara sobre su rostro. Hace un sonido suave y silbante mientras fuerza aire en las fosas nasales de Kate. Hay un olor distintivo a flatulencia y suciedad. Nos acercamos sigilosamente al lado de la cama y la miramos.

Gruñe y cambia de posición, haciéndome jadear y lanzar mi mano contra mi boca. Pam me lanza una mirada afilada, con una ceja levantada.

Levanto la mano en disculpa.

Pam tenía razón. Si esta mujer presenta una pelea, no llegará lejos. Está a solo un par de kilos de ser sacada de aquí con una carretilla elevadora.

Una extraña calma me invade mientras nos quedamos de pie observando a Kate dormir. QVC se reproduce en la televisión, anunciando joyas de cuatro cifras que Pam sin duda describiría como baratas y de mal gusto. Aquí apesta a humo de cigarrillo y carne podrida.

Pam asiente para sí misma y con una velocidad impactante baja la máscara al pecho de Kate y coloca la toalla doblada sobre su rostro. Una pequeña y triste sonrisa juega en los labios de Pam.

Los ronquidos de Kate se detienen inmediatamente y sus ojos se abren de golpe. Su mirada cae sobre Pam y parece desconcertada, lo que rápidamente es reemplazado por desesperación cuando la realización se asienta. Su pánico reverbera a través de todo mi cuerpo.

Intenta sacar sus pesados brazos de debajo del edredón, pero Pam se lanza sobre la cama con una agilidad sorprendente, inmovilizando a Kate.

La toalla se ha desplazado hacia arriba así que todo lo que puedo ver es la barbilla de Kate. Observo cómo tiemblan los pliegues, agradecida de no poder ver más el terror en sus ojos. Y que ella ya no puede verme.

Intenta sentarse, pero su puro tamaño más Pam empujando contra ella, significa que sus abdominales no son capaces de completar la acción.

Está tomando demasiado tiempo. ¿No debería estar muerta ya?

Mi mente sigue diciéndome que corra, pero parece que no puede comunicarse con mis pies, que permanecen clavados en el lugar.

Finalmente, Kate se debilita y ralentiza su lucha por vivir.

"Ya, ya, Kate. Hora de dormir." La voz de Pam está llena de asco. Está mirando fijamente la toalla costrosa, su pecho subiendo y bajando lentamente con su respiración calmada. Se ve seria, como si acabara de completar un trato de negocios complicado.

Kate está inmóvil ahora, pero Pam continúa presionando sobre su rostro por si acaso. Se inclina y susurra al oído de Kate. "Sé lo que has estado haciendo, Kate. ¿Te dio alguna satisfacción perversa verter lejía por la garganta de tu pequeña?"

Pam finalmente ha soltado, satisfecha de que la vida de Kate se ha escapado, su alma reclamada por el infierno.

"Becks estará a salvo ahora, perra asquerosa," Pam se burla.

La ficha cae. ¿Becks? ¿Becks Peters? La conozco. He hablado con ella en Speak Up. Es una cosita preciosa. Tiene una cosa por los pájaros y quiere mantener todos los pájaros del cielo en su habitación.

¿Esta mujer era su madre?

La habitación está girando. Mis pulmones se sienten constreñidos mientras asimilo todo. Los eventos de la noche me han golpeado en el pecho. Quiero llorar. Quiero gritar.

¿Becks Peters vivía en esta inmundicia? ¿Con esta madre de mierda?

"Espero que se pudra aquí," escupo.

Los ojos de Kate están fijos en el techo; venas rojas enmarcan sus pupilas y están saltando de sus órbitas.

A pesar del drama, del shock, me alegro de que se haya ido. Su castigo era merecido.

Pam parece leer mis pensamientos y toma mi mano en la suya. Le da un pequeño apretón.

Nos vamos rápidamente. Pam mete la toalla en su bolso mientras salimos, abandonando la casa por donde entramos.

Las calles se sienten más oscuras en el camino de vuelta al coche. Estoy temblando violentamente. No puedo parecer relajar mis músculos convulsionantes.

El coche de alquiler está a la vista cuando el vómito golpea el techo de mi boca y se proyecta hacia el desagüe. Mi estómago vacía la pequeña cantidad de comida que pude manejar para la cena y la bilis quema la parte posterior de mi garganta.

Estoy escupiendo saliva cuando Pam me toma por el codo y abre la puerta del pasajero para mí. Me siento y ella cierra la puerta del coche de un golpe antes de rodear el frente del coche para tomar el asiento del conductor.

Estamos a mitad de camino a casa cuando Pam finalmente reúne la confianza para hablarme. "La primera siempre es la más difícil. Te prometo que se volverá más fácil."

Estoy apoyando mi frente en la ventana fría. Acabamos de matar a alguien. Me pregunto cuándo la encontrará alguien. ¿En qué estado estará su cuerpo? La casa ya apesta. Me horroriza pensar qué añadirá su cadáver al lugar.

"Michelle, háblame. ¿Estás bien?"

Dejo que la pregunta flote entre nosotras. *¿Estoy bien?* El acto en sí existirá para siempre como un recuerdo a evitar, pero las consecuencias de lo que Pam hizo resuenan tan fuertemente en mí. Kate no puede lastimar a Becks de nuevo. No puede lastimar a niños de nuevo.

Me siento limpia de alguna manera. Saber que es una llamada menos a Speak Up hace que mi corazón cante. Un niño menos que debe soportar años de abuso.

"¿Sabes qué?" Me giro para mirar a Pam, y ella me mira de reojo antes de desviar su atención de vuelta a la carretera. "Estoy más que bien. Estoy jodidamente fantástica."

Capítulo Veintitrés

MICHELLE

Dormí en casa de Pam anoche. No llegamos a casa hasta la madrugada, y la idea de estar sola me asustaba. Mis pensamientos siguen saltando de un lado a otro, y me preocupa terminar en un lugar de culpa aplastante.

No sé si fue tener la presencia tranquilizadora de Pam cerca o la adrenalina desapareciendo, pero en cuanto me metí en una de las camas de invitados de Pam, me dormí inmediatamente.

Ahora son las nueve y Pam está entrando, sosteniendo una bandeja cargada con café y tostadas gruesas.

Devoro dos rebanadas de pan tostado, una con mermelada y otra con mantequilla. Pam se sienta al pie de la cama, mirándome comer, sorbiendo su taza de té Earl Grey.

"¿Dormiste bien?" me pregunta, mientras me lamo la mantequilla de los dedos.

"Dormí como un bebé." Sonrío. "Gracias por dejarme quedar."

"Es un placer absoluto. Puedes quedarte cuando quieras. ¿Cómo te sientes? Te ves bien." Toma un pequeño sorbo de su bebida, con el meñique levantado mientras alza la taza de té.

Coloco la bandeja en la mesita de noche y meto las rodillas bajo mi barbilla, rodeando mis espinillas con los brazos. "Mucho mejor de lo que pensé; aunque no puedo dejar de pensar en Becks."

"Nunca tendrá que volver allí. Nadie volverá a hacerle daño. Y Kate recibió lo que merecía."

"Lo sé." Me muerdo el interior de la mejilla. "Siento que debería arrepentirme de lo que hicimos, pero simplemente no puedo. Todo se siente correcto - hicimos lo que teníamos que hacer. Pero, ahora tengo miedo. Tengo miedo de que nos atrapen."

Pam extiende la mano y toca la mía. "Simplemente sabes lo que hay que hacer. Esa es una cualidad de la que deberías estar orgullosa. Se necesita coraje para hacer un cambio en este planeta. Y no nos atraparán, Michelle. Tomamos precauciones, y Graham tiene una vasta experiencia limpiando cualquier cabo suelto con la policía y los servicios sociales. ¿Cómo crees que he estado haciendo esto durante tanto tiempo?"

Asiento lentamente. No conozco a Graham en absoluto, y se siente como un riesgo enorme poner mi vida en sus manos. Necesito saber más sobre él.

"¿Cómo se conocieron tú y Graham?"

"Nos conocimos en la escuela." Me sonríe radiante. Me sorprende. Graham parece al menos dos años mayor que Pam.

"Graham era un chico bastante tímido en el curso inferior al mío. Supongo que lo tomé bajo mi protección y desarrollamos una extraña y libre amistad. Luego, con los años, nos acercamos más. Una vez que comencé Speak Up, nuestra amistad se cimentó verdaderamente."

"¿Habéis dormido juntos?" Sonrío.

Pam suelta una risita y golpea la cama. "Una dama nunca revela sus amantes, Michelle."

"¡Así que lo habéis hecho!" Simplemente no puedo imaginarlo. Pam es tan glamurosa, y Graham es tan, bueno - parecido a un sapo.

"Oh, Michelle."

"¿Cómo empezó todo esto, entonces? Quiero decir, ¿quién abordó el tema primero?"

"Él lo hizo." Pam mira con nostalgia por encima de mi hombro. "Odiaba ir a trabajar a los servicios sociales todos los días y no poder proporcionar ayuda adecuada. Me dijo que necesitaba que los niños experimentaran una vida que merecían, y que solo la obtendrían si sus padres fueran atropellados por un autobús o algo así. Bueno, me ofrecí a proporcionar el 'algo'. Graham me confesó que había estado falsificando informes durante unos años antes de nuestro acuerdo, así que no fue un gran salto. Entonces, todo encajó en su lugar.

"Empezamos lentamente al principio. Elegimos cuidadosamente nuestros objetivos. Me tomó seis meses reunir el coraje para eliminar a mi primer objetivo."

Pam se levanta para recoger mi bandeja del desayuno.

Mis pensamientos vuelven a Kate y Becks. "Creo que quiero hacerlo de nuevo," admito. "Quiero aprender más. ¿Cuándo es tu próximo trabajo?"

Pam se ríe. "No podemos encargarnos de todos. Se necesitan meses de planificación meticulosa. No podemos simplemente irrumpir allí y eliminar a todos los padres abusivos. Además, si lo hacemos con demasiada frecuencia, seguramente llamaremos la atención sobre nosotras."

Me sonrojo. No quise sonar tan despreocupada. Obviamente, debe haber mucho trabajo por hacer. Pero, quiero aprender. Quiero estar involucrada. "Pero, ¿me dejarás ayudar?"

"No veo por qué no. Tienes un entusiasmo admirable, pero necesitas moverte lentamente en esto. Dicho esto, creo que vamos a hacer grandes cosas juntas." Pam me sonríe radiante antes de dirigirse a la puerta. "Te avisaré cuando te necesite de nuevo." Justo cuando sale de la habitación, grita. "Oh, y Aiden está en camino."

Sonrío y aparto el edredón. Mi corazón está latiendo fuerte y mariposas cliché bailan en mi estómago. Me duché anoche, pero estoy paranoica de que el hedor de la casa de Kate persista en mi cabello, así que me dirijo al baño para frotarme de nuevo.

Me paro en la ducha sintiendo el agua caliente caer sobre mi cuerpo tembloroso, no sé si es adrenalina o nervios. Las dudas gotean de mi mente y se entierran en mi corazón. ¿Qué me está pasando?

¿Estoy jodida? ¿Qué tipo de persona mata a gente y piensa que está bien? Un asesino, eso es quién. Pam.

En mi mente, tomar las vidas de estas personas está tan justificado que no siento que tenga otra opción. Menos abusadores en este planeta significa menos niños abusados, y menos abusadores en el futuro. Todos sabemos que las personas que son maltratadas de niños tienen muchas más probabilidades de convertirse en abusadores ellos mismos.

Al tomar vidas, estoy aliviando mucho sufrimiento. Eso no puede ser algo terrible. ¿Verdad? Esto no se trata de ojo por ojo, porque nunca habrá ningún equilibrio. Elimina a una persona y cambias la vida de un niño; un niño que va a hacer un cambio positivo para las generaciones futuras. Es obvio.

Mi madre me causó tanto dolor. Pasé toda mi vida sintiéndome sola y miserable, y ahora siento que estoy despertando. Es como si mi alma hubiera vuelto a entrar en mi cuerpo.

Cuando ella murió, el abuso se detuvo. Puede que haya luchado para sobrellevar, pero al menos viví para contarlo. Viví para seguir mi llamado y esto se siente como el camino que estaba destinada a tomar.

Cierro la ducha y salgo, envolviéndome en una toalla. Tal vez si Kelsey se muda con Travis, yo podría mudarme aquí. Es tan hogareño y cálido. Incluso las toallas se sienten más caras que cualquier cosa que poseo.

Podría ser Robin para el Batman de Pam.

Bajo las escaleras vistiendo la ropa que Pam me ha prestado. Prometió dejar algo cómodo en mi cama mientras me duchaba y, francamente, estoy molesta. El vestido que llevo puesto es de color rojo rosa. Me inclino más por usar negro y tonos de gris, así que me siento enormemente expuesta. Además, está ajustado alrededor de mis pechos. No me malinterpretes, se ven geniales, pero la cocina de Pam no es realmente el lugar para ropa sexy. Y para rematar las cosas, se llevó mi ropa para lavarla. Vale, me recuerdo a mí misma - deben estar plagadas de evidencia.

Aiden sale de la sala de estar cuando bajo el último escalón. Se detiene y me mira fijamente, con la boca abierta como un tonto. Lentamente, las comisuras de su boca se levantan y la luz detrás de sus ojos baila juguetona.

"Te ves bien, Michelle," dice, lanzándome un silbido de lobo.

Pongo los ojos en blanco tan fuerte que creo que puedo ver mi cerebro. "No lo hagas. Me siento ridícula."

"Oh, no deberías. Créeme." Se lame los labios y extiende una mano. La tomo y nos dirigimos a la cocina.

"Sabes que este es el vestido de tu madre, ¿verdad?"

"Oh, gracias por arruinar mis pensamientos traviesos," gime, pasándose las manos por el pelo. Me río de su incomodidad.

Se ve adorable con jeans azul oscuro y un suéter verde elegante pero casual. Está vestido más elegante que las últimas veces que lo he visto, y le queda bien. Aunque, creo que le quedaría bien hasta una bolsa de basura.

"Entonces, ¿qué te trae por aquí?" me pregunta. Iba a preguntarle lo mismo, pero esta es la casa de su madre. ¿Por qué no debería estar aquí? No todos venimos de hogares rotos.

"Hice un trabajo con Pam anoche y terminamos más tarde de lo esperado."

Aiden no responde, y me pregunto cuánto sabe. ¿Sabe lo que hicimos anoche? ¿Pam le revela sus secretos a su niño pequeño? Lo dudo mucho. No arriesgaría su preciosa relación con su único hijo.

"¿Dónde está tu madre?" pregunto, cambiando de tema. Pensé que Pam estaría aquí ocupándose de algo, pero no se la ve por ninguna parte.

"Acaba de salir un momento. Aunque creo que solo ha desaparecido para darnos algo de tiempo a solas." Levanta ambas cejas hacia mí y hay un brillo travieso en sus ojos.

"¿Sí?" Le doy lo que espero sea una sonrisa pícara recíproca.

"Oh, sí. Está bastante ansiosa por que estemos juntos." Me estremezco. Pam ha bromeado conmigo sobre que nos juntemos, pero no sabía que también había estado hablando con Aiden sobre nosotros. ¿Cuántas personas hay en esta relación? No me apetece una situación de trío. Las cosas ya son bastante complicadas tal como están.

"¿No trabajas hoy?" pregunta Aiden. Está parado muy cerca de mí. Huele delicioso. Estoy captando notas de cera para el cabello de coco y espuma de afeitar mentolada.

Sacudo la cabeza. "He reducido algunas horas en la clínica veterinaria para pasar más tiempo en Speak Up."

"¿Y estás feliz con eso?"

"No lo habría hecho de otro modo. ¿Por qué lo preguntas?"

"Bueno, sé lo insistente que puede ser mi madre. No quería que te sintieras presionada a hacer algo con lo que no estés cien por cien feliz."

A decir verdad, tengo dudas sobre perder algunas horas en la clínica veterinaria. Si Kelsey y Travis deciden dar un paso adelante en su relación y mudarse juntos, me quedaré sin hogar. Necesito ser proactiva y ahorrar para un depósito para un nuevo lugar. No me gusta cómo burbujea la incertidumbre en mi estómago cuando pienso hacia dónde se dirigen las cosas. Solo espero que Travis tenga miedo al compromiso o algo así y pueda seguir viviendo allí.

Aparto ese pensamiento. En última instancia, solo quiero que Kelsey sea feliz.

"Puedo tomar mis propias decisiones, gracias," espeto. Sé que estoy siendo irritable, pero no me gusta que insinúe que soy una pusilánime. Si Pam me está empujando, entonces me preocupa la dirección en la que me dirijo.

No. Definitivamente conozco mi propia mente.

Aiden se encoge de hombros y se gira hacia el refrigerador y agarra el jugo de manzana. Sirve dos vasos y me entrega uno. Nuestras manos se tocan brevemente, y tengo que luchar contra el impulso de agarrarlo por la cintura de sus jeans y atraerlo hacia mí. Quiero absorberlo. Quiero sentir su peso encima de mí.

Me está mirando directamente a los ojos con una ceja levantada, como si pudiera leer mis pensamientos sucios. Me doy la vuelta y salto sobre la encimera para beber mi jugo sentada.

"¿A qué te dedicas, Aiden?" le pregunto. "Quiero decir, ¿en qué trabajas?" Es un tema que he evitado hasta ahora. Me preocupaba que dijera que vive del dinero de Pam y el factor de vergüenza era demasiado grande, pero ahora tengo curiosidad. Ciertamente está vestido más elegante hoy. ¿Acaba de venir de la oficina?

"Trabajo en transporte. Tengo mi propia empresa. Principalmente distribución desde Crawley."

"¿Sí? Suena interesante." Realmente no lo es.

"Intenta no sonar tan sincera." Aiden se ríe. "Tienes razón, puede ser aburrido. Pero, paga las facturas y crea empleos, así que no me quejo."

"¿Qué transportas?"

"Todo tipo de cosas," dice, girándose para rellenar su vaso. ¿Está evitando responder? No lo presiono. Yo tampoco querría hablar de mis últimas actividades. Ese es definitivamente un secreto que me llevaré a la tumba.

Aiden toma un último trago de jugo y coloca su vaso vacío en el fregadero. Tiene un contoneo que grita chico malo, pero una gentileza que grita sinceridad. Es una mezcla intoxicante. ¿Cómo funciona este hombre tan fácilmente con su historia de abuso? Es un testimonio de la crianza de Pam y su increíble capacidad para superarlo todo. Es inspirador.

Lo observo mientras me cuenta sobre un concierto al que fue hace unos meses donde el cantante saltó hacia la multitud, solo para calcular mal su lanzamiento. "Se estrelló de espaldas contra la barrera frente a la multitud. ¡Todos pensamos que era parte del espectáculo y jodidamente lo vitoreamos! El pobre bastardo fue sacado en camilla." Está agitando los brazos con entusiasmo y la sonrisa no abandona su rostro ni una vez. Es tan condenadamente entrañable y mi risa resuena por la enorme habitación.

"Tienes una sonrisa hermosa," me dice, subiendo sus manos por mis muslos. La electricidad sube por mi columna y ya no puedo resistirme más. Estiro mis piernas y lo atraigo más cerca de mí. Envuelvo mis piernas alrededor de su cintura mientras él observa cómo mi vestido sube por mis muslos y presiono mis palmas contra sus mejillas, arrastrando mis dedos por su cabello. Nos sonreímos el uno al otro, luego nos besamos.

El beso comienza lento y tierno, pero el sabor del otro aviva una pasión dentro de nosotros, y lo atraigo más cerca.

Estoy jadeando, respirando su aroma almizclado.

"Vamos arriba," susurra y me levanta de la encimera, mis piernas firmemente envueltas alrededor de él. Me lleva rápidamente al pasillo, luego al pie de las escaleras. ¡Estoy riendo! ¡No creo haber reído tanto en toda mi vida!

"¡Oh, Dios mío! ¿He interrumpido algo?" exclama Pam desde la puerta principal. Su sonrisa desmiente su mortificación mientras esconde sus ojos detrás de sus dedos.

Aiden me suelta al suelo y yo bajo el dobladillo de mi vestido.

Desearía estar usando ropa interior.

Capítulo Veinticuatro

TEDDY

El suelo está helado. Estaba bien cuando nos movíamos, pero ahora está volviendo a hacer frío. Echo de menos el sonido retumbante de la furgoneta conduciendo por la carretera. Ahora todo está tan silencioso. Ni siquiera puedo oír a los pájaros cantar. Me los imagino acurrucados en sus nidos como todo el mundo está acurrucado en sus camas acogedoras.

El hombre que conducía se ha ido hace siglos. Tiene un anillo de pelo gris alrededor de la parte posterior de su cabeza y hay una arruga en la parte de atrás de su cuello. Parecía una cara triste mirándome durante el viaje. Me gusta esa más que la cara enojada mirando hacia adelante.

Encojo las rodillas contra mi pecho y respiro en mis manos. Un escalofrío comienza en mis dedos de los pies y termina en mi cabeza, dejando mi cabeza sintiéndose toda efervescente. Ojalá tuviera una manta. El abrigo que Glory me dio es bonito, pero es demasiado corto y las mangas se suben por mis brazos cuando abrazo mis rodillas. Me aprieto más fuerte de todos modos.

Finalmente, puedo oír a alguien cantando. Su voz se hace más fuerte a medida que se acerca. Realmente quiero gritarle. Tal vez esta persona podría ayudarme. Pero, entonces podría ser el hombre y me hizo prometer que estaría callado. Dijo que me mataría si hago un solo sonido y no quiero morir. Así que aprieto mis labios.

Me mantengo súper callado. El canto del hombre suena todo borroso, y Mami y Papi me enseñaron que una voz borrosa normalmente significa que te sientes de mal humor. Desagradable.

La puerta trasera se abre de golpe, y el hombre me mira. Está sonriendo. Estoy tan contento de no haber gritado. Todo está bien.

"¿Todo bien, campeón?" Nunca me había llamado así antes. Se apoya contra la puerta de la furgoneta para mantener el equilibrio. "Pensé que podrías tener hambre."

Me lanza una bolsa marrón. Huele increíble, y la bolsa todavía está caliente con manchas de grasa. Quema mis manos frías. Miro la comida, luego miro al hombre. ¿Es realmente para mí?

"Adelante entonces, desagradecido de mierda." No necesito que me lo digan dos veces y abro la bolsa de un tirón, derramando las patatas fritas y la hamburguesa en el suelo de la furgoneta. Me pongo a limpiar el desastre tan rápido como puedo.

Empujo la hamburguesa con queso en mi boca y trago, olvidándome de masticar. ¿Cuándo fue la última vez que comí algo? Es un desastre pegajoso y con queso y el pan tiene pequeñas semillas. Creo que la salsa roja se llama kétchup. Sabe a cielo y mis ojos se llenan de lágrimas.

El hombre se tambalea de nuevo y agarra el marco de la puerta para evitar caerse hacia atrás. "Ve con calma, chico. No necesitas metértelo tan rápido. Te darás cagalera."

No voy con calma. Las patatas son largas, saladas y calientes, y me meto cuatro en la boca a la vez. Esta es la mejor comida que he probado en mi vida. Cierro los ojos y me dejo olvidar que estoy sentado en una furgoneta por un segundo.

El fingir no dura mucho. Una vez que la comida se acaba, el hombre agarra la bolsa y la tira a la carretera detrás de él. Luego cierra la puerta de golpe y vuelve a cantar su canción sobre ser un campeón. Es una canción que reconozco de casa. Papi solía cantarla cuando tocaba su guitarra imaginaria, rasgueando el aire y saltando por la sala de estar. Es un recuerdo feliz y las lágrimas pican mis ojos al pensar en ello.

Nos movemos de nuevo, pero la furgoneta se siente más inestable esta vez. Creo que es porque el hombre está borracho. Se tira un pedo y realmente apesta. Es como carne podrida y la cerveza que Papi solía beber antes de que... El hombre se ríe de sí mismo y se tira pedos húmedos de nuevo. Me dan arcadas. Atiborrarme de comida y la furgoneta tambaleante me han hecho sentir realmente mal. Ahora su olor a pedo hace que la comida salga disparada de mi boca.

Vomito por todas partes.

"¡¿Qué coño?!" El hombre me grita. Se gira para mirarme y sacude el volante. Me lanzo contra el costado de la furgoneta y me aplasto el brazo. Más vómito sale de mí, salpicando mi cara.

La furgoneta se detiene de golpe, y me estrello contra las sillas de adelante. Oigo al hombre pisotear alrededor del costado, luego abre la puerta trasera de un tirón y se abre paso adentro. Grito cuando me agarra por el tobillo y me arrastra afuera. Mi olor a vómito se mezcla con el olor a pedo y termino de vaciar mi cena en la tierra. Los árboles se inclinan sobre mí como monstruos gigantes. Está tan oscuro aquí afuera.

"¡Pequeña mierda sucia!" me grita el hombre. "¡Quítate esa ropa sucia de mierda y limpia este desastre antes de que te raje!"

Estoy demasiado conmocionado para moverme, y me da una bofetada en la cara. Me agarro la mejilla mojada y lloro.

"Llorar no te llevará a ninguna parte, cabeza de pene. Quítate la ropa."

Lentamente me desvisto. Hace tanto frío que tiemblo por todas partes, y mi piel pica. Tiro mi ropa a la cuneta al lado de la carretera y ahora estoy de pie solo con mis calzoncillos sucios. Trago el líquido ardiente que sigue amenazando con volver a subir y aprieto los ojos. Por favor, que todo esto desaparezca.

El hombre ilumina con la linterna de su teléfono la parte trasera de la furgoneta. "Por el amor de Dios," murmura. Se inclina y alcanza un rollo de papel azul grande y me lo entrega.

"Limpia esto. Y sé rápido, tenemos un plazo."

Le cojo el papel y arranco un poco del rollo. Luego me pongo a empujar los trozos de hamburguesa del estómago al suelo afuera. No tarda mucho y pronto estamos retumbando por la carretera de nuevo.

Todo lo que tenía en el mundo entero ahora yace en la cuneta junto a la carretera.

Soy solo yo, en esta furgoneta, en calzoncillos. En el frío.

El hombre está callado ahora. A veces, maldice en voz baja.

Ojalá no oliera tan mal aquí. Ojalá supiera a dónde vamos.

Una cosa sí sé, sin embargo... dónde el hombre dejó caer su teléfono.

Lo aprieto fuerte. No voy a soltarlo.

Capítulo Veinticinco

MICHELLE

"¿Cómo van las cosas?"

Salto, casi derramando mi café. Lisa se cierne sobre mi hombro. El foco brilla sobre su amplia cabeza, haciendo que su estatura parezca intimidante.

Es un día inusualmente cálido, y disfruté del paseo desde la clínica veterinaria hasta Speak Up esta tarde. Imágenes de Aiden seguían cruzando por mi mente, haciéndome compañía mientras crujía sobre las hojas caídas. Pero, ¿por qué tengo la sensación de que Lisa está a punto de arruinar mi alegría?

"Eh, ¿bien?" ¿Qué quiere? Claramente tiene una agenda; puedo decirlo por la forma en que me está mirando. Además, nunca me habla a menos que sea absolutamente necesario, generalmente por un problema con el horario o un gran problema con un niño. Espero que sea lo primero. "¿Cómo estás tú?" Le doy una gran sonrisa forzada con la esperanza de que sea amable conmigo.

Ella no corresponde. "Te estás volviendo muy cercana a Pam, ¿no? Has estado encerrada en su oficina con ella toda la semana."

Solo la miro, sin saber cómo responder a eso. "Solo somos buenas amigas," murmuro finalmente.

"¿Qué están tramando? Juntas."

"Lo siento, Lisa, pero ¿qué tiene que ver esto contigo?" ¿Por qué estoy provocando a la bestia? ¿Tengo algún tipo de deseo de muerte o algo así? Cuando se entere de que Pam me ha ofrecido un trabajo a tiempo completo y pagado, va a perder la cabeza. Hasta ahora, Lisa es la única en la nómina. Todos los demás son voluntarios. Tal vez piensa que voy por su trabajo.

El trabajo de Lisa es gestionar los horarios de todos los voluntarios, así que siempre está ocupada. Realmente no la envidio. Cuando la gente dona su tiempo, son realmente inconstantes con sus promesas y ella constantemente necesita llamar a todos. Preferiría estar al teléfono ayudando directamente a los niños.

Nunca tomaría su trabajo, pero de ninguna manera voy a darle la noticia de mi empleo. Ese es el trabajo de Pam.

"Deberías tener cuidado con Pam. No es el hada madrina que pretende ser." Se toca la sien. "Sé cosas sobre ella que te rizarían los dedos de los pies." Con esa bomba, se da la vuelta y se aleja.

¿Qué coño quiere decir con eso? ¿Sabe ella sobre las actividades después del horario de Pam? La observo mientras arrastra su volumen a través de la habitación de vuelta a su escritorio, lanzándome una mirada por encima del hombro mientras se sienta. No puede saberlo. Si Lisa lo supiera, la policía también lo sabría. No hay duda de eso.

Todo en lo que puedo pensar es en encontrar nuestra próxima asignación.

No puedo evitarlo. En el segundo que levanto el teléfono, estoy pensando en darle al niño una oportunidad de felicidad que nadie más puede darle. Mi gusto por la venganza está bien y verdaderamente afilado.

Como Pam me recuerda constantemente, no podemos meternos en cada caso. Como el cerebro detrás de la operación, Graham toma la decisión final en todas las asignaciones. No podemos simplemente cargar imprudentemente y empezar a eliminar a todos los cabrones. Seguramente lo estropearíamos. Además, Graham necesita encontrar una familia de antemano que se lleve al niño, de lo contrario las cosas se complicarán demasiado rápido, y todo el proyecto estará en riesgo.

Por supuesto, no todos los niños necesitan ser salvados. Recibimos varias llamadas de niños a los que no les gustan sus padres perfectamente agradables. Una niña llama cada vez que sus padres le dicen "no". No me importa. Es agradable que se me recuerde que el mayor problema de algunos niños es que no se les permita tener un nuevo estuche de lápices rosa brillante.

Pam no está esta noche y la oficina se siente vacía sin su presencia, a pesar de estar ocupada por otros diez voluntarios. Está cenando y bebiendo vino con un posible patrocinador financiero. Pam está forrada, pero es lo suficientemente astuta como para aceptar una donación si se la ofrecen. Es asombroso lo que las empresas locales entregarán a cambio de que sus logotipos aparezcan en el sitio web de Speak Up.

Mi teléfono suena.

"Hola, Speak Up. Habla Michelle. ¿En qué puedo ayudarte?"

Silencio.

Presiono el auricular contra mi oído. Puedo oír a alguien respirando en la línea. Las respiraciones son cortas y nerviosas.

"Estoy aquí cuando estés listo para hablar." Durante la orientación, nos dicen que el mejor curso de acción es proporcionar espacio al niño. Incluso a los niños les gusta llenar los silencios. Es la naturaleza humana.

El silencio se prolonga por lo que parece una eternidad. Justo cuando estoy abriendo la boca para hablar, una vocecita se hace oír.

"Michelle, soy Teddy."

Llevo mi mano a la cara, presionando el auricular con más fuerza contra mi oído para poder oír mejor.

"Teddy. ¿Cómo estás?" Mi voz tiembla. Realmente extraño hablar con este pequeño. Su gemido me desgarra el corazón y me inclino hacia adelante para escuchar con más atención.

"¿Qué está pasando, Teddy?" le pregunto.

"Quiero ir a casa." Está sollozando. "¿Cuándo puedo ir a casa?"

Abro la boca para hablar, pero no sé qué decir y termino solo murmurando algo sin sentido. Necesito más información. ¿Qué está pasando aquí? ¿Dónde están sus nuevos padres?

La línea se corta.

He hablado con Teddy muchas veces desde que me uní aquí, y sé qué horrores ha experimentado, pero nunca lo he oído tan... triste. Me siento desesperada por acercarme a él y darle el abrazo más grande.

Las palabras de Teddy dan vueltas y vueltas en mi cabeza. ¿Quiere ir a casa? ¿Con sus padres de mierda? ¿Las cosas están tan mal? ¿O solo está teniendo un momento difícil? Su vida ha dado un giro completo; solo se puede esperar que el pequeño esté añorando su antigua vida. Es todo lo que conoce. Incluso si era vil.

Me levanto y voy al baño. Necesito espacio lejos de mi escritorio para dejar que mi ritmo cardíaco se estabilice.

Tanto Pam como Graham han garantizado que Teddy ahora vive en un nuevo hogar increíble en los Cotswolds. Confío en Pam, de verdad. Pero entonces, ¿por qué suena tan miserable? ¿Qué está pasando?

Cuando vuelvo a mi escritorio, miro el reloj. Estoy agotada, y son solo las diez menos diez. Diez minutos hasta que pueda llamar a Pam. No quiero hacerlo ahora con los ojos penetrantes de Lisa sobre mí.

Abro el navegador en mi computadora y escribo "niño desaparecido, Theodore Goodwin" en la barra de búsqueda. Hago clic en el primer enlace. Una imagen de un equipo de oficiales forenses aparece en mi pantalla. Están excavando el jardín en la casa familiar de Teddy. Sé que están muy equivocados, pero mi estómago se revuelve de todos modos.

Es un resultado muy real para muchos de los niños que llaman aquí, y era una posibilidad real para Teddy.

Bajo la página y vuelvo a leer el informe. Se cree que antes de su muerte, los padres de Teddy lo encerraron en el cobertizo del jardín. Estuvo allí durante días, como lo evidencian los fluidos corporales y excrementos encontrados allí.

Un sollozo se atora en mi garganta. La verdad golpea duro. Graham encontró a Teddy en el cobertizo. Rescató a nuestro pequeño.

Estoy tan agradecida por eso.

Ya no puedo hacer esto. Necesito aire. Rápidamente cierro todo en mi computadora por la noche, agarro mi bolso y chaqueta, y bajo corriendo a la calle.

Siendo tarde en una noche de lunes, está bastante tranquilo afuera. Un hombre está mirando en la ventana de la agencia inmobiliaria, examinando el tablero de "se alquila". Un hombre sin hogar se está acomodando en un portal con su perro a su lado. Siempre está ahí. Le he dado alguna que otra golosina a su perro, pero tal vez debería conseguirle una manta o algo.

Intento llamar a Pam, pero no contesta. Después de dos intentos más, me rindo y le dejo un mensaje.

"¿Pam? Necesito hablar contigo. ¿Puedes llamarme tan pronto como recibas esto?"

No quiero revelar demasiado. Pam me ha dado una charla sobre no dejar migajas. Nunca se puede ser demasiado cuidadoso.

El camino a casa se siente lento cuando la temperatura baja así. Lo ridículo es que tengo licencia de conducir. Simplemente no quiero gastar en un coche – son bestias caras. Aunque ahora que he frenado mi necesidad de alcohol todos los días, tal vez podría permitirme un pequeño coche de segunda mano.

Reviso mi teléfono. Nada.

Para desviar mi mente de volverse loca, considero mis opciones de coche mientras me apresuro a través del parque. Quiero algo pequeño; han pasado años desde que conduje, y necesitaré recuperar mi confianza. Me gusta bastante el aspecto de los Suzuki Swift. Se ven geniales.

¿Qué fue eso? Giro, tratando de encontrar la fuente del ruido. Estoy segura de que oí una rama crujir detrás de mí. Tal vez fue un animal. Pero, no hay nada – o nadie – allí.

Los pelos de la nuca se me erizan. Siento algo, alguien observándome, y acelero el paso.

Pasos golpean el concreto detrás de mí. Me echo a correr. Los pasos se aceleran, igualando mi ritmo.

Giro el cuello para ver quién me persigue. Mi respiración es laboriosa y mis abdominales duelen por el pánico.

Solo veo la roca.

Luego no siento nada más que mi vida escapándose.

Capítulo Veintiséis

MICHELLE

Joder, cómo duele.

Mi cabeza está palpitando como si hubiera pasado la noche ahogándome en un caro merlot. No sería la primera vez.

Pero no, anoche no bebí. ¿O sí? Estoy segura de que no. Intento convertir mi confusión en recuerdos de anoche, pero no puedo evocar ninguna imagen. Todo es simplemente... negro.

Me muevo en mi cama. Se siente rara. Huele a limpio y las sábanas son ásperas. Esta no es mi cama.

Entonces todo vuelve a mí de golpe. El parque. Las pisadas. La sensación de mi cráneo hundiéndose.

Mis ojos se niegan a abrirse por sí solos, así que los abro a la fuerza con mis dedos. Los tubos en mi mano lo hacen difícil. Logro abrirlos un milímetro, pero la luz es abominablemente brillante aquí. Cierro los ojos de nuevo para recomponerme antes de mirar entre mis dedos.

Entonces mis oídos entran en acción, y puedo oír a varias personas moviéndose fuera de la cortina azul cielo que rodea mi cama.

El personal está quejándose de alguien llamada Mavis que ha hecho una ronda de tés de mierda. Por el lenguaje colorido que están usando, supongo que Mavis no está cerca para defenderse.

Hay extraños pitidos y zumbidos y cuando alguien pasa, mi cortina se mueve hacia mí. Me subo la fina manta hasta la barbilla.

Entonces aparece un hueco en la cortina y una joven bonita con uniforme de enfermera asoma la cabeza.

Me ve despierta y sonríe. "Hola, dormilona. Soy Priya. Necesito comprobar tu presión arterial. ¿Está bien?" Entra empujando una máquina y sin esperar respuesta, envuelve el manguito alrededor de mi brazo. "Te has dado un buen golpe en la cabeza. Aun así, la abrasión fue en su mayoría superficial y el Dr. Stephens te ha arreglado muy bien."

"¿Cómo llegué aquí?" Me avergüenza sentir un nudo en la garganta y oír mi voz temblar. ¿Voy a llorar?

"¿No has hablado con nadie todavía? Oh, bueno - tuviste mucha suerte, cariño."

Me erizo. Odio que me llamen "cariño", especialmente cuando viene de alguien más joven que yo.

"Algún joven te encontró en el Parque Stately anoche. Estabas consciente cuando te trajo la ambulancia, pero estabas en un estado bastante malo. Te arreglamos y te mantuvimos en observación."

"¿Qué hora es ahora?"

"Las dos. Te perdiste el almuerzo, pero guardé algo de pastel de carne si lo quieres ahora."

"Necesito irme."

La sonrisa de Priya se transforma en una mueca; aparentemente está ofendida por mi falta de deseo por el pastel de carne.

"No puedes irte hasta que el médico te dé el alta. Solo descansa un poco. Tuviste una mala caída."

"Pero, no me caí. Alguien me golpeó." Levanto la mano para tocar la parte superior de mi cabeza donde la roca golpeó mi cráneo. Siento puntos, pero afortunadamente el daño parece mínimo.

"¿Golpearte? No, cariño; te caíste. El hombre que te trajo dijo que te caíste."

"¿Quién me trajo?" ladro.

"¡Oh! No lo sé cariño, mi turno solo comenzó hace unos minutos. Iré a averiguarlo. Tendremos que llamar a la policía. Necesitarán hablar contigo."

"¡No! Está bien. Solo estoy siendo paranoica." No quiero hablar con la policía. Quiero mantenerme lo más lejos posible de la policía. Podrían oler el asesinato de Kate en mi piel.

"Pero, si alguien te agredió..."

"No. Creo que tenías razón la primera vez. Sí, ahora lo recuerdo. Resbalé en el hielo y me caí. Soy una idiota torpe."

La enfermera me mira con una ceja levantada y aparto la mirada, demasiado asustada para mirarla a los ojos por si me regaña por mentir. Ambas sabemos que no hace suficiente frío para que haya hielo.

Su boca se abre, pero parece no tener ganas de discutir.

Suena un pitido en su máquina, y se mete el estetoscopio en su amplio escote. "Tus constantes están bien. ¿A quién debo llamar para que te recoja? Cuando te den el alta."

Echo un vistazo alrededor y descubro mi teléfono en la mesita junto a mí. Le doy el número de Pam y la enfermera se va. Sus cejas están fuertemente fruncidas, y no se molesta en ocultar su ceño. Está muy cabreada. Sabe que le están mintiendo. No importa; tengo problemas más grandes.

Los nervios me recorren. Compruebo mis pertenencias y descubro que todavía tengo mi teléfono, mi tarjeta bancaria y 5,62 libras metidas en el bolsillo de mi chaqueta, así que quien me golpeó no intentaba robarme. ¿O sí? Tal vez decidieron que mi antiguo teléfono y el cambio suelto no valían la pena. Pero entonces, ya me habían golpeado. ¿Por qué no llevarse lo que pudieran?

No puedo quitarme la sensación de que esto está relacionado con Speak Up. O más específicamente, relacionado con lo que hice con Pam la otra noche.

¿Alguien sabe lo que Pam está haciendo? Pero entonces, ¿por qué atacarme a mí? Solo he estado en un trabajo, y ni siquiera hice nada. Tal vez fue una advertencia destinada a Pam. ¿O estoy siendo ingenua? Tal vez alguien quería hacerme daño. ¿Tengo un enemigo?

La habitación está dando vueltas, así que me meto más en la cama. Solo necesito relajarme un minuto. Estresarme por ello no cambiará nada.

Mis pensamientos se desvían hacia Teddy. Pam no devolvió mi llamada. Una rápida revisión en mi teléfono me muestra que la investigación de Teddy no ha avanzado. Estoy en el limbo.

Debo haberme quedado dormida, porque lo siguiente que sé es que oigo la voz de Pam resonar en mi oído.

"Pam, ¿por qué estás gritando?"

Pam me sonríe, sus dientes tan perfectamente rectos y blancos. "No lo estoy, querida. No dije ni una palabra. Debes haber estado soñando."

Me siento y me froto la cabeza.

"Has estado en las guerras, ¿verdad?" Su abrigo rojo sangre cubre su traje beige de corte estrecho, y se ha pintado los labios del mismo tono de rojo. Su pelo está recogido en una cola de caballo tan apretada que inclina sus ojos hacia arriba. Se ve siniestra, casi espeluznante.

No quiero hablar de mí. Puedo esperar. Primero, necesito respuestas.

"Teddy llamó anoche." Intento salir de la cama, pero Pam me empuja suavemente hacia atrás. "Pam, necesitamos encontrarlo. Sonaba miserable. Está pasando algo, lo sé."

"Michelle, Teddy está bien."

Espero que continúe, pero solo se levanta e inspecciona los controles de mi cama. "Me gustaría una cama robótica," dice. "Me pregunto cuánto costarán. Ya sabes, una buena."

"Pam, por favor. ¡Teddy!"

"Oh, por el amor de Dios. Cálmate y mira." Pam desabrocha su bolso y saca su teléfono. Después de unos toques en la pantalla, lo gira para mostrármelo.

Teddy me mira a través de la pantalla. Está sonriendo, sus ojos azules bailando como si hubiera estado riendo a carcajadas. Está agarrando un paquete de patatas fritas con sal, y las migas están esparcidas sobre sus labios y su mejilla izquierda. Es precioso. Feliz.

"Tomaron esto ayer. Los nuevos padres de Teddy se lo enviaron a Graham, quien me lo envió a mí."

"Pero, sonaba tan triste."

"Nadie está diciendo que esto sea fácil para los niños. Sus vidas anteriores podrían haber sido terribles, pero los hemos arrancado de ellas, y necesitan tiempo para sanar. Incluso el niño más abusado puede extrañar a su familia hasta que establezca su nueva normalidad. Lleva tiempo, pero te prometo que Teddy estará bien."

Nos miramos a los ojos. Estoy perdida en pensamientos sobre Teddy. ¿Está realmente bien? Lo que Pam está diciendo tiene perfecto sentido. Por supuesto, Teddy tendrá momentos difíciles. Pero, no solo sonaba triste - sonaba traumatizado. Como la versión de Teddy que conocía de antes. Cuando sus padres todavía estaban alrededor.

Pero, se han ido. Y Teddy está bien.

"Está bien. Gracias, Pam," digo, aunque las dudas aún persisten.

Pam junta sus manos. "Bien. Ahora que hemos resuelto eso, vamos a llevarte a mi casa. ¿Con qué tropezaste? Parece un golpe bastante fuerte en la cabeza."

Aparto las sábanas y tomo mi ropa que Pam ha colocado al pie de la cama.

"No tropecé, Pam. Alguien me golpeó."

"¿Disculpa?"

"Me estaban siguiendo, y cuando me di la vuelta para ver quién era, me golpearon en la cabeza."

"Pero, ¿quién te haría eso?"

Me encojo de hombros. "No tengo idea. Esperaba que tú lo supieras."

"¿Yo? ¿Cómo iba a saberlo? Si te refieres a nuestro pequeño proyecto..." Se muerde el labio inferior, arrancando un trozo de su lápiz labial. "¿Le has contado a alguien, Michelle?"

"¡Por supuesto que no!" Estoy horrorizada. ¿Pam cree que ando contando casualmente a la gente que estamos asesinando personas?

"Entonces esto no tiene nada que ver conmigo. Te puedo asegurar que nuestra pequeña operación se mantiene muy cerca del pecho de Graham y mío. Eres la única a la que le he contado alguna vez sobre mi pequeño secreto, y así seguirá siendo. En lo que a mí respecta, estás a salvo," dice.

"Debería volver a mi casa," digo. No estoy segura de cómo me siento acerca de Pam en este momento. Toda esta situación me ha vuelto paranoica, y quiero estar sola.

"Oh, no seas tonta. Estarás mucho más cómoda en la mía."

"Necesito ropa y cosas, Pam. Está bien, yo..."

"Podemos recoger algunas de camino," espeta. La miro, con las cejas fruncidas. No tengo fuerzas para discutir, y me pongo la camiseta por la cabeza.

Ver a Pam en mi pequeña casa adosada de dos habitaciones es raro. No me malinterpretes, es una casa adosada de dos habitaciones muy bonita, pero su presencia la llena. Es como si su personalidad fuera simplemente demasiado para nuestro pequeño espacio.

Le hago señas a Pam para que se quede en el pasillo mientras busco a Kelsey. Se va a volver loca cuando me vea toda parcheada y quiero hablar con ella a solas.

Cuando entro en la sala de estar, Kelsey y Travis están acurrucados en el sofá. Ambos deben tener un raro día libre juntos.

Cuando Kelsey me ve, chilla tan fuerte que creo que me ha perforado los tímpanos. "¡Mich! ¡Te he echado tanto de menos!" Me arrastra para darme un fuerte abrazo que correspondo con fervor. No me había dado cuenta de cuánto la había echado de menos también.

"¿Cómo van las cosas?" me pregunta. Travis me saluda con la mano desde el sofá.

"Eh, bien, supongo." Mi mano toca involuntariamente el lugar donde la roca colisionó con mi cabeza, llamando la atención de Kelsey.

"Oh Dios mío, ¿qué te pasó?" Me agarra los brazos y me da la vuelta para examinar los puntos en la parte superior de mi cabeza.

La aparto suavemente. "Me caí. No te preocupes tanto, estoy bien." Me río, pero suena forzado.

"¿Qué está pasando contigo?" susurra. "Has estado rara durante semanas y algo simplemente no se siente bien en esto." Agita su mano frente a mi cara. "Las cosas estaban empezando a mejorar entre nosotras de nuevo, y luego vas y me alejas."

"Oh, vamos. Pensé que estabas contenta de que saliera más. Ahora tienes más tiempo con tu novio."

"Oh, no seas así."

"¿Como qué? Kels, no quise que sonara mezquino. Es la verdad. ¡Estoy genuinamente feliz por ti! ¿Puedes intentar hacer lo mismo por mí?"

"Estaré feliz por ti cuando no vengas a casa con puntos en la cabeza."

"Te lo dije - fue un accidente."

Kelsey no parece convencida y se vuelve hacia Travis en busca de apoyo. Él solo me mira fijamente, asimilándolo todo.

Pam rompe el silencio entrando en la habitación y Kelsey retrocede sorprendida cuando la ve.

"Ve a hacer tu maleta, Michelle. Deberíamos irnos," me dice Pam.

Kelsey aprieta mi mano. "Sé que algo está pasando contigo. Te conozco, ¿recuerdas?"

No puedo molestarme con esto, siendo jalada en dos direcciones. No soy una maldita mascota.

"Kelsey, solo te molesta porque ya no puedes controlarme. Puedo tomar mis propias decisiones."

Suelta mi mano. No sé por qué dije eso. Kelsey no ha sido más que increíble conmigo. Los eventos de anoche me tienen toda alterada.

"Me voy a quedar en casa de Pam. Les daré algo de espacio."

Para mi sorpresa, Travis se levanta. Rompe la tensión entre Kelsey y yo extendiendo su mano hacia Pam. "Pamela, un gusto volver a verte."

Una sonrisa se dibuja en los labios de Pam. "Vaya, hola. Qué agradable sorpresa. ¿Cómo te va?"

Se dan la mano sin mucho entusiasmo.

"Muy bien. ¿Poniendo a buen uso tu Premio al Buen Samaritano?"

Pam suelta su risa tintineante. Observo cómo sus ojos se enfocan y la realización recorre su rostro. Acaba de darse cuenta de que deben haberse conocido en algún tipo de ceremonia de premios. Su sonrisa se vuelve más forzada. La luz detrás de sus ojos se evapora.

"Siempre es agradable ser reconocido por nuestro buen trabajo."

Necesitamos salir de aquí. Se podría cortar la tensión con un cuchillo. Corro escaleras arriba para agarrar algo de ropa de mi habitación. Kelsey me sigue.

"Así que, ¿esa es la famosa Pam?"

"No diría que es famosa. Mira, sabes que Pam ha sido realmente buena conmigo. Me ha sacado de un agujero enorme y me ha dado las oportunidades que necesitaba para vivir mi vida de nuevo. He estado demasiado triste por mucho tiempo, y finalmente soy feliz. Pensé que querías eso para mí."

Kelsey me observa agarrar un par de sujetadores desgastados de mi cajón superior y suspira. "Tienes razón. Supongo que todo esto es simplemente... diferente. Pero, diferente no necesariamente significa *malo*."

"Exactamente."

"Solo te echo de menos," susurra.

"Yo también te echo de menos. Visitaré más, lo prometo."

Termino de empacar y vuelvo a bajar. Encuentro a Pam y Travis sentados en lados opuestos de la sala en silencio. Pam está posada en el borde del sillón, tratando de que su costoso traje no toque nuestros cojines marrones descoloridos. Ambos parecen molestos.

"¿Lista?" me pregunta Pam. Asiento. "Vámonos entonces."

Me giro hacia Travis, pero él aparta la mirada, así que me vuelvo hacia Kelsey, que todavía parece preocupada. Me da un breve abrazo y me voy.

Capítulo Veintisiete

MICHELLE

Estoy acurrucada en el sofá de Pam, agarrando un chocolate caliente cuando Aiden entra. Se ve elegante con jeans oscuros de corte recto y una camisa blanca impecable. Lleva un ramo de rosas rojo oscuro.

"Hola, hermosa. Mamá me dice que necesitas compañía," dice con una amplia sonrisa. Su piel bronceada contrasta con su camisa blanca y sus antebrazos se ven musculosos.

Quiero besarlo. En su lugar, tomo las flores y me deleito con su aroma. Las flores son enormes, los pétalos delicados y el color vibrante. Siento una sensación de alegría hundirse en mi estómago.

"Muchas gracias, son impresionantes," digo, colocando las flores en la mesa de café. "Me sorprende que te llamara, después de lo que vio la última vez." Me sonrojo al recordar a Pam viéndome con mis piernas envueltas alrededor de la cintura de su hijo, mis nalgas asomando por debajo del vestido (el de ella).

"Oh, por favor. Mamá no podía esperar para contarme sobre la damisela en apuros." Se sienta en el extremo del sofá, coloca mis pies en su regazo y acaricia mi espinilla. "Parece pensar que una chica dulce como tú me ayudará a mantenerme en línea."

"¿En línea? ¿Eres un chico malo, entonces?"

"¿No te gustaría saberlo?" Me guiña un ojo. Me gusta que sea travieso, pero ¿qué secretos esconde? Algún día, cuando tenga más energía, se los sacaré.

"¿No trabajas hoy?"

"Sí, lo hago. Pero soy el jefe." Se encoge de hombros. "Las reglas normales no se aplican a mí, así que pensé en tomarme un descanso rápido para ver cómo estás."

Una emoción me recorre. Romper las reglas suena justo a mi estilo.

Aiden resopla ante la bandeja en la mesa de café cargada de jugo y bocadillos. "Me lleva de vuelta a cuando era niño. Siempre me traía bandejas de comida. ¡Juro que secretamente quería un niño gordito y lindo!"

Me río. "Es solo una muy buena madre. Tienes suerte de tenerla."

"Oh, claro que lo sé."

Hablando del rey de Roma - Pam entra sosteniendo una cerveza. "Aiden, pensé que te había oído." Intenta entregarle la botella, pero él levanta las palmas hacia ella.

"No, gracias, mamá. Realmente no puedo quedarme. A pesar de lo que Michelle piensa, tengo un trabajo al que ir."

Le doy un codazo en el muslo con mi pie, y él lo aprieta suavemente. Pam casi se hace pis encima viendo nuestro afecto. Debe realmente querer emparejar a su chico.

"Qué lástima," dice patéticamente.

"Lo siento, mamá. Solo quería ver cómo estaba la Pequeña Señorita Golpeada aquí." Se vuelve hacia mí. "¿Estás bien, verdad? Mamá me dijo que alguien te hizo esto. ¿Viste quién lo hizo?"

"No, estaba oscuro y todo sucedió demasiado rápido. Para ser honesta contigo, me siento como una idiota enorme. ¿Quién camina por el parque en la oscuridad, sola?"

"No deberías culparte, querida," interviene Pam. "Cualquiera debería poder caminar donde sea y cuando quiera sin ser agredida."

"Sí, pero tú y yo sabemos que el mundo es un lugar de mierda," digo.

Nos sentamos en silencio contemplativo. Aiden rompe mi tren de pensamiento inclinándose y besándome en la mejilla. La ternura me toma por sorpresa tanto que llevo mis dedos al lugar donde me besó.

"Te veré pronto, ¿de acuerdo? ¿Qué tal si te llevo a salir cuando te sientas mejor?"

"Me gustaría eso."

Pam sale de la habitación, llevándose mis flores. Aiden se inclina y acuna mi rostro en sus manos. Frunzo los labios, lista para ser besada.

"Dime si recuerdas algo sobre el tipo que hizo esto."

Lo miro perpleja, mis labios entreabiertos. Continúa, "Porque te juro que lo mataré."

Sin decir otra palabra, se levanta y se va. Escucho la puerta principal cerrarse detrás de él y momentos después, su motocicleta ruge al arrancar mientras baja por el camino de entrada.

Soy una idiota. Maldita sea, fruncí los labios para él y me rechazó. Debe haber notado mi error; me estremezco. Gimiendo, me cubro la cabeza con la manta. Me siento caliente de vergüenza.

Trato de consolarme. ¿Lo notó? Parecía tan absorto en matar a mi atacante que tal vez no me vio haciendo el ridículo completo. Además, quiere matar al tipo que me hizo esto. Eso es bastante romántico.

"¿Estás bien ahí abajo?" Pam se ríe. Bajo la manta. Está de pie en medio de la habitación con un cuaderno rosa bajo el brazo. "¿Estás lo suficientemente bien para hablar de nuestro próximo objetivo? Pensé que podría distraerte de las cosas. A menos que tengas otras cosas en las que quieras reflexionar." Su sonrisa me hace estremecer de nuevo. No, definitivamente no quiero reflexionar sobre mi estupidez.

Ignoro su pulla. "Sí. Ven y siéntate." Tal vez debería sonar menos entusiasmada sobre nuestro próximo objetivo, pero distraerme de Aiden es muy atractivo ahora mismo.

"Muy bien entonces. Graham llamó. El próximo niño se llama Michael, y está listo para ser llevado bajo custodia." Pam lee de sus notas. El cuaderno está lleno de su escritura cursiva. Me pregunto si contiene cada caso en el que ha trabajado. La policía tendría un día de campo si pusiera sus manos en eso.

"¿Escribes todo ahí?" le pregunto. "¿En eso?"

"Bueno, tengo que escribirlo en algún lugar; hay muchos detalles que recordar. Y esto es más difícil de encontrar que una computadora, imposible de hackear y fácil de destruir rápidamente."

No puedo discutir con eso.

Continúa. "Michael es un poco más joven que los que normalmente ayudamos - solo tiene dos años, bendito sea. Casi tres."

"¿Qué le pasó a Michael? Quiero decir, ¿qué le han hecho sus padres?" Es una pregunta retorcida, pero necesito saberlo. Necesito justificación.

Pam me mira y frunce los labios. Parece triste por mí. "Su madre murió el año pasado de leucemia y su padre, Lesley, culpó a Michael. Empezó a golpearlo como castigo. Graham ya ha hecho contacto con el padre. Ha acordado entregarlo, sin hacer preguntas."

"¿Es así de fácil?"

"Oh, no - se ha prometido dinero. Puedes ver cuánto ama este hombre a su único hijo," dice Pam oscuramente.

Estoy asqueada. El hombre está dispuesto a entregar a su hijo por un poco de dinero.

"Por supuesto, un poco de chantaje ayuda mucho. A Lesley no le apetecía una visita de la policía."

Chasqueo la lengua. Todo está tan jodido.

"¿Cómo te enteraste de él? Es demasiado joven para llamar a Speak Up."

"No todos tienen conexiones con mi organización benéfica. Este fue reportado a los servicios sociales locales. Graham tiene un puñado de personas ayudándole, y ellos hicieron la llamada."

¿Cuántas personas están involucradas en esta operación? Más personas significa más manos para hacer esto bien, supongo. Aunque también más personas que potencialmente podrían cometer un error.

"Michael vive en Kent, así que es un poco de viaje. Sugiero que consigamos un hotel, hagamos una noche de ello."

Mi estómago da un vuelco. Convertir un asesinato en unas vacaciones no es exactamente lo que yo llamaría un descanso relajante.

"¿Cuál es el plan?" Recojo mis piernas y apoyo mi barbilla en mis rodillas.

"Lesley es un alcohólico en recuperación. No consume drogas; ni siquiera bebe cafeína. También mide más de seis pies y es un ávido levantador de pesas, así que necesitamos encontrar una manera de someter a este hombre de acción." Pam se ríe de su pequeña broma. "Dicho esto, creo que deberíamos dejar que un cuchillo haga todo el trabajo. Un hombre con tendencia a tal violencia hacia un niño siempre tiene enemigos. Enemigos a los que la policía puede señalar con el dedo."

Hace unas semanas, me habría horrorizado, incluso asqueado. Pero las cosas han cambiado. Yo he cambiado.

"¿Puedo hacerlo yo?" pregunto. La pregunta sale de mi boca antes de que siquiera sepa que está ahí. Toco mi mejilla sorprendida, pero ahora que está al aire libre, se siente correcto.

"Por supuesto." Pam me sonríe, cerrando su cuaderno de golpe.

Capítulo Veintiocho

MICHELLE

Graham ha tenido a un investigador privado siguiendo al padre de Michael durante las últimas tres semanas. Este tipo investigador ha descubierto que la rutina de Lesley es maravillosamente predecible.

Tres veces por semana, Lesley va a un club de boxeo en el centro de Tunbridge Wells. Tiene un acuerdo con el encargado que le permite entrenar después del horario de cierre a cambio de cortes de pelo gratis en la barbería que posee.

Gracias al investigador privado, sabemos que después de salir del gimnasio, cierra y se dirige al pub cerca de su casa en Poundsbridge para tomar uno o dos zumos de naranja. Lesley no ha llamado ni una sola vez a servicios sociales para preguntar por Michael. Ni siquiera ha cambiado su rutina. Parece que entrenar es mucho más importante que recuperar a su hijo.

Ahora estamos sentadas fuera del gimnasio en nuestra furgoneta de alquiler, frotándonos las manos para mantenerlas calientes. Si todo sale según lo planeado, tenemos diez minutos antes de que Lesley salga.

Podemos verlo por la ventana, levantando pesas que deben pesar más que un ser humano adulto.

"Aiden ha estado hablando de ti", dice Pam en la oscuridad.

"¿Ah, sí?" Me giro para mirar por la ventana, tratando de mantener un aire de indiferencia.

"Dice que te va a llevar a The Apollo Kitchen. He estado allí, es encantador".

"¿En serio? No sé mucho al respecto". Ya he buscado en Google el restaurante y el menú, y sé dónde me gustaría sentarme y exactamente qué voy a pedir. Y he planeado mi atuendo. Sí, he pensado mucho en ello.

"Michelle, a riesgo de sonar demasiado sobreprotectora, ¿realmente te gusta? Te quiero a ti también, no me malinterpretes; pero tengo que preguntar. Simplemente no quiero verlo lastimado".

Oh, aquí vamos. La rutina de "más te vale no lastimar a mi chico".

Expulso todo el aire de mis pulmones y me giro para enfrentar a Pam. "Me gusta, ¿de acuerdo? Y no tengo intención de lastimarlo". Honestamente, ¿quién tiene la intención de lastimar a alguien? Agarro el cuchillo en mi bolsillo y me estremezco ante mi hipocresía.

La mirada de Pam sostiene la mía a la luz de la luna. Entrecierra los ojos, reflexionando, luego relaja los hombros. "Bien. Eso pensaba. Solo tenía que decir algo. Para matar el tiempo, ya sabes".

Me río. "Lo que sea".

La luz que se derrama por las ventanas del gimnasio de repente se apaga. Momentos después, la puerta se abre y sale Hulk. Solo que este Hulk no es verde, y su nombre es Lesley.

Lo observamos mientras inserta la llave en la puerta y cierra. Baja las persianas y cierra el candado. Esa es mi señal.

"¿Lista?", me pregunta Pam.

"Pam, nací lista". Solo desearía que mis palabras no contradijeran mi confianza.

Me deslizo fuera de la furgoneta, dejando atrás el sonido de la risa tintineante de Pam. Le doy un asentimiento confiado a través de la ventana antes de bajar mi gorra y dirigirme hacia Lesley.

"¡Hola!", grito. "¿Tienes fuego?" Se gira para mirarme. Su volumen es mucho más grande de cerca. Debe estar haciendo más que levantar algunas pesas pesadas en ese gimnasio. Mis pensamientos se dirigen a Michael, el saco de boxeo de este hombre colosal. Resisto el impulso de patearlo directamente en las pelotas.

"No, lo siento, cariño; no fumo. Es malo para ti, ¿sabes?" Sonríe y yo internamente me estremezco ante la proporción dientes-encías. Cuento tres dientes. ¿Cómo come este tipo? Imagino que vive de batidos de proteínas y un cóctel de drogas para desarrollar músculos.

"No te preocupes. ¿Adónde te diriges?" Me muerdo el labio inferior, esperando parecer seductora.

Me sonríe. Noto que su cabeza está hundida en un lado y sus orejas son nudosas. Es un cabrón feo.

"Al pub. ¿Te apetece una copa?"

Pretendo considerarlo. "Oh, venga. ¿Un tipo tan guapo como tú? ¿Cómo podría resistirme?"

Lo sigo por el callejón al lado del gimnasio que conduce a donde está estacionado su coche. No hay luces aquí y el camino es estrecho. Su volumen bloquea la mayor parte de la luz de la calle mientras camina delante de mí. Saco el cuchillo de mi bolsillo y presiono el botón para liberar la hoja de veinte centímetros.

Aprieto los dientes. Necesito hacerlo bien. Si Lesley no muere, se acabó el juego para mí. Si no lo tomo por sorpresa, podría fácilmente dominarme. Apuñalarlo en la espalda no es suficiente. Repaso las instrucciones de Pam, cementándolas en mi cerebro.

Sé rápida. No dejes evidencia. No te lastimes. Es como un mantra dando vueltas en mi cabeza.

"¡Lesley!", grito. Lesley se detiene en seco y echa los hombros hacia atrás para ponerse erguido. Su altura me hace retroceder y tengo que apretar los dientes para mantenerme fuerte.

Al idiota le toma una eternidad caer en la cuenta. "Espera, ¿cómo sabes mi nombre?" Se gira lentamente para mirarme.

Clavo el cuchillo en su estómago y lo saco de vuelta. Doy un paso atrás y lo veo agarrarse el vientre. "Tu hijo, Michael, me lo dijo. También sé que eres una mierda de persona". La sangre está volviendo carmesí su camiseta blanca. Se está extendiendo a un ritmo alarmante y gotea de sus manos mientras se dobla. Me está mirando directamente a los ojos y está furioso.

"Pequeña zorra", gorgotea.

Cae de rodillas y se inclina hacia adelante. La sangre está comenzando a acumularse a su alrededor. Su piel está impactantemente blanca, incluso en la oscuridad.

No es suficiente. Agarro el cuchillo con las dos manos y lo golpeo hacia abajo, forzándolo en la parte superior de su espalda. Una rabia me supera, y repito el movimiento una y otra vez hasta que pierdo la cuenta. Solo me detengo cuando su cuerpo se vuelve completamente flácido y cae al suelo con un asqueroso chapoteo.

Estoy sudando y me limpio la frente con el guante. Me duelen los brazos. Me alejo de este bulto y resisto el impulso de escupirle. La regla número uno que Pam me dio fue no dejar nada atrás, y el ADN parece una violación masiva de esa regla.

"¡Púdrete en el infierno, pedazo de mierda!"

CAPÍTULO VEINTINUEVE

TEDDY

Hago una mueca mientras me arranco la costra blanda del lado del ojo donde el hombre me golpeó. Vomitar una vez en su furgoneta es malo, pero vomitar dos veces merece un puñetazo. Cada vez que me arranco la costra, veo su cara retorcida justo antes de que me golpee. Sigo picándomela, sin embargo. Me gusta que escueza y disfruto cómo la sangre se desliza por el lado de mi cara. Me ayuda a olvidar el frío. Pero luego me pica, y eso lo odio.

Ahora me saca a rastras de la furgoneta. Tiemblo en el aparcamiento e intento cubrirme. Ojalá no hubiera vomitado por toda mi ropa.

El hombre salta a la parte trasera y le oigo rebuscar, maldiciendo entre dientes. "Aquí apesta... ¿Dónde está?"

Creo que podría vomitar otra vez. Si encuentra su teléfono, definitivamente descubrirá que lo usé.

"¡Ajá, aquí está!" El hombre sale de la furgoneta con aire satisfecho y se mete el teléfono en el bolsillo trasero. "Siempre se me cae del bolsillo cuando conduzco; pensarías que ya habría aprendido, ¿no?" Suena amigable - ya no está enfadado.

Mis hombros se relajan y miro alrededor. ¿Dónde estamos?

El hombre me hace un gesto y lo sigo a lo largo de la pared de un edificio enorme. Las ventanas tienen barrotes y el cristal está roto en algunas de ellas. Los desagües huelen muy mal.

El hombre golpea una puerta y oigo que se descorre un cerrojo. Entramos en la oscuridad del interior.

"Mooney, cuánto tiempo sin verte. ¿Cómo estás, colega?"

Otro hombre. No puedo verlo bien, pero suena agradable. Le cuesta pronunciar la letra "s" igual que a mi papá. Las lágrimas me pican en los ojos.

"Todo bien", le dice el conductor de la furgoneta. "¿Está el jefe?"

Oigo algo moverse, así que creo que el otro hombre señaló hacia algún sitio.

Caminamos por un pasillo, mis ojos empiezan a acostumbrarse a la oscuridad. Hay muchas puertas, todas cerradas, pero caminamos hasta la puerta abierta justo al final del corredor. La luz parpadea al otro lado. Me recuerda a una tele y la emoción me hace cosquillas. Me encantaría ver la tele.

Entramos en la habitación y tengo que contenerme para no gritar.

Debe haber más de diez niños aquí. Todos están sentados en el suelo, con las piernas cruzadas. En total silencio, viendo la tele. Nunca he estado rodeado de tantos niños y no sé a dónde mirar primero.

Ahora todos me están mirando, y recuerdo que solo llevo calzoncillos. Busco al hombre, pero está hablando con alguien más ahora. Tienen las cabezas juntas y creo que están teniendo una conversación importante así que no debería interrumpir.

Miro alrededor de la habitación otra vez y una chica con el pelo rojo brillante me hace un pequeño saludo con la mano. Le devuelvo el saludo. Ella da un golpecito en el suelo a su lado. ¿Quiere decir que debería sentarme ahí?

Miro al hombre otra vez, pero se está alejando así que troto hacia la chica y me siento en el suelo junto a ella.

"No te preocupes, te darán algo de ropa", me susurra por la comisura de la boca. "Soy Juno".

"Teddy", le digo, abrazando mis rodillas contra el pecho. Todos han vuelto a mirar la tele donde Homer está estrangulando a Bart. Alguien se ríe, pero no creo que eso sea gracioso. Para nada gracioso.

"Shh", viene una voz profunda desde el fondo. "¿Quién coño ha sido?" Es el hombre con el que hablaba el conductor de la furgoneta. Está escondido en las sombras, pero sé por el sonido de su voz que es el jefe.

Giro la cabeza alejándome de la tele para poder concentrarme en lo que dicen los hombres.

"Dos noches más y nos deshacemos de este lote".

"¿Dos? Pensé que anoche era la última noche".

"Lo sé, pero tengo otra que están trayendo de Irlanda y quiero esperar hasta que esté aquí".

"Este es nuestro mayor cargamento hasta ahora. ¿Seguro que podrás sacarlos de aquí sin problemas?"

"Eso no es asunto tuyo, Mooney. Relájate".

Mooney gruñe. No suena muy contento. "Vale. Solo es que no puedo esperar a dejar las tareas de niñera, eso es todo".

"Oh, cállate, ¿quieres? Siempre quejándote, ¿no?"

"Para nada, jefe. Me alegro de poder ayudarte. Ya lo sabes". Su voz se ha vuelto toda suave y flotante.

Está haciendo la pelota. Eso es lo que Mami solía decir que yo hacía cuando intentaba ser amable pero no lo decía en serio. A ella no le gustaba cuando yo hacía la pelota. La enfadaba. Afortunadamente, a este hombre no parece importarle.

"Ya no queda mucho".

¿No queda mucho para qué? ¿Qué va a pasar después?

Capítulo Treinta

MICHELLE

Matar a Lesley resultó asquerosamente fácil. Fue como si hubiera concentrado todo el dolor que he sentido en mi vida en una enorme bola de violencia. La liberación resultó catártica, y he estado en las nubes desde entonces.

Me he estado quedando en casa de Pam desde que volvimos de Kent hace unos días. Cuando no estoy acurrucada en el lujoso salón viendo programas basura americanos con Pam, estoy en Speak Up, atendiendo más llamadas que nunca. Mi sed de ayudar a estos niños es insaciable.

Hablando de sed, Aiden me va a llevar a salir esta noche y estoy bebiendo merlot mientras me preparo. Se acabaron los días en los que me bebía el vino como si mi vida dependiera de ello. Mi vida ahora está enriquecida con un propósito y el vino se puede disfrutar. Es una bebida, y ya no mi salvavidas.

Pam me llevó de compras ayer, y me compré el vestido negro más sofisticado que pude permitirme. Pam insistía en pagarlo ella, pero me parecía muy mal dejar que comprara el vestido que su hijo me iba a quitar.

El vestido es una preciosidad, eso sí. Tiene un ajuste perfecto, dándome una figura de reloj de arena ideal. El sujetador incorporado me realza el pecho, dándome un escote generoso. Y, como señaló Pam, mis bonitas piernas suelen estar escondidas en mis vaqueros rotos. Sacarlas se siente atrevido, pero de una buena manera.

"Aiden está esperando abajo", me dice Pam, viniendo a sentarse en mi cama y agarrando su copa de la botella que estamos compartiendo. "Estás realmente deslumbrante, cariño".

Termino de aplicarme el pintalabios y me giro para mirar a Pam. Su rostro está lleno de tanto amor y amabilidad, que de repente siento el impulso de abrazarla. Me he convertido en alguien que no esperaba, y solo tengo a Pam que agradecer por eso. Es como la madre que nunca tuve, y si las cosas funcionan entre Aiden y yo, sería la mejor suegra. Me sonrojo ante la idea.

Pam se levanta, presiona sus palmas sobre mis brazos y me mira parpadeando. "Nunca esperé nada de esto", susurra. Hay un temblor en su voz y ruego que pueda mantener la compostura. Si ella llora, yo lloraré, y pasé mucho tiempo maquillándome.

"Siento que nos unimos por una razón. Todo esto estaba destinado a ser".

Siento lo mismo. Conocer a Pam ha sido lo mejor que me ha pasado. Ha dado la vuelta a mi vida por completo; una vida que ni siquiera agradecía hace unos meses.

"Gracias, Pam", es todo lo que puedo susurrar. Ella asiente, con las cejas fruncidas.

"Tendrás una noche maravillosa. Aiden te tratará bien. Pero, a riesgo de sonar como tu madre", dice, "ve con cuidado con el vino esta noche.

Todos sabemos que el alcohol tiende a soltar la lengua, y Aiden tiene una habilidad maravillosa para sonsacar".

¿Qué quiere decir con eso? ¿Realmente cree que le diré que vi a un hombre desangrarse en la cuneta? Suena como la forma más rápida de terminar una cita, si me preguntas.

"No te preocupes. Ya me he impuesto un límite de tres copas. No quiero hacer el ridículo".

Pam me sonríe radiante. "Eso está bien. Le dije a Graham que serías una buena chica".

Me doy la vuelta y me muerdo el labio inferior, mi buen humor de repente se ha esfumado. ¿Qué demonios tiene que ver Graham con mi cita con Aiden? Tiene sus garras por toda esta casa. Que me condenen si se involucra en mi vida amorosa.

Solo he hablado en serio con Graham una vez, pero está absolutamente en todas partes. Pam habla de él todo el tiempo. Puedo oler su aroma a rancio persistiendo en la cocina después de que me levanto de la cama por la mañana. Él dicta lo que hacemos y cómo lo hacemos. Me siento expuesta, así que necesito indagar más en este misterioso gobernante.

Pam intenta apaciguarme. "Solo está preocupado por nuestro proyecto. Le costó convencerse de dejarte entrar, como puedes imaginar. Es natural que se preocupe".

Supongo que tiene razón, pero aún estoy enfadada. Ciertamente, yo tampoco querría dejar que nadie más entrara en nuestro secreto. La prisión realmente no me sentaría bien.

"Una última cosa antes de que te vayas", dice Pam, poniéndose de pie. Está agarrando una pequeña caja azul marino. Cuando la abre, jadeo. Dentro hay una simple amatista, mi piedra de nacimiento, rodeada por un anillo de diamantes. Cuelga de la cadena más delicada. Pam la saca y me indica que me aparte el pelo para que pueda ponérmela alrededor del cuello.

"Oh, Pam. No puedo aceptar eso". Tengo miedo de romperla. Nunca he tenido algo tan bonito antes, y seguramente algo tan hermoso se vería raro en mí.

"No seas tonta. Quedará preciosa con tu nuevo vestido". La pasa alrededor de mi cuello y hábilmente cierra el broche. "Te lo mereces, Michelle. Has sido mi mejor amiga".

"¡Es preciosa!" exclamo. Los diamantes destellan cuando captan la luz. Realmente es hermosa. "Gracias, Pam".

"No es molestia en absoluto. Ahora, ten una cita maravillosa. Asegúrate de que te trate bien".

"Oh, por favor, ambas sabemos que has criado a un príncipe".

Aiden está de pie al final de las escaleras. Me tiende una mano y toma la mía con ternura. Por un segundo, pienso que va a besar el dorso de mi mano como un caballero del siglo XVIII y me estremezco. Afortunadamente, no llega tan lejos.

En su lugar, me besa en la mejilla y presiona su cuerpo contra el mío. Pasa una mano por mi pelo. "Te ves increíble", me susurra al oído, enviando ondas de choque por mi cuerpo.

"Tú tampoco te ves mal", bromeo. Aiden siempre se ve bien. No importa si ha optado por el look grunge o el de empresario sofisticado. Esta noche, se ve particularmente atractivo con una camisa negra y unos chinos gris oscuro. Se ha peinado hacia atrás su espeso cabello castaño y lleva la sonrisa más grande. Quiero que me lleve de vuelta a su casa, pero también quiero al menos parecer una dama.

El restaurante es mucho más grande de lo que me había imaginado por la página web. Los techos son altos, y la iluminación brilla sobre nosotros, centelleando sobre el mobiliario típicamente azul y blanco. Este lugar rezuma opulencia y de inmediato me siento fuera de lugar. Agacho la cabeza y Aiden me toma de la mano mientras el camarero nos guía a nuestra mesa, y agradezco su caballerosidad.

Nos sentamos en la esquina de la sala, lejos del bullicio y las luces brillantes del bar, y Aiden mueve su silla para sentarse a mi lado, en lugar de al otro lado de la mesa. Es un gesto simple, pero que me emociona igualmente.

El menú tiene muchas páginas y las palabras griegas son intimidantes, así que decido mantenerlo simple pidiendo gyros. Aiden opta por ser más aventurero y pide algo que ni siquiera puedo pronunciar. Mi estómago gruñe y rezo para que la comida salga rápido. Solo he comido un crumpet hoy, y eso fue hace horas.

Nunca he estado en un lugar público con Aiden antes, y siento que él está pensando lo mismo cuando un silencio incómodo desciende sobre la mesa. Miro alrededor. Hay una despedida de soltera armando alboroto en el bar. Una pareja revela la edad de su relación por su falta de interacción. Y a mi izquierda hay un hombre sentado solo, disfrutando felizmente de una ensalada mientras lee su Kindle.

La tos de Aiden me devuelve a mi cita.

"¿Crees que a ese hombre le han dado plantón?" Señala al hombre que come solo.

"Bueno, si es así, no parece que le importe. Creo que prefiere la compañía de un buen libro".

Aiden se ríe. "Entonces es un idiota. La última vez que comprobé, un libro no puede satisfacerte de la misma manera que una mujer".

Aprieto los labios y me río por lo bajo. "¿Sí? ¿Cuándo fue la última vez que leíste un libro?"

"Nunca. Demasiado ocupado pensando en mujeres".

Ahora me estoy riendo. Aiden me sonríe por encima de su bebida. Me guiña un ojo.

Presiono mi pierna contra la suya bajo la mesa, y él levanta una ceja. Está empezando a hacer calor aquí.

"Mamá tenía razón sobre ti. Eres simplemente perfecta". Su voz es profunda y grave, se inclina hacia mí, y me llega una bocanada de su aftershave.

"Nunca he oído a mamá hablar tan bien de alguien. Vosotras dos tenéis una conexión real".

Me reclino frustrada. Realmente no quiero hablar de Pam ahora mismo. No mientras me siento tan acalorada.

Una camarera llega con nuestra comida y la coloca cuidadosamente en la mesa sin preguntar quién había pedido qué. Mi pita, llena de cerdo, cebollas y tomates, se ve divina.

"Nunca me has hablado de tus padres". El comentario de Aiden me pilla desprevenida y toso. Tomo un sorbo de vino para calmarme. "Sé que tuviste un pasado realmente difícil, pero no sé nada de ellos. Ya sabes, como personas".

"¿Qué quieres saber?"

"¿A qué se dedicaban?"

Hago una mueca. Aiden y Pam lo tienen todo a su favor. Tienen una ética de trabajo estelar y me preocupa que a veces puedan olvidar que otros pueden carecer de esa ambición. O que a algunas personas les gusta sentarse y no hacer nada.

"Bueno, mi madre no hacía nada más que quedarse sentada reclamando beneficios a los que no tenía derecho. Y mi padre era una especie de trabajador de fábrica. Trabajaba duro. O, al menos, estaba fuera de casa todo el tiempo, así que asumí que estaba en el trabajo". Frunzo el ceño. Acabo de darme cuenta de que tal vez no estaba en el trabajo; tal vez simplemente no quería volver a casa.

Aiden confunde mi confusión con tristeza. "Debe haber algún buen recuerdo enterrado por ahí en alguna parte. ¿Amigos? ¿Escuela? Quiero saber más sobre ti".

Niego con la cabeza y trago mi bocado de comida. Mis gyros están sabiendo cada vez más amargos a medida que avanza la conversación.

"Mis padres tenían un coche realmente genial". La revelación me sorprende. Realmente tenían un coche genial. Tenían un Ford Cortina estándar como la mayoría de la gente en ese entonces, pero papá lo pintó a mano, sin duda en un intento de escapar de mamá los fines de semana. Era verde lima con llamas moradas en el capó. En retrospectiva era ridículamente llamativo, pero cuando era una niña pequeña, era el coche más genial del mundo.

No puedo creer que lo había olvidado. Es como si mi cerebro hubiera borrado todos los buenos recuerdos y solo hubiera retenido los malos.

"¿Qué coche era?"

"Un Ford Cortina. Probablemente ni siquiera sabes lo que es. Apuesto a que tú creciste con un Rolls Royce", bromeo.

Aiden baja la mirada, cortando mi risa.

"Lo siento. Eso fue cruel de mi parte", le digo. Supongo que burlarse de la crianza de alguien es cruel, sean ricos o pobres. "Sé que tu infancia no fue fácil, ya sabes, con la muerte de tu padre..." Desesperadamente quiero preguntarle sobre su padre, pero no puedo revelarle que sé sobre el abuso. No quiero arruinar la velada.

"Oh, no es eso", dice Aiden, tranquilizándome al tomar mi mano entre las suyas. "Tengo un recuerdo horrible de un Ford Cortina que creo que nunca olvidaré".

"¿Quieres compartirlo?"

Toma un gran trago de su vino y se inclina hasta quedar a centímetros de mi cara. "Si te lo cuento, debes mantenerlo en secreto. No se lo digas a nadie".

"Puedes confiar en mí".

Me mira profundamente a los ojos. La pausa parece eterna.

Asiente y coloca su copa de vino en la mesa. "Cuando tenía unos diez años, mamá golpeó accidentalmente nuestro coche - un Audi, no un Rolls Royce - contra la parte trasera de un Ford Cortina. Lo siguiente que sé es que el coche se había estrellado contra un árbol".

Se me hela la sangre. "Dios mío. ¿Todos estaban bien?"

"Sí. Mamá dijo que todos sobrevivieron. Aunque no sé cómo, la verdad. Debió ser un golpe terrible".

"¿Qué hizo Pam después de que sucediera?"

"Entró en pánico y simplemente siguió conduciendo".

"Joder". La palabra sale larga y exagerada.

"Lo sé. Nunca olvidaré el coche cuando pasamos volando junto a él. La gente dentro no tenía ninguna oportunidad. El frente se había arrugado por completo, y el capó había sido lanzado hacia atrás sobre el techo. Era un coche de aspecto extraño. Verde con llamas moradas pintadas".

Capítulo Treinta y Uno

MICHELLE

"¡Michelle, detente!", me grita Aiden mientras huyo del restaurante. Los gyros en mi estómago amenazan con regurgitarse sobre los otros comensales, y me tapo la boca mientras corro hacia fuera.

Aiden se ve detenido por el camarero que le exige que pague la cuenta, lo que me da tiempo para correr calle abajo, con mis tacones repiqueteando en la acera. Paro un taxi que se acerca y me lanzo al asiento trasero.

Veinte minutos después, abro de golpe la puerta de entrada de Pam. Pam sale de la cocina con una taza humeante y un paquete de Hobnobs. Sus cejas se elevan hasta el cielo cuando irrumpo por la puerta.

"Los mataste". Mi pecho se siente apretado y mi respiración es entrecortada. Oigo el taxi alejándose por el camino de entrada. Pam me mira frunciendo el ceño, clavada en el sitio por la confusión.

"Michelle. ¿Estás bien? Te ves terrible. ¿Dónde está Aiden?" Deja su bebida y las galletas en la mesa lateral y se acerca a mí, presionando sus manos sobre la parte superior de mis brazos.

"¡Los mataste!", no puedo evitar gritar.

"¿A quién?"

"A mis padres".

Pam retrocede y se lleva los dedos a los labios. Sus ojos están muy abiertos y hace un ruido pastoso en la parte posterior de su garganta. Su expresión grita la verdad.

"¿Sabías quién era yo? ¿Sabías quién era cuando viniste a mí en la clínica veterinaria?"

"Michelle, por favor, fue un accidente". Retrocede aún más. Su cara está tan blanca que casi es translúcida. "No salí con la intención de matarlos. Estaban conduciendo erráticamente por toda la carretera y el tiempo era horrible. En un minuto, estaban a una buena distancia delante de mí, y al siguiente habían frenado de golpe. No tuve oportunidad de reaccionar".

Se acerca a mí poco a poco, pero yo retrocedo. No puedo dejar que esta mujer me toque. Sus palabras salen de su boca a una velocidad casi indescifrable. "Los vi salirse de la carretera, pero tenía a Aiden en el coche y ¡entré en pánico! Estábamos solos y no podía ir a prisión, Michelle. No podía dejar que se llevaran a mi hijo".

"Pero, ¿estaba bien que yo fuera a un centro de acogida?"

"¡No sabía que existías!" Pam se aleja de mí, agitando los brazos. "No hasta más tarde, de todos modos".

"Entonces, ¿sí sabías de mí antes de que nos conociéramos?"

Pam asiente, lentamente. ¿Por qué está siendo tan evasiva? ¡Solo quiero la verdad! Se sienta en el escalón inferior y apoya la frente en sus manos. Quiero sacudirla, sacarle la verdad a sacudidas.

"Mira, Michelle, ¿nunca te preguntaste qué me llevó hasta aquí? ¿Por qué hago lo que hago?"

¿Qué tiene que ver la afición de Pam por matar gente conmigo? ¿Disfrutó chocando contra mis padres? ¿Le dio el gusto? Golpeo mis puños contra la pared. Espero a que Pam continúe, mi mente dando vueltas. Un gemido gutural se me escapa.

"La muerte de tus padres estuvo en todas las noticias, al ser un... ya sabes... un incidente de atropello y fuga".

"Cuando vi que tenían una niña pequeña, simplemente perdí la cabeza. Tienes que entender, quería gritar mi culpa desde los tejados. Pero acababa de perder al padre de Aiden. No podía perder a Aiden también".

"¿Perderlo? Lo mataste, Pam. ¿Qué te pasa? ¡Asume alguna maldita responsabilidad!"

"¡Sí!", grita Pam. "Lo maté y no me arrepiento de eso. Ni por un segundo. Luego, cuando las noticias anunciaron que las personas muertas eran abusadores de niños, dejé de arrepentirme de eso también. Me alegré de que se hubieran ido".

Me mira, y el fuego en sus ojos me hace apartar la mirada. "Eres una joven maravillosa, Michelle, y no es gracias a ellos".

"Entonces, ¿qué? ¿Debería estarte agradecida?"

Me observa, su pecho agitándose. Cuando habla de nuevo, su voz es más suave, suplicante. "¿Cómo crees que debería sentirse Becks? ¿Y Michael? Hay una razón por la que te involucraste y esa razón se aplica a ti también".

Un sollozo se me escapa y caigo al suelo. Todo esto es demasiado. Odiaba a mis padres, pero pensar que murieron tan trágicamente por culpa de esta mujer que está justo frente a mí. Mi mentora. Mi única familia ahora.

"¿Por qué no me dijiste todo esto antes?"

"¿Cómo podría, Michelle? Quería ayudarte tanto y tenía tanto miedo de que me alejaras". Las lágrimas caen por las mejillas de Pam, dejando surcos a través de su base de maquillaje. Me avergüenza darme cuenta de que yo también estoy llorando.

"Entonces, ¿sabías quién era yo cuando entraste en la clínica veterinaria ese día?"

Pam asiente. "He estado vigilándote todos estos años. Necesitaba saber que estabas a salvo. Cuando te vi mudándote con Kelsey, me alegré tanto. Tú y ella erais más fuertes juntas. Protegidas".

"Pero entonces te vi saliendo del trabajo un día y parecías tan perdida. Tan triste. Me rompió el corazón. Estabas perdiendo peso; tus ojos estaban hundidos. Tenía que hacer algo. Tenía que encontrar una manera de conseguirte la ayuda que desesperadamente necesitabas. Y me alegro tanto de haberlo hecho".

"¿Quién más lo sabía? ¿Tu noviecito también estaba metido en esto?"

Suspira. "Graham era mi acceso a ti. Me mantenía informada sobre dónde te habían colocado y cómo te iba. Tengo mucho que agradecer. Graham realmente cuidó de ti".

"¿A esto le llamas cuidar de mí?", lloro. Toda la energía me ha abandonado. Quiero hacerme un ovillo y dormir.

"No tienes idea de lo bien que te fue, en comparación con otros niños".

Su tono me sorprende. ¿Cómo se atreve a enfadarse conmigo? Yo soy la víctima en todo esto.

"Entonces, después de dejar a mis padres morir una muerte lenta y dolorosa, ¿qué? ¿Montaste Speak Up para encontrar más presas?"

"No, establecí Speak Up para ayudar a niños como tú. Tú y Aiden me inspirasteis. Mis presas, como tú las llamas, son un feliz subproducto".

La piel se me eriza y me duelen los pies de correr con tacones altos. El reloj de la cocina hace tictac ruidosamente, recordándome que el mundo sigue girando.

El rugido de la moto de Aiden se hace más fuerte mientras sube por el camino. Escuchamos, sin mover ni un músculo.

Momentos después, Aiden irrumpe por la puerta. Su pelo está de punta donde se ha quitado el casco. Sus ojos se abren de par en par cuando me ve desplomada en el suelo, y luego casi se le salen de la cabeza cuando ve la cara de su madre manchada de rímel.

"¿Qué demonios está pasando?", croa, con el miedo entrelazado en cada palabra. Cruza la habitación hacia Pam.

"¿Mamá? ¿Qué está pasando?" No me mira. "Mamá, estás llorando". Intenta rodearla con un brazo, pero ella se lo quita de encima.

Por fin, Aiden se gira para mirarme. "¿Qué le has hecho?"

Quiero gritarle por culparme, pero en el fondo no puedo culparlo por proteger a su madre. Es lo que hace. Me trago mi rabia.

"Por favor, por favor no te enfades con ella", dice Pam. Su cuerpo parece viejo y frágil mientras se desploma en el escalón inferior. "Michelle acaba de recibir malas noticias, eso es todo". Sus ojos suplican a los míos. Quiere que me guarde esto para mí; pero, ¿no merece él saber la verdad?

Seguramente Aiden debería saber quién es -y qué es- realmente su preciosa madre.

"¿Qué malas noticias?" Mira de mí a Pam, y de vuelta a mí otra vez.

Permanecemos en un punto muerto. La atmósfera en la habitación pesa sobre mis hombros.

"¿El coche que tu madre sacó de la carretera aquella noche?" Las palabras salen antes de que me dé cuenta de que están ahí. "Eran mis padres".

Aiden me mira fijamente. Ahora está sentado junto a Pam en las escaleras con su brazo alrededor de ella, pero noto que su agarre se afloja cuando la gravedad de mis palabras le golpea.

"Pero, ¿tus padres están muertos?"

"Exactamente".

Lo dejo juntar las piezas en silencio. Su boca se abre y cierra varias veces y sus ojos se mueven entre Pam y yo.

"¿Mataste a los padres de Michelle?" Finalmente suelta a su madre y ella se hunde en el suelo, un charco de miseria. No necesita responder. Su cara lo dice todo.

Nos sentamos en silencio, dejando que los acontecimientos de la última hora se asienten. Pam se queda donde está en el suelo. Su llanto ha disminuido, pero sus sollozos estallan de vez en cuando, cortando el silencio.

Aiden se pasa las manos por el pelo. "Jesucristo. Necesito tiempo para pensar". Y para mi horror, se da la vuelta y sale por la puerta.

A pesar de mis reservas, duermo en casa de Pam. Ir a casa de Kelsey invitaría a muchas preguntas que simplemente no puedo responder. Además, Travis podría estar allí, y pasar el rato con un detective ahora mismo no sería buena idea.

Oí a Pam subir las escaleras mientras me ponía el pijama. Se detuvo frente a mi puerta, y cerré los ojos con fuerza, rezando para que no entrara. Me la imaginé apoyando los nudillos contra la puerta, pero no llamó.

Ahora estoy acostada en la cama, incapaz de ponerme cómoda. Mis músculos se siguen tensando y tengo un dolor de cabeza tremendo.

No puedo dejar de pensar en mis padres.

La noche que murieron, yo estaba sola en casa. Tenía seis años. Habían salido a encontrarse con unos amigos y yo me calenté unos macarrones con queso en el microondas antes de irme a la cama. Estaba muy oscuro cuando la policía golpeó la puerta. El terror que sentí en ese momento superó cualquier cosa que hubiera sentido antes. Estaba sola en casa y alguien estaba aporreando la puerta.

Me estaba escondiendo detrás del cesto de la ropa sucia cuando la voz de una mujer llamó a través del buzón. Era la policía.

No recuerdo mucho después de eso. Mucha gente me hablaba o me daba un pequeño apretón en la mano. Luego, me llevaron.

Sé que no me sentí triste. Tal vez aturdida. Perdida. No triste. Ir a un centro de acogida fue lo mejor que me pasó. Las cicatrices dejadas por mis padres eran demasiado profundas; no había nada que nadie pudiera hacer para reabrir esas heridas.

Pero, ¿merecían morir? ¿Así?

Me doy la vuelta en la cama y me cubro los ojos con la almohada.

Fue un accidente. Lo sé. ¿Importa si fue causado por mis padres o por Pam?

En el gran esquema de las cosas, no, no importa. Pero, sin duda afecta mis sentimientos hacia Pam.

Confié en Pam con tanto. Hemos pasado por tantas cosas juntas y siento un amor por ella como por nadie más. Ha sido como una madre para mí.

Pero se llevó a mi verdadera madre.

Igual que yo me llevé a Lesley de Michael. Igual que Pam se llevó a Kate de Becks. Y el pequeño Teddy, enviado a los Cotswolds. Y no tengo ninguna duda en mi mente de que fue lo correcto.

Suspiro y me doy la vuelta, disfrutando de las sábanas frías contra mi piel caliente.

Hay un golpe en la puerta.

"Vete, Pam", murmuro en mi almohada. ¿Por qué demonios está llamando a mi puerta a esta hora? Acaban de dar las 2 de la madrugada, apenas es hora de charlar.

Oigo girar el pomo y giro la cabeza. "¡Ahora no, Pam!"

La puerta se abre. "Soy yo", la voz de Aiden susurra en la oscuridad. "¿Puedo entrar?"

Abro mi edredón y doy un golpecito en la cama. Aiden cierra la puerta suavemente detrás de él. Se mete en la cama completamente vestido y me atrae hacia él. Está deliciosamente frío y tiemblo contra su pecho.

"¿Estás bien?", me pregunta. Su aliento me hace cosquillas en el cuello.

"Estoy confundida. ¿Y tú?" De una cosa puedo estar segura: Aiden no merece nada de esto. Ambos estamos atrapados en el mismo fuego cruzado.

Acaricia mi hombro desnudo con el dorso de sus dedos. "Lo siento mucho que hayas tenido que pasar por todo esto".

Asiento y me acurruco más profundamente.

"Quiero odiar a Pam, de verdad que sí; pero hay una vocecita en mi cabeza que me grita que esté agradecida por lo que hizo".

Hay una pausa antes de que Aiden hable.

"Lo entiendo. Sí, es realmente horrible lo que hizo y que lo mantuviera en secreto durante tanto tiempo". Respira entre dientes. "Pero, ¿cuál era la alternativa? ¿Entregarse? De todos modos habrías ido a un centro de acogida, solo que sin Graham cuidando de ti".

"¿Sabes sobre eso?"

"Sí, fui a verlo".

Me pongo tensa. Una vez más, Graham está en medio de mis asuntos.

"Y yo también habría ido a un centro de acogida", continúa.

Tiene razón. Si mis padres no hubieran muerto esa noche, el abuso habría continuado durante muchos años más, y no habría conocido a Kelsey. Si Pam hubiera confesado, nadie habría ganado. Speak Up tampoco existiría.

Las grandes revelaciones me dan sueño.

"¿Dejamos todo esto para mañana? Tal vez dormir un poco nos dé algo de claridad".

"¿Dormir? Tengo una idea mejor". Me atrae aún más cerca, y envuelvo mi pierna alrededor de su cintura, atrayéndolo hacia mí. Me besa con una intensidad que nunca antes había sentido.

Me empuja sobre mi espalda y me inmoviliza, y me entrego a él. Los muros que he construido a mi alrededor están oficialmente derribados. Me pierdo en él.

Todos los pensamientos sobre Pam y mis padres se desvanecen.

Capítulo Treinta y Dos

MICHELLE

Cuando me despierto al día siguiente, las nubes se han disipado y solo queda una vaga neblina. Mi cama se siente increíblemente suave y cálida.

Después de que mis padres murieran, me culpé a mí misma. Pensé que todo era mi culpa: el abuso, el abandono y sus muertes. Nunca pude sacudirme la culpa y ahora me pregunto si mis acciones recientes con Kate y Lesley son realmente una búsqueda de redención.

Si Pam no hubiera sacado el coche de papá de la carretera, honestamente creo que ahora mismo estaría acurrucada en la esquina de una casa destartalada, inyectándome heroína sucia en las venas. Había visto a mis padres hacerlo suficientes veces. Hasta que dejé la casa familiar, pensaba que la heroína era solo algo que la gente hacía; una medicina para eliminar la miseria.

Ahora, protejo a otros niños de ese destino.

Me desperté esta mañana y mi conmoción de anoche fue eclipsada por una tímida gratitud hacia Pam. Ella me salvó. Toda mi vida ha sido un desastre. Solo Pam me ha proporcionado felicidad y un futuro. Lo que hizo estuvo muy mal, pero no puedo negar que me alegro de que mis padres estén muertos. Eran puro veneno. ¿Cómo puedo culpar a Pam por librarme de ese dolor?

Me muevo, pero el otro lado de la cama ha perdido hace tiempo el calor de Aiden y el frío me obliga a levantarme. Solo se ha ido hace media hora, pero ya lo echo de menos.

Me sonrojo con los recuerdos de anoche. Todavía puedo ver a Aiden quitándose la camiseta, revelando sus gloriosos abdominales a la luz de la luna. Me miró y se lamió los labios antes de quitarme los pantalones cortos con una sorprendente destreza. Luego, me besó en lugares que normalmente no ven la luz del día.

Paso mucho tiempo en la ducha, reviviendo la alegría de anoche, antes de bajar a buscar a Pam. Necesitamos hablar.

No está, así que supongo que ha ido a hacer las paces con Aiden o se ha dirigido a Speak Up. La cocina está impecable, así que me salto el desayuno por si dejo una miga en la encimera reluciente. Luego, me dirijo a la parada de autobús para ir a la oficina de Speak Up.

Después del desastre de anoche, necesito poner algo bueno de vuelta en el mundo.

La oficina está tranquila hoy. La mayoría de nuestros voluntarios trabajan o estudian durante el día y son voluntarios por la tarde, así que los días siempre operamos con personal mínimo. No hay señales de Pam.

Me dirijo a mi escritorio y veo a Lisa en la oficina de Pam, de espaldas a mí. Está sola y la muy descarada está hurgando en el archivador de Pam.

Apoyada en mi escritorio, me quedo de pie observándola con los brazos cruzados. Espero.

Finalmente, se da la vuelta y me ve observándola. Su cara pierde el color y levanto las cejas. Más le vale tener una buena excusa.

Agacha la cabeza y sale corriendo, con las manos vacías.

"Solo estaba buscando un nuevo calendario de pared", murmura al pasar junto a mí. "Necesitamos prepararnos para el nuevo año".

"¿Sí? Pensé que los guardabas en el armario de papelería".

Lisa se rasca la cabeza y evita mi mirada. "Lo sé, es que no pude encontrar uno y pensé que tal vez Pam los había guardado en otro sitio".

Mi corazón late con fuerza en mi pecho. ¿Lisa sospecha algo de nosotras? Puedo decir que está mintiendo: su cuello está enrojecido y sus ojos miran a todas partes excepto a mí. Hacemos una pausa, cada una tratando de decidir su próximo movimiento. Ella parece asustada. Me preocupa que yo también lo parezca.

Pasan unos segundos antes de que Lisa corra de vuelta a su escritorio y se desplome en su silla, donde finge estar super concentrada en sus pantallas. ¿Qué se trae entre manos?

Mi teléfono suena, arrastrando mi atención de las payasadas de Lisa y lanzándome al modo de trabajo.

Las llamadas que entran durante las siguientes horas son aburridas. Una llamada de broma realmente me cabrea, pero la dejo de lado cuando recibo una llamada de una chica llamada Mila.

No hemos recibido una llamada de Mila antes, pero antes de que incluso hable, sé que su tragedia es más grande que cualquiera con la que haya tratado. Tiene dificultades para respirar. Sus gritos agudos son trágicos.

"El bebé no respira", jadea.

Los pelos de la nuca se me erizan. "Vale, Mila. ¿Puedes darme más información? ¿Dónde estás?" Intento mantener la urgencia fuera de mi voz. No quiero asustarla.

"Mi hermanito, Dylan. Papá le puso una almohada en la cara para que estuviera cómodo y ahora papá se ha ido y el bebé no respira. ¿Qué hago?"

Un calor furioso recorre mis venas. Me pellizco el brazo con las uñas, sacando sangre. Quiero gritar, maldecir y llorar, pero no puedo. No puedo ayudar a Mila si tengo un colapso.

"¿Dónde vives, Mila? Llamaré a una ambulancia por ti". Cierro los ojos y rezo para que no se cierre. No cuelgues, ruego.

Para mi alivio, Mila suelta su dirección sin pensarlo. Vive justo al otro lado del canal, a dos minutos. Sin pensarlo, cuelgo el teléfono y corro, marcando el 112 en mi móvil mientras voy.

Compruebo el bolsillo de mi chaqueta en busca de mi navaja.

Mi pecho arde por respirar el aire frío y mi visión se tambalea mientras corro. Llego a la casa en poco menos de cuatro minutos.

La casa de Mila es pequeña, pero ordenada. Está sola, escondida detrás de una hilera de enormes coníferas al final de un tranquilo callejón sin salida. Golpeo la puerta, pero no hay respuesta. Estoy mirando por la ventana cuando un hombre se acerca por detrás, haciendo sonar las llaves de la casa en su mano.

"¿Puedo ayudarte?" Lleva un mono de trabajo sucio, pero tiene el pelo perfectamente peinado y una sonrisa deslumbrante. Como si no hubiera roto un plato.

"¿Vives aquí?"

No responde. Tiene el descaro de parecer confundido.

Lo miro a los ojos. "Estoy aquí por tu hijo".

"¿Qué? ¿Quién eres?"

"Llévame con él". ¿Por qué este imbécil está tan jovial? Debería estar asustado. Agarro la navaja en mi bolsillo. La he llevado conmigo desde la noche que me encargué de Lesley. Me niego a sentirme vulnerable.

"Dime quién eres, antes de que llame a la policía".

"La policía ya viene de camino, maldito enfermo. ¡Ahora llévame con Dylan!"

"¿Dylan?" Toda su cara se vuelve morada. Su mano se cierra en un puño alrededor de sus llaves. El miedo cruza por mi mente, pero lo aparto. Tengo que concentrarme. Tengo que proteger a los niños de esa casa.

"Señora, me estás empezando a cabrear. Ahora lárgate, antes de que haga algo de lo que me arrepienta".

"No hasta que vea a tu hijo", gruño. El tiempo no está de mi lado. Necesito llegar a este monstruo.

Se acerca a mí pisando fuerte y antes de que tenga tiempo de reaccionar, me agarra por el cuello y me empuja contra la pared. No tengo aliento para pedir ayuda, y rezo para que alguien pase por aquí, pero no hay un alma alrededor. "¿Quién demonios te crees que eres, estúpida zorra?", murmura en mi cara.

Su mano aprieta más fuerte y mis talones se levantan del suelo. Mis pies se agitan, tratando de tocar el suelo con los dedos.

Mi mano encuentra mi bolsillo y tanteo en busca de la navaja. La navaja sale con facilidad y la clavo en la carne del hombre. Él gruñe y me suelta, y yo caigo de culo.

El hombre se desliza al suelo, agarrándose el costado. Sus llaves tintinean al caer a su lado. Paso por encima de la sangre que se acumula y las recojo. Me dirijo a la puerta, la abro y entro.

"¿Mila?", llamo. No hay respuesta. Oh Dios, por favor que esté bien. Examino la planta baja y no encuentro juguetes, ni ropa pequeña, ni libros. No hay rastro de niños en absoluto, así que subo corriendo las escaleras. La primera habitación es el dormitorio principal; la cama está hecha y no hay ni una sola prenda de ropa sucia en el suelo. Pruebo con las otras habitaciones.

Nada. Ni siquiera una cuna, o un calcetín pequeño extraviado. Ni un niño.

Siento que me voy a derretir. Este hombre no tiene hijos. Me he equivocado de hombre.

O fue otra broma.

Las sirenas suenan desde la carretera detrás de la casa. Mierda.

Vuelvo corriendo afuera. El hombre yace inconsciente sobre la grava, la sangre rezumando entre las piedras, creando pequeñas islas mórbidas. Está respirando, pero apenas.

Corro.

Capítulo Treinta y Tres

MICHELLE

Me lleva tres intentos abrir la puerta principal y una vez que entro en el pequeño pasillo de la silenciosa casa adosada en Devonshire Street, cierro los ojos con fuerza y me paso las manos por la cabeza, arrastrando sangre por mi pelo. La puerta se cierra de golpe detrás de mí.

Mi jadeo se convierte en un resuello mientras el pánico se apodera de mí. Giro las manos frente a mí. Hay manchas de sangre en mi palma derecha. Está debajo de mis uñas, aún húmeda. Presiono una uña y la sangre brota de debajo del lecho ungueal.

Tengo arcadas y corro a la cocina.

Mi vómito apenas llega al fregadero. Se desliza por el borde en grumos. Las lágrimas corren por mi cara.

Abro el grifo y meto las manos bajo el agua caliente que corre.

El agua corre rosada, mezclándose con las salpicaduras de bilis.

"¿Qué te ha pasado? Oh Dios mío, ¿estás herida?" Me giro y encuentro a Kelsey de pie en la puerta de la cocina, con la boca abierta mientras mira el desastre en el fregadero. Sus ojos se dirigen a mi cara.

Me quedo de pie, mirando. Estoy paralizada. Mi boca cuelga abierta.

Kelsey aparta sus ojos de mi camiseta manchada de sangre y mira a mis ojos. Quiero apartar la mirada, pero no sé dónde mirar. Así que simplemente miro fijamente sus profundos ojos marrones. Toda mi vida pasa ante mí. Kelsey ha estado ahí para mí durante cada paso de mierda de mi vida. Me ha sacado de la cuneta, me ha dado un hogar y me ha encontrado un trabajo.

No puedo hacerle esto. No puedo arrastrarla a mi lío.

Kelsey encuentra su voz primero. "En serio, ¿qué ha pasado?"

Se acerca al fregadero y toma mis manos entre las suyas. Las gira y trata de frotar las obstinadas manchas de sangre.

"Oh, Michelle", susurra. Una y otra vez. "¿Alguien te ha hecho daño?"

Un sollozo erupciona desde mi interior, y me derrumbo en el suelo en un charco de dolor. Kelsey cae al suelo conmigo y acuna mi cabeza en su hombro. Me rodea con sus brazos y aprieta mi cintura.

Espera, mientras lloro.

Cada pedazo de dolor sale de mí. He recibido golpe tras golpe durante toda mi vida, y lo he embotellado durante demasiado tiempo. Ya no puedo hacer esto más. Mira en lo que me he convertido.

"Vamos, cariño. Vamos a arreglar esto".

Kelsey me levanta y baja la cremallera de mi chaqueta. Levanta una ceja ante mi camiseta empapada de sangre y sin decir una palabra, me quita la chaqueta y me saca la camiseta por la cabeza.

Abre la lavadora con su mano libre y tira mi camiseta dentro.

Tengo un impulso abrumador de explicar. "Kelsey, por favor, entiende. No tuve elección. Pensé que había matado al bebé. Pensé que iba a matarme".

"Oh, Michelle. ¿Qué has hecho?"

Le cuento sobre la llamada de broma y el hombre inocente que... maté. Asesiné. Obligo a mi voz a permanecer calmada y medida. Necesito contarle lo que hice.

Kelsey solo asiente, como si le estuviera contando sobre un mal día en la peluquería.

Sin decir una palabra, recoge mi chaqueta, mete la mano en el bolsillo y saca la navaja.

"¿Qué estás haciendo?", le pregunto, empujándome hacia la esquina de la habitación.

Mientras se levanta, presiona el botón de la navaja y salta cuando se abre. Me estremezco al recordar el sonido de hace unos momentos. Antes de que la clavara en el estómago de ese pobre hombre.

Kelsey deja caer la navaja en el fregadero y se agacha para coger la lejía del armario. Vierte el líquido amarillo sobre la navaja, cubriéndola, dejándola reposar.

"¿Qué estás haciendo?"

"Quítate los vaqueros, también necesitan un lavado".

Habla en serio y no me atrevo a negarme. Me arrodillo y me bajo los vaqueros, quitándomelos. Kelsey los coge y los tira a la lavadora junto con mi chaqueta. La pone en el ajuste más caliente y la máquina cobra vida, su única tarea es eliminar la evidencia de lo que he hecho.

"Kelsey. No tienes que hacer esto".

"Alguien tiene que arreglarte".

"No tiene por qué ser tú. Puedo arreglármelas sola".

Me lanza una mirada que grita que no se puede confiar en mí. Tiene razón.

"¿Por qué haces estas cosas por mí? Siempre estás recogiendo mi mierda, sin hacer preguntas".

"Porque. Te quiero".

Se une a mí en el suelo de nuevo y se apoya contra la puerta trasera. Se sienta con sus largas piernas cruzadas. Sus palmas descansan sobre sus rodillas. Hay una tristeza en ella. La estoy rompiendo.

"No, en serio, ¿por qué sigues recogiendo mis desastres? Tiene que haber una mejor razón que simplemente quererme. Esto...", agito mi brazo alrededor de la cocina, "...no es amor. Siempre he sido un desastre y me has limpiado una y otra vez. Luego, justo cuando creo que me estoy arreglando, hago esto. Esto no puede ser solo amor".

Me da una mirada curiosa y frunce el ceño.

"¿Realmente no lo recuerdas?"

"¿Recordar qué?"

Hace una pausa antes de sacudir la cabeza. "No creo que sea una conversación para ahora".

"No, ¡definitivamente es una conversación para ahora!", grito. ¿Qué pasa con todos guardándome secretos? No puedo soportar más misterios.

"Voy a llamar a Travis", anuncia, levantándose del suelo. "Ve a ducharte".

"¿Qué? ¡No! No puedes llamarlo. Mira, me enfrentaré a esto cuando esté lista. Solo necesito tiempo para resolver todo esto".

"No, idiota. No te voy a entregar, ¿verdad?" Señala con la cabeza la lavadora donde mi ropa está dando vueltas, y las burbujas son rosadas. "Necesitamos su ayuda. Tú necesitas su ayuda".

Sacudo la cabeza y acerco mis rodillas a mi pecho. Tiemblo, pero no sé si es por el frío o el terror.

"Por favor, no lo llames", gimoteo. "No me ayudará. Sé que lo amas, Kels; pero no me ayudará".

"Está de tu lado. Confía en mí".

Confío en ella, ¿cómo no hacerlo? Pero, de ninguna manera puedo confiar en su novio detective. No puedo confiar en él, y no puedo hacerle esto a Kelsey. Estoy sola.

Necesito tener agallas y entregarme antes de arrastrar a alguien más conmigo.

Suspiro.

"Ni se te ocurra", me dice Kelsey.

"¿Qué?"

"Entregarte".

Maldita sea. ¿Cómo lo hace?

"¿Cuál es la alternativa? ¿Huir? ¡Oh, vamos, Kelsey! Es lo mínimo que merezco".

"Habla con Travis".

¿Por qué es tan condenadamente persistente?

"Jesús, Kelsey, ¿crees que el sol brilla por su culo, verdad? No puede ayudarme. ¿Qué detective está del lado del asesino?"

"Uno que conoce la verdad, Michelle".

Verdad. Eso sería algo bueno. Nadie por aquí es capaz de decir la verdad. Miro fijamente a Kelsey, incitándola a que me lo diga, pero ella solo me devuelve la mirada con una expresión en blanco.

Kelsey cede primero. "Travis sabe en lo que te has metido, y es comprensivo".

"¿Comprensivo?"

"Digamos que sabe más sobre Pam de lo que tú sabes".

"Dímelo".

Silencio. Me doy cuenta de que estoy de pie. ¿Cuándo me levanté? Mi piel pica y me clavo las uñas en los brazos.

Silencio.

"¡Dímelo!", grito.

"Solo confía en mí en esto. Mantente alejada de Pam y todo estará bien. No falta mucho ahora, y no querrás quedar atrapada en el fuego cruzado".

A la mierda esto. A la mierda todos.

Pensé que el abuso era malo. La depresión. Resulta que ser engañada una y otra vez es un dolor que corta mucho más profundo. Tantos secretos. Parece que todos tienen información sobre mí. Excepto yo.

Y estoy harta de esta mierda.

Mientras subo las escaleras, oigo a Kelsey llamándome, pero la ignoro, cerrando de un portazo la puerta de mi habitación.

Agarro algo de ropa del suelo de la habitación y me la pongo sobre mi cuerpo tembloroso.

No quiero volver a la cocina a por mis botas, así que encuentro unas zapatillas viejas que solía usar para correr (hace muchos años) y me las pongo.

Cuando salgo de la habitación, Kelsey todavía me está suplicando.

"Por favor, Michelle, no vayas con ella. Es mala noticia".

Me doy la vuelta en las escaleras y le clavo el dedo en el estómago. "Mira, Kels, estoy agradecida por todo lo que has hecho por mí, pero no sabes una mierda sobre Pam. Obtendré lo que merezco, pero que me condenen si dejo que Pam caiga también".

Sigo bajando las escaleras y luego alcanzo el pomo de la puerta.

"¿Y qué hay de Graham? ¿Estás tan segura de él?"

Giro el cuello para mirarla.

Parece insegura. Y asustada.

"¿Qué sabes sobre Graham?"

"Mich, está involucrado en algún tipo de red de tráfico de niños. ¡Ha sido arrestado! Tienes que mantenerte alejada de esa gente. Son viles. Y solo mira lo que te están haciendo".

Me voy. Necesito advertir a Pam.

Capítulo Treinta y Cuatro

MICHELLE

Soy un desastre. Mi coletero se agarra desesperadamente y mechones de pelo se pegan a mi frente sudorosa. También apesto. Una mezcla de sudor, sangre y terror.

El conductor de Uber me mira constantemente por el retrovisor. Le devuelvo una mirada fulminante, ahuyentando su charla educada sobre el tiempo.

Mi mente está inundada de confusión. Kelsey no puede tener razón; solo está intentando asustarme. Nunca le ha caído bien Pam, y dada mi caída en desgracia, no es de extrañar que busque a alguien a quien culpar.

Pero yo soy la culpable. Todo esto es culpa mía.

Conozco a Pam. Su pasión en la vida es ayudar a los niños. Su propio hijo fue maltratado, por el amor de Dios. No alejaría a los niños de sus abusadores solo para arrojarlos al fuego proverbial. Simplemente no lo haría.

Miro por la ventana del coche y los pensamientos dan vueltas en mi mente, una y otra vez. Apuñalé a alguien. Joder, apuñalé a alguien. Nuestra misión parecía tan correcta antes, y ahora he dejado entrar una infección. Resulta que clavar un cuchillo a un abusador de niños es una sensación muy diferente a hacérselo a un imbécil cualquiera.

¿Puedo alegar defensa propia? Es decir, tenía sus manos alrededor de mi cuello. Pero, ¿cómo explicaría el cuchillo en mi bolsillo? ¿Por qué simplemente huí así?

Pam sabrá qué hacer.

Quiero gritar y llorar. Quiero arrancarme el pelo del cráneo, mechón por mechón, solo para sentir un tipo diferente de dolor. Mi vida sigue poniéndose patas arriba, y esta vez no hay salida.

Solo necesito llegar hasta Pam. Ella sabrá... Tiene que saber.

"Conduzca más rápido", le digo al conductor. Me ofrece un breve asentimiento, pero no pisa más fuerte el acelerador. Me tiro hacia atrás en mi asiento, poniendo los ojos en blanco.

Cuando nos detenemos frente a la casa de Pam, me alivia ver su coche aparcado en la entrada y corro adentro. "¡Pam!", grito. Oigo movimiento arriba y empiezo a subir cuando Pam aparece desde el comedor.

"Michelle, cariño, ¿estás bien? Tienes un aspecto horrible".

"Oh Dios mío, Pam, la he cagado de verdad". Rompo a llorar y dejo caer mi teléfono y mi cartera en la mesa lateral junto a la puerta. Pam se acerca y me rodea con sus brazos.

"Háblame".

Mi boca se abre. Luego se cierra. No sé cómo decirle que maté a un hombre inocente. He olvidado todas las palabras. En su lugar, estallo en lágrimas como un bebé. Gimo y me retuerzo en sus brazos.

Lo siento tanto. Tanto por matar a ese hombre. Tanto por complicarlo todo. Tanto por distraer a Pam cuando debería haberse centrado en lo que pasaba a su alrededor. Tanto por traer a Travis a su vida.

Todo esto es culpa mía.

"¡Oh, Dios mío, Michelle! ¿Estás herida?" Señala mi cuello amoratado, luego me lleva a la cocina y me sienta en un taburete. Se gira hacia el mueble del vino y saca una botella de whisky y se pone a servirme un vaso enorme. Veo a Felix deambulando por fuera, olfateando la hierba y revolcándose en cualquier cosa asquerosa que haya encontrado.

Tomo la bebida. "No sé por dónde empezar", murmuro.

"Empieza por el principio".

Necesita saberlo todo. Si he aprendido algo, es que ocultar cosas a la gente solo resulta en problemas mayores.

Le cuento sobre la llamada de Mila sobre su supuesto hermano, Dylan. Le digo cómo apuñalé al hombre que solo puedo suponer que había sido inculpado del asesinato del bebé.

"¿Qué hiciste entonces? Después de apuñalarlo", me pregunta Pam. Ha plantado las palmas de sus manos en la encimera de la cocina y está mirando el mármol entre ellas. Sus labios están apretados formando una fina línea pálida.

"Huí", susurro.

"Por el amor de Dios, Michelle. ¿Qué crees que estás haciendo? ¿Por qué fuiste allí siquiera?"

"Pensé que estaba ayudando. Simplemente vi rojo".

"No podemos 'ver rojo', Michelle. Tenemos que mantenernos fríos y calculadores. Así es como funciona toda esta operación". Se pasa las manos por la cara, manchándose el rímel. "¿Te das cuenta de que has ido y lo has arruinado todo? ¿Has pensado en el impacto de eso,

Michelle? Podrías haber invitado directamente a la policía a Speak Up con las muñecas extendidas para que te esposaran. ¡Estamos acabadas!"

"Lo sé", gimoteo. "Solo tenía que decírtelo antes de ir a ellos. Tenía que advertirte".

"¿Ellos?"

"La policía".

"No seas tonta. No vas a ir a la policía".

"Pero, tengo que hacerlo. No puedo simplemente apuñalar a alguien y alejarme".

Pam se ríe y el tono agudo resuena en mis oídos. "¿Como con Lesley, quieres decir?"

"Eso es diferente y lo sabes".

Nos quedamos en un silencio atónito. Pam está tan furiosa que tengo miedo de contarle el resto de las noticias.

"¿Dónde pasó todo esto?" Pam sale de la cocina y vuelve con su teléfono. Le doy la dirección y ella teclea furiosamente.

"Pam, no deberías involucrarte. Tú..."

Levanta la mano para callarme y cierro la boca de golpe.

Finalmente, golpea su teléfono contra la encimera y me mira fijamente. "Graham lo arreglará. Ahora solo tenemos que esperar", dice. Estoy desesperada por preguntar qué está pasando, pero Pam está caminando por la habitación, reflexionando sobre todo.

Me termino el whisky de un gran trago.

"Hay más". Mi voz sale como un pequeño chillido.

Pam pone los ojos en blanco mirando al techo y levanta la mano, diciéndome que espere. Se gira hacia el frigorífico y saca una botella de chardonnay. Se sirve una copa grande y bebe la mitad del contenido. Luego asiente hacia mí, instándome a continuar.

"La policía cree que estás involucrada en alguna red de tráfico de niños".

"¿Qué?", ladra.

"Graham ha sido arrestado. Estoy segura de que los convencerá de que se han equivocado".

"¡Arrestado!" Golpea su copa, rompiendo el tallo en la encimera. "¡Podrías haberme dicho eso antes de que le enviara un puto mensaje!"

"Pero se equivocan, se darán cuenta de eso". Estoy tartamudeando como una idiota. "Probablemente ya esté fuera".

"Por supuesto que se equivocan, Michelle. No hay ninguna red de tráfico. ¡Menudo malentendido!" Termina su vino de la copa rota. "Pero, ¿realmente crees que necesitamos que la policía meta las narices en nuestros asuntos? Nuestras actividades no son precisamente legales. Graham es un hombre inteligente, pero no dudo que haya cometido algún error en algún momento. La cantidad de documentos que ha falsificado a lo largo de los años... Oh, esto es muy, muy malo".

"¿Qué es malo?" Aiden entra en la habitación con una despreocupación que me deja atónita.

"Oh, nada querido. Nada de qué preocuparse", dice Pam, pegando una sonrisa falsa en su cara, sus ojos apagados por el miedo.

¿Ha estado arriba todo este tiempo?

"Oh, vamos, ¿qué trabajo has estropeado? No creía que tuvieras otro mal tipo en mente ahora mismo".

¿Qué? Mi boca queda abierta. ¿Lo sabe?

"Oh, Aiden, cariño. No es nada".

"Mamá, dime qué está pasando". Su tono es calmado, pero su actitud es fría. No había visto este lado de él antes. Puedo oír mi sangre pulsando en mis oídos y quiero que la tierra me trague.

Pam me lanza una mirada, y un silencio incómodo llena el aire. Aiden no aparta los ojos de ella.

"Oh, vamos, mamá, dímelo: ¿qué trabajo has estropeado?"

Mis ojos bailan entre los dos. No sé dónde mirar.

"No es eso. Todos los trabajos en los que he estado han sido limpios. Michelle puede dar fe de ello. El propio Graham puede dar fe de ello".

Los ojos de Aiden se mueven entre su madre y yo. "Entonces, ¿cuál es el problema?"

Ya no puedo contenerlo más. "¿Sabes lo que hace Pam? ¿Lo que hacemos?"

"Por supuesto que lo sé. Mamá no puede mantener su enorme boca cerrada, ¿verdad?" Apunta con un dedo índice en dirección a Pam y ella retrocede.

"Aiden siempre lo ha sabido, Michelle. No le guardo secretos". Su voz está temblando. ¿Por qué está tan asustada?

"¿Y estás de acuerdo con ello?", le pregunto.

"Bueno, sí. Tenía sentido para mí después de lo que pasé con mi padre. Seguramente tú, más que nadie, lo entiendes".

El teléfono de Aiden suena en su bolsillo. Lo saca, mira la pantalla y rechaza la llamada.

"Aiden, cariño, no tienes que preocuparte. Ve a trabajar. Para cuando termines tu jornada, todo esto habrá pasado".

"No seas tan estúpida. No te voy a dejar hasta que sepa qué está pasando. Eres mi madre y pareces a punto de desmayarte. Además, la mujer de la que me estoy enamorando parece una mierda. Así que, ¿alguien puede decirme qué demonios está pasando?"

Me paso la mano por el pelo, mis dedos se enganchan en la sangre seca.

Pam me mira, y tomo una respiración profunda. "No tienes que preocuparte por tu madre. Fue mi error", digo, acercándome a Aiden. Presiono mi palma contra su pecho.

Quiero que me rodee con sus brazos, pero no se mueve. Continúa mirándome con sus ojos fríos. "Maté a alguien sin seguir los canales adecuados. He hecho un completo desastre de las cosas. Pero tu madre estará bien. Me aseguraré de ello".

Cómo me aseguraré de ello, no estoy muy segura. Tendré amplias oportunidades de hablar con la policía. Confesaré cualquier cosa si eso significa mantener a Pam fuera de la cárcel. Y que Speak Up siga funcionando.

"¿A quién mataste?"

"Solo a un tipo relacionado con un niño de Speak Up".

"¿Quién, Michelle?"

"No lo conoces. Por favor, Aiden, déjalo estar".

Pam interrumpe. "Una vez que Graham salga, podremos arreglar algo. No hay un solo problema que no pueda solucionar. Estoy segura de ello".

"¿Salga?" Aiden me empuja y tropiezo con mis propios pies, cayendo al suelo frente a él. Estoy demasiado aturdida para moverme. "¿Salga de dónde, mamá?"

Pam evita los ojos de su hijo y murmura, "Ha sido arrestado. Solo un pequeño malentendido".

De repente, Aiden alarga la mano y tira del pelo de su madre de manera que su cuello se dobla violentamente hacia su pecho. Se inclina sobre ella. "¡Dime qué pasó!"

"¡Eso es todo lo que sé!", jadea. Él tira con más fuerza. "Pero estoy segura de que no hay nada de qué preocuparse. Solo quieren hablar con él sobre una red de tráfico de niños. Probablemente solo esté implicado por su trabajo. Pronto lo aclarará".

"¡Esto es un puto desastre!", grita Aiden y golpea la cabeza de su madre contra la encimera de la cocina. Su cráneo golpea con un fuerte crujido y rebota antes de desplomarse en el suelo. Retrocedo con repulsión, arrastrándome de espaldas hacia los armarios detrás de mí.

Felix ladra en la puerta trasera, saltando contra el cristal, con espuma volando de los lados de su boca.

Estoy paralizada. No puedo respirar.

Aiden se gira hacia mí.

"La policía estará aquí pronto". Su tono ha cambiado completamente cuando me mira. Es más suave; triste. "Tenemos que irnos ahora mismo".

"¿Irnos? No". Observo cómo el cuerpo de Pam se sacude violentamente en el suelo. "¿Qué le has hecho?"

"Olvídate de ella. Yo cuidaré de ti. Nada de esto es tu culpa. Le dije a mamá que no te involucrara, pero ella insistió. Después de la pequeña revelación de anoche sobre tus padres, ahora sé por qué", me dice.

¿Cómo puedo confiar en este tipo cuando no sé quién es? Sacudo la cabeza. No puedo apartar los ojos de Pam.

"No te vayas", gimotea Pam. "Podemos arreglar todo esto".

Aiden gruñe y se gira para mirarla. Agacha la cabeza y le da una patada en el estómago. Ella gruñe cuando golpea el armario detrás de ella. "¡Lo has jodido todo!" Le da otra patada. Sus brazos vuelan a los lados mientras sigue golpeándola con su bota.

En un momento, Pam abre los ojos y lo mira. Todavía hay amor allí. Amor y terror.

"Eres una carga, mamá. Serviste para un propósito, y ahora lo has arruinado. ¡No eres *nada* ahora. Nada!"

Me lanzo sobre él y lo aparto. "¡Para! ¡Por favor!", le grito. No puedo creer que esto esté pasando. Todo está tan roto. "¿Quién eres tú realmente?"

Aiden se gira para mirarme. "Sabes quién soy. Solo soy Aiden. Tu Aiden".

"No, no lo eres; eres un extraño. Un ser retorcido y desagradable".

"Mira quién habla, la asesina", Aiden se encoge de hombros. Se me hunde el estómago. Tiene razón. Soy una gran hipócrita.

Me siento desanimada. Necesito mantenerlo ocupado mientras pienso qué hacer. "¿Por qué no me dijiste que sabías todo esto?"

"No quería que te involucraras, Michelle. Y tengo que admitir que enamorarme de ti me desconcentró". Parece dolido. "Intenté decírselo, pero era demasiado tarde: estabas demasiado metida. Así que intenté asustarte, pero eras como un perro con un hueso. Volviste más entusiasmada que nunca".

"¿Asustarme?"

Aiden mira por la ventana hacia los árboles más allá de la casa. "El ataque en el parque. Fui yo. Pero tienes que entender..."

"¿Tú me golpeaste?", lo interrumpo.

"¡No! Nunca podría hacerte daño, Michelle. Pagué a un desgraciado para que lo hiciera. Pero se suponía que solo debía asustarte un poco. No mandarte al hospital. El bastardo se pasó de la raya. Y ese bastardo tuvo que pagar".

"Pero... ¿por qué?" Estoy tan confundida. Herida. ¿Cómo pudo Aiden hacerme eso? En un abrir y cerrar de ojos, ha pasado de ser dulce y amable a un monstruo absoluto.

"Pensé que conectarías los puntos con el pequeño proyecto de mamá y lo dejarías en paz. Pero pareció entusiasmarte aún más".

Pam gime suavemente. Su dedo se mueve mientras intenta recuperar la consciencia.

"Necesito llamar a una ambulancia", digo.

"No".

"Morirá si no lo hago. Podría tener una hemorragia interna o algo así".

Aiden se encoge de hombros.

Capítulo Treinta y Cinco

MICHELLE

"¿Qué demonios te pasa?" Me enfrento a este extraño que se ha transformado ante mis ojos.

Hace solo unas horas, Aiden era un hombre gentil, hermoso y elegante. Ahora, es un hombre que golpea a su propia madre. Su madre, que lo adora; que haría cualquier cosa por él. Su madre, cuyos valores honorables son tan fuertes que está dispuesta a hacer lo impensable. Su madre, que actualmente yace en el suelo de la cocina, muriendo.

Aiden tiene la audacia de parecer confundido. "Te estoy protegiendo, Michelle. Seguramente puedes ver eso, ¿no? Pam te ha involucrado en su lío y ahora te estoy sacando de él". Extiende la mano para tomar las mías, pero me aparto. No quiero que este hombre me toque. "Oh, vamos. ¿La estás eligiendo a ella en vez de a mí?"

"Se está muriendo".

"¿Y qué? El juego ha terminado para ella, de todos modos. Muere o va a prisión. No le sirve a nadie".

Su indiferencia me deja atónita.

"Necesito irme", le digo. Si tan solo pudiera irme, podría llamar a una ambulancia.

"No sola. Voy contigo. Tienes un objetivo enorme en tu espalda. Puedo sacarte de aquí".

"Basta ya, por favor. Tengo que arreglar esto. No sé qué te pasa, pero no puedes dejarla aquí así. Y yo no puedo simplemente huir". La angustia se me atora en la garganta. Pero mi súplica solo lo hace sonreír.

"Eres linda cuando estás desesperada. Oh, vamos. Escapa conmigo hacia el atardecer. Será romántico".

¿Qué cree que va a pasar aquí? ¿En serio piensa que puede simplemente cambiar mi opinión y nos iremos saltando juntos hacia la distancia? Pam gime suavemente en el suelo. Se ha vuelto de un horrible tono grisáceo.

Necesita ayuda, rápido.

Mis ojos van de uno a otro. Necesito salir de aquí, y sé que solo hay una cosa que puedo hacer.

Expulso el aire de mis pulmones y obligo a mis ojos a encontrarse con los suyos. Sonrío e inclino la cabeza hacia un lado. "¿A dónde iremos?" Tomo su mano en la mía. Mi mano hace un movimiento brusco cuando nuestra piel se toca, pero él no parece notarlo.

Aiden me sonríe radiante. "Esa es mi chica. Sabía que entrarías en razón. Somos iguales, tú y yo. Simplemente hacemos lo que creemos que es mejor".

Quiero agarrar sus globos oculares y arrancárselos de la cabeza. ¿Iguales? Algunas de nuestras acciones pueden haber parecido iguales, pero nuestras intenciones son muy, muy diferentes, y no seré juzgada de la misma manera.

Yo maté por justicia, justicia para niños que necesitaban ayuda desesperadamente. Aiden golpeó a su propia madre, ¿para qué? ¿Por diversión?

"Somos iguales", le digo.

"Quiero decir, a ambos nos han matado a nuestros padres por eso", señala a Pam, luciendo complacido con la conexión que acaba de hacer entre él y yo.

No se equivoca, sin embargo. Tenemos eso en común.

Tal vez por eso está tan trastornado. ¿Su padre le inculcó este nivel de violencia?

"Aunque, tus padres se fueron con un bang. Me costó algo de convencimiento lograr que ella acabara con papá".

Intenta arrastrarme hacia el pasillo, pero me resisto.

"¿Convencimiento?"

Duda y me mira de arriba abajo. "Sí, algunas personas simplemente merecen morir. El abuso infantil no es lo único malo en las personas. Pero fue una buena excusa para poner a mamá en marcha". Se ríe. "Mami, papi sigue tocándome. Ahí abajo". Se agarra la entrepierna.

Mis rodillas se doblan y tengo que apoyarme contra la encimera de la cocina para mantenerme en pie.

"Él no abusó de ti".

"Joder, no. Ese hombre era débil. El imbécil estaba viendo a otra mujer. Una muñeca Barbie. Los vi juntos desde el autobús de la escuela. Sabía que si no lo eliminaba, dejaría a Pam y se llevaría todo su dinero. Nos habríamos quedado sin nada". Entrelaza sus dedos con los míos, ignorando mi pánico. "Así que hice que Pam lo eliminara. Y mira cómo han resultado las cosas. Es gracias a mí que Speak Up existe". Se golpea el pecho con el pulgar con una bravuconería repugnante.

"¿Ves? Somos iguales, Mich. Sabemos qué hacer para cambiar el mundo, y salimos y lo hacemos. Mamá también sabía qué hacer, hasta que la tonta vaca nos metió en esto".

¡Pam! Tengo que mantenerla en el frente de mi mente. No puedo dejar que Aiden me arrastre a la desesperación. No puedo distinguir si su pecho se mueve desde aquí. ¿Ha dejado de respirar? Oh Dios mío, ¿está muerta?

Aiden siente mi pánico y coloca su dedo bajo mi barbilla, girando mi cabeza para mirarlo. "No la mires. Mírame a mí". Me besa ligeramente en los labios. "Es hora de irnos", dice, presionando su frente contra la mía.

Si hay algo que Pam me ha enseñado, es que nadie puede dominarme más. Pam me salvó la vida. Le debo lo mismo.

"Necesito algo de ti primero", le susurro al oído.

Rodeo el cuello de Aiden con mis brazos y sonrío. Él responde plantando sus labios en los míos y lo beso. Nuestras manos están por todas partes, tocando, agarrando, apretando. Gime en mi oído, y acerco su cabeza a mi cuello. Me besa. Trago el miedo que me lleva al borde de un grito.

Abro un ojo solo una rendija y escaneo la encimera. El bloque de cuchillos está demasiado lejos para alcanzarlo.

Lo alejo suavemente de mí y lo giro para inmovilizarlo contra la encimera. Me lamo los labios y él me sonríe desde arriba. A pesar del cuerpo moribundo de su madre yaciendo a nuestro lado, está excitado. Puedo sentir su erección contra mi estómago. Me muerdo el labio inferior y le indico que se baje los pantalones. Se desabrocha.

"Date prisa. No tenemos mucho tiempo".

Asqueroso. Pero sigo adelante.

Aiden cierra los ojos mientras beso su pecho, bajando.

Bingo.

Me estiro y agarro el cuchillo más grande.

Presiono el cuchillo contra la garganta de Aiden.

"Michelle, ¿qué estás haciendo?" Su voz tiene tintes de risa y presiono el cuchillo en su piel. Siento el filo engancharse en su carne y aparecen gotas de sangre bajo el metal.

No tengo reparos en eliminar a otro maldito malvado.

El idiota realmente pensó que iba a complacerlo junto a su madre moribunda.

"Vamos, Michelle. No hagas esto". Suena quejumbroso. Por primera vez en su vida, el mimado no está consiguiendo lo que quiere. Resisto las ganas de reírme de él. Necesito mantenerme concentrada. El cuchillo tiembla en mi mano mientras los nervios me recorren. Aiden mira hacia abajo y me sonríe.

"¿Asustada, Michelle? No me harías daño de verdad, ¿verdad?" Sonríe. Una maldad tan impactante brilla a través de sus ojos que doy un paso atrás.

Ahora estoy fuera de su alcance, todavía apuntando el cuchillo a su corazón.

"Voy a hacer una llamada", digo, apuntándole con el cuchillo. "Mueve un músculo y te juro por Dios que te cortaré la garganta".

Aiden se ríe. "Hablando como una verdadera psicópata. Eso es tan sexy".

"¿Quieres ver cuán psicópata puedo ser?" Le escupo las palabras, pero el temblor de mi mano me traiciona.

"Oh, sé de lo que eres capaz. Pero no me harás daño".

"Por supuesto que lo haré. Sé lo malvado que eres".

"Mich, no me harás daño porque sé demasiado".

La confusión revolotea entre mis oídos.

"Sé lo que tú y Pam estaban haciendo. Sé lo que Graham hace por ustedes. Sé que mataste a ese hombre hoy. Seguramente puedo ayudar a la policía a conectar los puntos, ¿no?"

Siento que la sangre se drena de mi cabeza y empiezo a tambalearme. No hay salida de esto. Todos vamos a caer. Si Pam está viva, irá a prisión. No habrá más Speak Up. Todos esos niños serán ignorados. Olvidados.

Esto no está pasando. No queda nada que salvar. Y todo es por culpa de este hombre.

"¿Qué tiene que ver todo esto contigo, Aiden? Simplemente vete, llamaré una ambulancia para Pam y todo estará bien. No quieres involucrarte en nada de esto".

"¿Bien? Graham ha sido arrestado, Michelle. Ninguno de nosotros está bien".

"¿Qué tiene que ver Graham contigo?"

Aiden se mueve rápidamente hacia un lado y aparta el cuchillo de él. Doy un paso atrás, el cuchillo se desliza por el suelo.

"Tengo todo que ver con ese maldito idiota. ¿Quién crees que le paga a ese bastardo? Si él cae, me llevará con él. Necesitamos irnos de aquí, ahora".

"¿Tú le pagas?"

Gime de frustración. ¿Qué es lo que no estoy entendiendo aquí?

"¡Yo soy el jodido jefe, nena!" Se golpea el pecho. "Te dije que trabajo en transporte. Solo transporto niños, eso es todo. Y Graham proporciona parte de mi mercancía".

"¿Mercancía?" Apenas soy audible. El sudor me corre por la espalda. "Mercancía".

"Sí. Envío a esos pequeños por todo el mundo. Los niños británicos están en demanda".

"¿Para qué?"

"Oh, no me importan los detalles".

Ya no puedo contenerme más. Corro al fregadero y vomito el contenido de mi estómago por el desagüe por segunda vez hoy.

"¿Estás bien? ¿Has tenido un pequeño shock?" Suena presumido.

La rabia me abruma y grito. Me abalanzo hacia adelante y le clavo el cuchillo.

Aiden se hace a un lado y me quita el cuchillo de la mano de un golpe. Observo con terror cómo cae al suelo con un estrépito. Hábilmente envuelve un brazo alrededor de mi cintura y me gira lejos de él. El otro brazo aprieta mi cuello.

Clavo mis uñas en su mano, tratando desesperadamente de apartarla. El pánico me invade.

Me sisea al oído: "Este es el trato. Nos vamos a ir de aquí. Cada uno por su lado. Deja el cuerpo aquí".

¿Cuerpo? Mis ojos buscan desesperadamente signos de vida, pero la respiración laboriosa de Pam se ha detenido.

Pam está muerta.

Pasó toda su vida ayudando a su hijo y él se ha alimentado de ello, lo ha digerido y lo ha convertido en veneno.

Mis lágrimas fluyen libremente, y dejo de luchar contra Aiden.

"Si le cuentas a alguien lo que acabo de decirte, estás muerta".

"No me importa".

"¿Qué?"

"¡No me importa!", grito. Mi vida se ha acabado de todos modos.

"¿Ah, sí? ¿Qué hay de Teddy? ¿Te importa él?"

Mis ojos se elevan para mirar los suyos. Toda burla ha desaparecido; lo dice en serio.

"¿Tienes a Teddy?"

"Oh sí, es un buen chico, muy inocente".

"No, por favor, a Teddy no. Deja a esos niños en paz".

"Entonces haz lo que te digo, o Teddy está muerto".

Me da una palmada y se va. Oigo la puerta principal cerrarse de golpe detrás de él y su moto rugir.

Mis ojos recorren la habitación, tratando desesperadamente de asimilar todo. ¿Qué acaba de pasar?

Veo a Felix arañando la puerta de cristal. Sus aullidos penetran mi alma.

Capítulo Treinta y Seis

MICHELLE

Corro al pasillo donde dejé mis pertenencias y agarro mi teléfono. El reconocimiento facial no funciona y mientras mis dedos temblorosos intentan introducir mi PIN, oigo una sirena de policía acercándose por el camino de entrada. ¿Los llamó Kelsey? ¿Les dijo que estaba aquí?

Abro la puerta y observo cómo el BMW sin identificación de Travis se detiene justo frente a la puerta. Un coche de policía le sigue.

Travis corre hacia mí, y levanto las manos, aceptando mi destino tras las rejas. Me rindo.

"¿Dónde está ella?", grita Travis. Yo solo me tambaleo en el umbral, mis piernas amenazando con ceder. "¡Michelle!", grita de nuevo, exigiendo una respuesta.

Siento cuerpos empujándome mientras la policía se precipita dentro de la casa de Pam. Momentos después, alguien llama a Travis. Travis me da una última mirada antes de entrar en la casa.

Entonces todo se vuelve borroso. Aparecen más coches. Una furgoneta. Hordas de personas entran corriendo en la hermosa casa de Pam.

Espero mi destino, retorciéndome las manos.

Se siente como una eternidad después cuando sacan una bolsa negra cerrada con cremallera. Me doy cuenta de que debe contener el cuerpo de Pam y sollozo en mis manos. Intento alcanzarla cuando pasa junto a mí en el camino de entrada, pero unas manos me apartan. Pam era como una madre para mí. Sus métodos pueden haber sido cuestionables, pero era un ángel guardián que solo quería ayudar a los más vulnerables. Y pagó el precio máximo por su pasión.

"Lo siento, Pam", le susurro mientras la meten en la parte trasera de la furgoneta. "Todo es culpa mía". Todo salió tan mal después de que me involucré.

Me muerdo el labio hasta que sangro. Le estaba proporcionando mercancía a ese bastardo. Los trataba como si fueran jodida carne. Tal vez la muerte de Pam sea una bendición. La revelación de Aiden seguramente la habría matado de todos modos.

Quiero meterme en un agujero y morir.

Primero, hay muchas preguntas de la policía; tantas preguntas. No puedo mentir sobre lo que pasó en esa casa. No tengo la capacidad mental para mentir. Además, confiar en mis instintos me ha traído hasta aquí. Ahora, solo puedo rezar para que Travis pueda ayudarme a expiar mis pecados.

Alguien me interroga sin cesar, y todo lo que tengo fuerza para decir es: "Fue Aiden". Luego alguien más me da una taza de té, y veo a Travis apoyado en una pared cercana.

Le cuento todo: cómo Pam asesinaba a personas para salvar a los niños de Speak Up; cómo Graham la ayudaba; cómo Aiden golpeó a Pam hasta dejarla hecha pulpa; y cómo Aiden usó el conocimiento de las actividades de Pam para alimentar una maldita red de tráfico de niños.

Pero no le cuento sobre mi participación.

No le cuento sobre el hombre que maté esta misma mañana. Pueden descubrirlo por sí mismos. Necesito ganar algo de tiempo para respirar antes de que me encierren.

Primero necesito encontrar a Teddy. Tengo que asegurarme de que esté a salvo. Solo entonces podré enfrentar mis consecuencias.

"Michelle, necesito que vengas a la comisaría para hacer una declaración formal", me dice Travis. Asiento.

Me llevan a un coche de policía y me alejan.

Kelsey me lleva a casa desde la comisaría en silencio. Está siendo empalagosamente dulce y amable. Kelsey solo ve lo bueno en las personas, y es un consuelo saber que todavía queda algo bueno en mí, al menos en sus ojos. Me siento a su lado en completo shock.

Una vez que ha aparcado el coche frente a nuestra casa, se gira hacia mí. "Resolveremos esto, ¿de acuerdo?"

Asiento y empiezo a responder, pero ella sale del coche antes de que pueda formar una frase.

En cuanto entramos en la casa, Kelsey se desliza hacia la cocina para poner la tetera y yo subo directamente a ducharme.

La policía aún no ha relacionado mi asesinato de esta mañana con los eventos de hoy.

Sé que estoy viviendo tiempo prestado. Irónicamente, la vida antes de todo esto era una prisión. Ahora, la perspectiva de ir a prisión por asesinato y ayudar a alimentar una red de tráfico es casi reconfortante.

Me merezco la prisión.

En realidad, me merezco algo mucho peor que la prisión.

Después de mi ducha, me tiro en mi vieja cama. Me hundo en el colchón y mi mente y cuerpo están tan agotados que el sueño llega rápidamente.

Sueño con Aiden, tanto con el que conozco ahora, como con el que creía conocer. Son interpretados por dos personas diferentes. El bueno está iluminado por una luz celestial, mientras que el malo está envuelto en negro. Los odio a ambos.

Cada uno tira de uno de mis brazos, tratando desesperadamente de arrastrarme a sus respectivas guaridas. Estoy aterrorizada. Sé que no importa cuál elija, solo vendrán cosas malas. Alguien siempre acabará herido.

Me despierto sobresaltada y me siento erguida. Mis brazos hormiguean. Me froto los ojos y acerco las rodillas a la barbilla. ¿Cómo es que la policía aún no ha juntado todas las piezas? ¿Han encontrado a Aiden? ¿Dónde está Teddy? Por favor, que Teddy esté bien. No puedo tener su sangre en mis manos también.

A medida que la consciencia clava firmemente sus garras en mí, me doy cuenta de que puedo oír voces que vienen de abajo. Salgo cuidadosamente de la cama, evitando los escombros que habitan en mi suelo, y camino de puntillas hasta lo alto de las escaleras para escuchar. Travis y Kelsey están teniendo una conversación acalorada.

"Déjala dormir, Trav. Ha tenido un shock enorme".

"Ese es el punto. No creo que esté en shock en absoluto".

"¿Crees que tuvo algo que ver con el tráfico? ¿Con los asesinatos? Michelle es como una hermana para mí, Travis; la conozco mejor que nadie. Ella no lastimaría a nadie".

"Por el amor de Dios, Kelsey, ¿sabes cuánto daño ha hecho esa familia?"

"Sí, Trav. Pero ya lo has dicho: Michelle quedó atrapada en su fuego cruzado. Ella no es la causa de todo esto. No puedes castigarla por algo que no ha hecho".

"Incluso si no estuviera involucrada en el caso de tráfico, ¿qué hay del hombre que apuñaló y dejó por muerto?"

"Me prometiste que Pam asumiría la culpa por eso".

"Solo puedo desviar la atención. No durará para siempre. Pam ni siquiera estaba allí cuando mataron al tipo, Kels, tendrá una coartada".

Silencio.

Saben sobre el hombre que maté. Mierda. Ya no sé cómo me siento. Culpable, definitivamente. Asustada, tal vez. Esperanzada, absolutamente no.

Estoy asqueada por la cantidad de daño que he causado. No me gusta que Kelsey y Travis discutan sobre mí y me niego a ser la dinamita que implosione su relación. Bajo las escaleras.

Cuando entro en la sala de estar, ambos se giran para mirarme. Ambos están de pie en medio de la habitación, rodeados de una tensión enojada. Kelsey me sonríe tranquilizadoramente, con miedo jugando detrás de sus ojos. Travis está frunciendo el ceño. Se ve cansado; su rostro habitualmente impecable está sin afeitar y oscuras sombras se asientan bajo sus ojos. Parece que ha envejecido diez años en las últimas cuatro horas.

"Hola", murmuro. "¿Alguna noticia sobre Teddy?"

Travis mira a Kelsey antes de dirigir su atención hacia mí. "¿Has visto esto antes?" Sostiene un cuaderno rosa adornado con amapolas doradas. El diario de Pam. Mi estómago da un vuelco. Esto es todo. Travis tiene toda la evidencia que necesita.

El diario de Pam era una bomba de tiempo. Para alguien tan organizada, fue realmente estúpida al conservarlo.

"Michelle, esto respalda todo lo que nos has dicho", dice Travis. "Este cuaderno solo cubre los últimos dos años, pero esperamos encontrar más". Extiende sus manos hacia mí y suspira. "Michelle, pasaste tanto tiempo con esta mujer. ¿Cómo no sabías lo que estaban haciendo?"

Levanto los ojos al cielo. Pam me mantuvo al margen. Me mantuvo a salvo.

"El único propósito de Pam era ayudar a los niños. Teníamos eso en común. Yo solo quería ayudar. No sabía lo que estaba pasando entre bastidores".

La mentira se me escapa antes de que tenga la oportunidad de atraparla, y me alegro. Todavía hay esperanza para Teddy si aún estoy aquí. Necesito ayudarlos a encontrar a Aiden.

"Entonces, ¿mantienes que no crees que Pam tuviera algo que ver con el tráfico?"

"Absolutamente no".

"No estamos en la comisaría ahora. Esto es extraoficial".

"¡Ella no lo hizo!"

"Entonces, ¿no sabías cuál era la participación de Graham?"

Niego con la cabeza. Es la verdad. Todavía no estoy completamente segura de cómo encaja todo esto. "Pero, supongo que él era la conexión entre Pam y Aiden".

"Sí", dice Travis. Suena tan cansado; tan triste. "Como tú, creo que Pam tenía buenas intenciones. No sabía que estaba trabajando con el hombre que alimentaba al diablo, su propio hijo".

Se sienta en el sofá, dando un apretón al hombro de Kelsey en el camino.

Continúa: "Tengo que admitir que Graham es un hombre inteligente. Se ha estado saliendo con la suya durante años. Me aterroriza pensar en lo que vamos a descubrir".

"¿Cómo? ¿Cómo hizo todo esto?"

"Tenía muchos métodos. Dependía de las circunstancias. Cuando los padres eran particularmente insensibles, les ofrecía dinero. Fácil. A veces les decía a los padres que su hijo había sido llevado a un centro de acogida, pero presentaba el papeleo diciendo que el niño estaba siendo cuidado por un familiar. En lo que respecta a los servicios sociales, el asunto estaba resuelto".

Expulso el aire entre los dientes. ¿Es realmente tan fácil llevarse a un niño?

Travis me examina con su fría mirada de policía.

"Pareces sorprendida".

Me río. "¿Sorprendida? Travis, no existe una palabra para describir cómo me siento ahora mismo. Mi amiga asesina está muerta, y mi novio traficante de niños está prófugo por matarla. No estoy sorprendida, estoy entumecida. Si sintiera algo ahora mismo, estaría hecha un montón roto en la esquina de la habitación".

Travis asiente, y Kelsey se apresura a abrazarme, pero la rechazo.

"¿Qué va a pasar con Graham?", le pregunto a Travis.

"Acusado. Se niega a dar información. Se sienta ahí como un maldito hobbit, lamiéndose los labios y sonriendo. Quiero simplem ente..."

No tiene que decirlo. Sé lo que quiere. Yo también quiero retorcer el cuello de Graham.

Kelsey interviene. "Michelle, Aiden debe haberte dicho algo. Cualquier cosa. ¿Qué te contó sobre sus amigos? ¿Sus aficiones? ¿Dónde trabajaba?"

Siento que todo el color se drena de mis mejillas mientras me inundan los recuerdos de nuestro tiempo juntos. Se sentía especial. Maldita sea, me sentía especial. Qué idiota. Sin embargo, un recuerdo me molesta. "Crawley", suelto. "Una vez me dijo que tiene un almacén en Crawley donde envía televisores".

Travis saca su móvil del bolsillo, hace una llamada y empieza a ladrar órdenes por teléfono. Me pongo las botas.

"Michelle, ¿a dónde vas?", pregunta Kelsey.

"¡A Crawley!", respondo, siguiendo a Travis fuera de la puerta.

Capítulo Treinta y Siete

MICHELLE

Me siento en el asiento del copiloto del BMW de Travis, retorciendo mis pulgares nerviosamente.

Vamos a toda velocidad por la M23, a pocos kilómetros del almacén donde sospechamos que Aiden ha estado manteniendo a los niños. No le costó mucho a la policía encontrar el almacén alquilado por una empresa que no existe.

Mis pensamientos ahogan el sonido del motor rugiente y el estruendo de la carretera bajo las ruedas. Agradezco cuando Travis rompe mi mórbido trance. "Le prometí a Kels que te protegería lo máximo posible".

No sé qué decir a eso. Travis sabe que maté a ese hombre. ¿Qué debe pensar de mí? Él ve a gente cometer los actos más atroces todos los días. ¿Cómo puede simplemente sentarse en el coche con alguien que apuñaló a un hombre hasta la muerte?

"Lo sé. Pero no tienes que hacerlo. Yo me encargaré".

"Matará a Kéls verte caer. Eres lo único que tiene".

"Eso no es cierto, te tiene a ti", digo, con mi voz apenas audible.

"Claro que sí".

Maniobra hábilmente alrededor de un Vauxhall que acapara el carril rápido. "Odio a la gente que conduce a cien kilómetros por hora en la autopista".

"Mira, cuando tengamos a Teddy lo confesaré todo, lo juro. Solo tengo que encontrar a Teddy primero".

Travis asiente. "Mataste a ese tipo por un niño, ¿no?"

"Sí".

"Joder, Michelle, tu vigilantismo se parece un poco al de Pam. ¿No crees?"

"Supongo que compartíamos los mismos valores".

"Eso es lo que me preocupa. ¿Exactamente cuánto compartías con esa mujer?"

Miro por la ventana, dejando que la acusación me rodee.

"Tenemos grabada tu llamada al 112. ¿Qué pasó? ¿Cómo pudiste equivocarte tanto? El hombre era un conocido imbécil para la policía pero, Michelle, ni siquiera tenía hijos".

Sus palabras confirman lo que ya sabía. Confirman el mayor error de mi vida. Confirman que soy la mayor idiota del maldito planeta.

Le cuento sobre la llamada de broma.

"Jesús, Michelle. Qué maldita idiota".

"Lo sé".

Ya estamos fuera de la autopista. Filas de almacenes pasan volando. Seguimos a tres coches de policía marcados por una carretera llena de baches, mi trasero rebotando frecuentemente en el asiento.

Choco contra la puerta cuando Travis gira a la izquierda hacia un aparcamiento.

Los coches de policía se detienen a nuestro alrededor y oficiales armados salen y marchan hacia las puertas dobles en formación.

"Quédate quieta. No hagas nada estúpido", me dice Travis mientras sale para unirse a la redada. Me siento sobre mis manos, obligándome a hacer lo que me dicen.

Dura en total cinco segundos.

A la mierda. Salto del coche y, manteniéndome bien detrás del grupo de oficiales, sigo a la multitud hacia el edificio.

Mientras nos acercamos al edificio, estiro el cuello para ver más allá de los policías. El pasillo está oscuro. Las señales de salida de emergencia proporcionan la única luz, y todo está bañado en su siniestro resplandor verde. Huele a madera podrida, y el aire está helado. Me quedo atrás junto a la puerta, ansiosa por saber qué está pasando, pero cuidando de no estorbar.

Se me pone la piel de gallina cuando los oficiales empiezan a gritar. Oigo llanto. El dulce sonido de niños llorando.

Están vivos.

Observo cómo sacan a los niños, cada uno encogido ante la luz del sol. Algunos están llorando; algunos se aferran unos a otros como si les fuera la vida en ello; algunos se ríen histéricamente. Todos parecen demasiado delgados. Demasiado pequeños.

La mayoría se encoge ante sus salvadores y me rompe el corazón. ¿Aprenderán estos niños a confiar de nuevo alguna vez?

Los retorcidos bastardos que los mantuvieron aquí se han dado a la fuga antes de que llegáramos. Probablemente avisados por el encantador Aiden.

El aparcamiento ahora está lleno de coches. Se reparten agua, aperitivos y mantas a los niños, que los agarran. Se están rellenando formularios. La prensa se ha enterado de la situación y se empujan más allá de la cinta para ver quién puede conseguir la historia más jugosa.

Quince. Cuento quince niños. Y eso es solo esta vez. Dios sabe cuánto tiempo ha estado pasando esto. Apostaría dinero a que estos niños no son los únicos que ha enviado a su retorcida red de perversión. Las lágrimas me pican los ojos cuando pienso en los niños que no podemos salvar.

Escaneo el aparcamiento de nuevo. Quince. Ninguno de ellos es Teddy.

Entonces la atmósfera cambia y las voces se callan. Todos se quedan quietos y la mayoría se gira para mirar la puerta.

Un paramédico sale de espaldas, tirando de una camilla. Una sábana cubre a un pequeño ser humano que yace encima.

¿Teddy?

Corro hacia adelante gritando, "¡Teddy!" Casi lo alcanzo cuando Travis me agarra por la cintura y me tira hacia atrás.

"¡Necesito verlo!", suplico, pero él solo niega con la cabeza. "Por favor, Travis".

Entonces se abren las compuertas. Sollozo por Teddy. Sollozo por el lío que he hecho. Sollozo por dejar que Aiden se escapara.

¿Qué he hecho?

Capítulo Treinta y Ocho

TEDDY

DOS HORAS ANTES

Estoy a punto de quedarme dormido cuando empiezan los gritos. Hemos estado sentados en silencio durante tanto tiempo que el ruido hace que mis oídos zumben y mi corazón lata rápido. Me siento derecho para ver qué está pasando, pero recuerdo las palabras del hombre grande: nada de hablar, nada de hacer tonterías, ni siquiera respirar demasiado fuerte o te cortaré. Me estremezco al recordarlas, esperando que el hombre me golpee por sentarme, pero no hay nadie en la habitación con nosotros. Eso es muy raro. Siempre hay un adulto por aquí cerca.

Me hace sentir horrible. Confundido.

Algunos otros niños se sientan conmigo ahora y todos miramos la puerta, esperando que alguien nos diga qué hacer. Nadie viene. Los gritos se detienen y la habitación se queda muy silenciosa. Más silenciosa de lo que ha estado nunca antes, y la preocupación me hace cosquillas en la barriga.

La mayoría de nosotros estamos sentados ahora. Algunos niños valientes están de pie y estiran el cuello para ver qué está pasando en el pasillo fuera de la habitación.

Finalmente alguien dice, "Creo que se han ido". Su voz tiembla como si estuviera emocionada y asustada al mismo tiempo. Reconozco la voz. Es Juno. Juno ha sido mi amiga desde que llegué aquí. En mi primera noche, me tomó de la mano mientras lloraba hasta quedarme dormido y desde entonces ha sido mi mejor amiga. Está hablando muy bajo ahora, pero sus palabras resuenan claras y fuertes. Se han ido.

Estamos todos solos.

Algunos de los niños más pequeños empiezan a llorar. Alguien cerca de la puerta se ríe nerviosamente. La mayoría de nosotros solo nos quedamos mirando boquiabiertos en la oscuridad.

¿Qué hacemos ahora?

Pasa el tiempo. La mayoría de nosotros nos hemos arrastrado hacia la puerta, inseguros de si dar el paso hacia el pasillo. No hay nadie aquí.

Si salimos de esta habitación y nos atrapan, podrían matarnos. Pero, si se han ido, tendremos hambre y moriremos.

Estoy temblando, y no solo porque tengo frío. Todo se siente hormigueante y raro. Me cuesta respirar.

Miro a Juno y apenas puedo distinguir su cara en la oscuridad. Está brillando en verde por la señal de salida sobre su cabeza. La hace parecer espeluznante. Sus lágrimas brillan en sus mejillas y está apretando los labios. Me mira y toma mi mano.

Damos un paso hacia el pasillo al mismo tiempo. Levanto un brazo para protegerme la cara, esperando el golpe.

Pero no llega.

No pasa nada. Se han ido. Realmente se han ido.

Juno suelta mi mano y camina más rápido. Ahora está delante de mí. Casi está en la puerta.

Entonces lo oigo. El sonido rasposo de un cerrojo deslizándose.

"¡Juno, vuelve!", grito. Me lanzo hacia adelante para agarrarla, pero es demasiado tarde. Un hombre está en la puerta; la luz del sol que brilla detrás de él hace que sea difícil verlo. Se alza sobre Juno, que se agacha en el suelo en la esquina.

"¿Qué demonios estás haciendo aquí fuera?", gruñe el hombre. Patea a Juno con su zapato pesado y oigo un horrible crujido cuando su cabeza golpea la pared.

Se queda quieta.

Oigo a todos a mi alrededor dispersarse de vuelta a la habitación. Algunos son lo suficientemente tontos como para gritar. Aunque ninguno es tan tonto como yo. Corro hacia el hombre. Ni siquiera sé lo que estoy haciendo. Solo sé que quiero hacerle mucho daño.

Mis brazos y piernas están fuera de control mientras voy hacia él. Lo golpeo unas cuantas veces y lo oigo gruñir, pero no es suficiente. Sigue de pie. Me está sonriendo como si hubiera hecho una broma.

Nada ha sido menos gracioso.

El hombre extiende una mano y la coloca en mi frente, empujándome suavemente hacia atrás. Se ríe de mí y toda la lucha me abandona. Estoy demasiado cansado. Demasiado pequeño. Me rindo.

"Tranquilo, tigre. Tienes agallas, ¿eh?", se burla de mí. Se inclina para mirarme directamente, aún sosteniendo mi cabeza hacia atrás.

"Mira, chico, dime dónde está Teddy y no te castigaré por esa pequeña actuación".

Me quiere a mí.

Trago saliva pero no digo nada, optando por mirarlo fijamente en su lugar. Intento con todas mis fuerzas no mirar a Juno para ver si está bien.

El hombre es listo. Lo sabe y se gira para mirar a Juno. Suelta mi cabeza y camina hacia la pared donde Juno yace en un montón. La sangre ha salpicado la pared donde su cabeza la golpeó. Observo cómo sus manos se cierran en puños.

"¡Yo soy Teddy!", suelto de repente. No puedo dejar que lastime a Juno de nuevo. Podría matarla. "Por favor, déjala en paz".

El hombre asiente, y suspiro aliviado cuando camina hacia mí, dejando a Juno sola.

"¿Es eso cierto? Más te vale no estar mintiéndome".

¿Por qué mentiría? Sería mucho más fácil decirle que Teddy era alguien más. Pero no sé qué le haría a otra persona, y no puedo hacer eso.

El hombre mira alrededor a todos los otros niños que han estado observando en silencio.

"Tú". El hombre señala a Becks, una chica callada que no ha dicho mucho desde que llegó aquí. "¿Cómo se llama este chico?"

"T... T...", las lágrimas gotean de su barbilla. El pie del hombre se mueve y asiento con la cabeza hacia ella, suplicándole que simplemente lo diga. "Teddy".

Me mira y sonríe. Parece un loco cuando sonríe.

"Bueno, entonces, Teddy-chico, vamos a dar un paseo".

Quiero volver a la habitación detrás de mí. Mi prisión, donde todos mis amigos están escondidos. ¿Quién es este hombre? ¿A dónde me lleva?

"Vamos, chico. Deja de perder el tiempo".

Las lágrimas queman detrás de mis ojos mientras el hombre toma mi mano y me lleva afuera.

Respiro el aire. Huele a humo y suciedad, pero se siente fresco y limpio contra mi cara. El mundo se siente todo nuevo y brillante. Puedo oír los coches pasar al otro lado del gran seto y me pregunto si puedo correr más rápido que este hombre. ¿A quién quiero engañar?

Tal vez podría gritar pidiendo ayuda. Pero si hago eso, podría matarme. Simplemente sigo al hombre.

"Este es tu día de suerte, muchacho", dice el hombre, llevándome hacia una gran motocicleta con ruedas brillantes. Me pone un casco en la cabeza de golpe, haciendo que mi cuello se doble incómodamente. "Tengo un trabajo importante para ti. Vas a ayudarme a recuperar a la chica de mis sueños". Me subo a la moto y él se sienta delante de mí. Busco dónde agarrarme, pero no encuentro un asa. "No la cagues ahora, chico, eres mi última oportunidad".

El motor ruge y me agarro a la parte de atrás de su abrigo. Nunca me he sentido tan asustado. Cuando nos movemos, mi cabeza se echa hacia atrás y lucho contra el peso del casco demasiado grande para volver a levantar la cabeza.

El mundo pasa volando muy rápido. Hay tantos coches ahí fuera. Siguen pasando mientras el hombre se mueve entre los diferentes carriles.

En un momento, pasan un montón de coches de policía, todos haciendo sonar sus ruidosas sirenas. Me siento derecho, esperando que alguien me reconozca, pero se han ido antes de que tengan tiempo de verme.

Pienso en Juno. Realmente espero que esté bien. Tal vez esté de vuelta en la habitación grande ahora donde los otros niños puedan cuidarla.

"Ya casi llegamos, chico", me dice el hombre, saliendo de la carretera muy concurrida.

¿Casi dónde? ¿A dónde vamos, y qué va a hacerme este hombre cuando lleguemos allí?

Capítulo Treinta y Nueve

MICHELLE

Teddy lleva desaparecido tres días enteros.

He estado viendo las noticias ávidamente. Los periodistas están acampados frente a la casa de Pam. He visto a la policía registrar su casa, desmontándola, convirtiendo su antigua belleza en una pocilga. Pam se habría horrorizado.

La policía está buscando a Aiden y tiene avistamientos por todo el mundo. Un día supuestamente está en Glasgow, y al siguiente en Zúrich. Pero sé que no está lejos. Puedo sentirlo en mis entrañas.

Me está vigilando.

Travis ha intentado ser comprensivo, pero viene cada vez menos a menudo. Los oigo a él y a Kelsey discutir todo el tiempo, mi nombre aparece con frecuencia. Me estremezco de culpa y cierro la puerta de mi habitación, aislándome de su animosidad.

Estoy sentada aquí en mi habitación esperando como una idiota. Esperando que la policía haga lo que yo tengo que hacer. Tengo que encontrar a Teddy. Esto es culpa mía. Simplemente no sé cómo.

Solo rezo para que encuentren a Teddy pronto, para que pueda poner fin a todo esto. Una vez que Teddy esté a salvo, puedo entregarme. Poner punto final a este lío.

Pero hasta entonces, necesito darle a Aiden una razón para mantenerlo con vida. Esa razón soy yo.

Estoy viviendo tiempo prestado y me está haciendo picar la piel. Es como si las paredes se estuvieran cerrando sobre mí mientras la policía saca evidencia por todos lados.

Travis dice que están acercándose a varias personas involucradas. La investigación ha pasado de Pam y está más centrada en la red de personas involucradas en tomar, ocultar y transportar niños por todo el mundo.

Están mirando el panorama general. Tal vez soy una pieza demasiado pequeña para que me noten.

Eso no impide que la culpa me carcoma. Maté para alimentar una red de tráfico. Asesiné a un hombre inocente. Me quedé mirando mientras Aiden golpeaba a su madre hasta la muerte.

Soy la razón por la que Teddy está con ese hombre.

Antes anhelaba cambiar, pero ahora sé que quedarse quieto es el lugar más seguro.

Así que espero.

Kelsey está trabajando hoy, así que me aventuro a bajar por un café. Cuando bajo el último escalón, me detengo en seco. Hay algo en el umbral de la puerta afuera.

El cristal esmerilado difumina mi visión; todo lo que puedo distinguir es una mancha de rojo intenso.

Camino con cuidado, bajando por el pasillo, arrastrando mi mano por la pared. Pero puedo ver que la cerradura está echada desde aquí y relajo los hombros.

No hay nadie aquí. ¿Verdad?

Aseguro la cadena y abro la puerta solo una pulgada, para poder mirar afuera. Nadie.

A mis pies yace un ramo de rosas rojas gloriosamente gordas. Debe haber cincuenta, envueltas en delicado papel de seda rosa.

Mi estómago cae al suelo. Sé quién es.

Cierro la puerta y deslizo la cadena, para poder abrir la puerta de par en par. Extiendo un brazo y arranco las rosas hacia dentro de la casa antes de cerrar la puerta de golpe y comprobar dos veces que el pestillo está echado.

Mis dedos tiemblan mientras saco la pequeña tarjeta del sobre.

TE HE ECHADO DE MENOS, NENA. XXX

Jadeo y dejo caer las flores al suelo.

Hay un ruido. Un sonido de golpeteo. Dentro de mi casa. Mi cabeza se gira bruscamente, con la respiración atascada en la garganta.

Kelsey gritó "adiós" hace poco más de una hora. No está aquí. Travis no pasará tiempo a solas conmigo desde que todo estalló.

¿Quién está en mi cocina?

Camino con cuidado por el pasillo, deseando desesperadamente no haber dejado mi teléfono arriba.

Oigo el sonido de golpeteo de nuevo. Quien sea que esté, está en la sala de estar.

No puede ser él. No se arriesgaría a venir aquí, ¿verdad? Aunque, es un imbécil tan arrogante, no pondría nada más allá de él.

Mi mano alcanza la puerta de la sala de estar, y la abro, preparándome para lo que hay al otro lado.

"¿Todo bien, nena?", Aiden me sonríe. "¿Cómo has estado?"

Jadeo. "¿Qué estás haciendo aquí?" Sale como un gruñido. Mi miedo está completamente enmascarado por la ira y el disgusto.

Está sentado en el sillón en la esquina de la habitación, reclinado con una sonrisa pegada en la cara como si no tuviera una preocupación en el mundo.

"Te he traído un pequeño regalo. Pensé que te gustaría, nena".

Señala hacia la puerta de la cocina y miro. Teddy está de pie apoyado en el marco de la puerta, con un pequeño cartón de zumo de naranja en la mano. No hace ningún sonido.

Supongo que los moretones en su cara le han enseñado a comportarse.

Sus ojos me gritan. El pobre chico ha pasado por tanto. Necesita salir de todo esto. No sé cuánto más puede aguantar ese pequeño. Necesito ayudarlo.

"¡Teddy!" Corro hacia él, con los brazos abiertos. Aiden salta y se pone delante de mí, bloqueándome el paso.

"Ahora, ahora, todo a su tiempo. Primero tenemos que hablar".

"No tengo nada que decirte".

"Oh, pero yo tengo mucho que decirte. ¿Recuerdas nuestro pequeño acuerdo? ¿Mantén la boca cerrada o el niño lo pagará? ¿Recuerdas eso, Mich?"

Da un paso alrededor de Teddy y pasa su mano por su pelo, deslizando sus uñas por su pequeña cara. Teddy cierra los ojos con fuerza.

Aprieto los dientes.

"No acordé nada. Tócalo, y te mato".

"Casi parece que quieres que muera. Nunca cambias".

"Solo dime qué quieres, Aiden. ¿Por qué estás aquí?"

"Estoy aquí por ti, tonta. Y consigo lo que quiero. Siempre lo hago, y no voy a dejar que seas la excepción".

No puedo evitar reírme. "¿Consigues lo que quieres? Suenas como un niño mimado". Mis risas salen en gruesas ráfagas. Mi vida es completamente ridícula. ¿Cómo me he involucrado con este imbécil?

Continúo, "¡Lo has perdido todo, estúpido bastardo! No te queda nada y aún vienes aquí actuando como si fueras superior, como si tuviera suerte de tenerte. Como si debiera caer en tus brazos como si fueras la presa del maldito siglo".

Por el rabillo del ojo, veo que los ojos de Teddy se ensanchan. Está mirando mi bolsa del portátil sentada en la esquina de la habitación.

Buen chico, Teddy.

"Solo necesitas un poco de persuasión, nena, eso es todo. Es gracioso cómo estabas tan interesada cuando tenía dinero. No soy tan atractivo ahora que lo he perdido todo, ¿es eso?"

"No tiene nada que ver con el dinero. Eres tú. Eres malvado. Puro mal".

"Podemos hablar de esto. Sé que podemos. Huye conmigo. Te ayudaré a mantenerte fuera de la cárcel".

Teddy se inclina hacia mi bolsa, lo que llama la atención de Aiden. Extiende un brazo como para golpearlo. Teddy se encoge.

"¡Déjalo en paz!", grito, cruzando la mirada con Teddy.

"¡Entonces ven conmigo! Vete conmigo ahora, y él puede quedarse aquí. Sigue con estas tonterías, y le cortaré la maldita garganta".

"¡Y una mierda lo harás!", grito, escupiéndole.

Entonces corro. Me dirijo arriba, rezando para que me siga.

Puedo oír sus pasos resonando en las escaleras detrás de mí. Cierro de golpe la puerta de mi habitación, pero él la empuja de vuelta, golpeando mi talón contra la madera. Grito y caigo sobre la cama y él se lanza encima de mí.

"Te lo demostraré", gruñe. "Siempre consigo lo que quiero".

Tiene una mano sujetando las mías sobre mi cabeza mientras la otra trabaja en mis vaqueros. Levanto mi rodilla, tratando de golpearlo entre las piernas, pero no tengo suficiente espacio para hacer impacto.

Su fuerza me abruma, y mi pánico se convierte en agotamiento.

Grito y él golpea su frente contra la mía. Todo se vuelve momentáneamente blanco.

Cuando me enfoco de nuevo, se ha ido.

Jadeo, forzando aire en mis pulmones aterrorizados. Me duelen las muñecas donde sus dedos se clavaron en mí.

¡Teddy!

Suelto un grito ahogado de alivio cuando lo veo de pie junto a la cama mirando al suelo. Está agarrando mi navaja que tenía guardada en el frente de mi bolsa del portátil.

Aiden yace gimiendo en el suelo, con un corte profundo en la espalda.

"Vamos, Teddy. Vámonos".

Toma mi mano y huimos.

En lo profundo de mi corazón, sé que somos libres.

EPÍLOGO

MICHELLE

"¿Cómo estás hoy, Michelle?"

Mete el extremo de su bolígrafo en la boca para que descanse sobre su labio inferior. Hay un rastro de tinta negra extendiéndose como una telaraña en su piel rosada.

Me encojo de hombros.

"Sabes, podría ser más beneficioso para ti si hablaras conmigo. Es para lo que estoy aquí". Se encoge de hombros y se reclina en su silla de cuero.

Quiero hablar. De verdad. Simplemente no puedo. Estoy llena hasta el borde, y el más mínimo golpe hará que todo se derrame.

He dado un giro completo, solo que ahora mi dolor está contenido en el silencio en lugar de en una botella de merlot.

Mi consejera suspira.

"¿Por qué no empezamos con algo pequeño? ¿Qué comiste para desayunar?"

Imagino mi desayuno. Huevos revueltos coagulados y pan calentado que intentaba pasar por tostada.

"No comí mi desayuno".

Hay un atisbo de sonrisa en sus labios. Está abriéndose camino. Siento que mis defensas se agrietan un poco.

Nos sentamos durante los cuarenta y ocho minutos restantes en relativo silencio. El canto de los pájaros se cuela por la ventana abierta.

Finalmente, Trish, mi terapeuta, se rinde y vemos una gaviota volar por el cielo gris, llamando a lo desconocido.

"Te veré la próxima semana", dice.

Regreso a mi celda.

"Me decepcionó no verte la semana pasada". O Trish está diciendo la verdad, o es una mentirosa excepcional.

"Estaba enferma".

"Eso escuché. ¿Estás bien ahora?"

Asiento.

"Me alegra oír eso. Dime, ¿has tenido noticias de Kelsey?"

Mis ojos se elevan hacia los suyos. Nunca antes había mencionado a Kelsey. ¿A qué viene este cambio de táctica? El brusco cambio en la conversación hace que se me llenen los ojos de lágrimas.

Asiento.

Kelsey ha estado intentando ponerse en contacto durante semanas, pero la aparto. No la merezco. Ella tiene un alma buena, mientras que la mía es puro veneno.

"Deberías verla. Estoy segura de que te echa de menos, y te ayudará a sobrellevar esto".

Asiento, pero no tengo intención de verla. Ella no merece mi desastre. Yo no merezco su luz.

Una lágrima cae por mi mejilla.

Dios, espero que esté a salvo.

"¿Alguna noticia de Aiden?", pregunto. Inclina la cabeza hacia un lado, sorprendida por mi repentina pregunta. La miro con ojos desesperados. Necesito saber qué está pasando.

"Todavía lo están buscando. Supongo que has estado viendo las noticias, ¿no?"

Asiento.

"Entonces estoy segura de que te enterarás tan pronto como yo. Los reporteros están encima de todo".

Eso no es cierto. Desde que esa guapa estrella del pop sufrió una sobredosis y fue llevada a rehabilitación, el caso de tráfico ha aparecido cada vez menos en las noticias. Ahora es un no-evento.

"¿Cómo escapó de nuevo?", me pregunta Trish. Ella sabe esto. Todo el mundo lo sabe. Pero ha abierto una brecha y quiere seguir abriéndose paso.

Mi boca se activa antes que mi cerebro, y empiezo a hablar antes de cerrarla de golpe y negar con la cabeza. Esta vez ella no logra ocultar su frustración y golpea furiosamente con el bolígrafo sobre el escritorio.

¿Qué quiere que diga? ¿Realmente quiere que reviva ese día otra vez? He repasado esto una y otra vez con la policía. No me queda esfuerzo para dar. Estoy cansada de hablar de mí. Necesito saber sobre la gente que amo, pero nadie me dice nada.

Todavía veo la cara de Teddy cuando me quedo despierta por la noche. Las lágrimas surcan su rostro mientras la policía me inmoviliza contra su coche.

Todavía puedo sentir su pequeña mano en la mía. Agarrando. Agarrando. Luego, desaparecida.

Escapamos del malo solo para correr a los brazos del sistema. A mi destino.

Le saludé desde la ventana del coche. Intenté tranquilizarlo, pero sus lágrimas revelaban la verdad. Está dañado y no estaré allí para ayudarlo a sanar. Soy inútil.

Ser arrestada por asesinato no fue una sorpresa. Sabía que iba a suceder.

Asesinato. Singular.

La policía nunca encontró pruebas de mi participación en los asesinatos de Pam. No había mención de mí en su cuaderno. No quedó evidencia mía con ninguna de las víctimas. Graham nunca me mencionó antes de ahorcarse en su celda de prisión.

Y me guardaré todo eso para mí misma.

Por Teddy.

Todo es por Teddy.

Tengo que ayudarlo.

Trish asiente, entrecerrando los ojos hacia mí. "Sabes, Teddy sigue preguntando por ti".

"¿Cómo está él?"

"Está bien. Está a salvo, en terapia. Como tú".

A salvo. Ese chico nunca estará a salvo, siempre perseguido por demonios.

"Y he oído que tu amiga Lisa está bien, ¿no?"

¿Lisa? Dios mío, no le he dedicado ni un segundo pensamiento. Oí por ahí que Speak Up se marchitó y murió cuando el cuaderno de Pam fue entregado a la prensa. Sentí lástima por el personal, pero sabía que estarían bien. Son buenas personas, y a las buenas personas les pasan cosas buenas.

"Sí, está montando una nueva organización benéfica. Hay una gran campaña de crowdfunding para ponerla en marcha. Va bien, por lo que he oído".

Asiento.

"Debes echar de menos tu trabajo voluntario. Sé que eras... apasionada por ayudar a esos niños".

Sé lo que está haciendo. Está picoteando mis puntos débiles con la esperanza de que me quiebre. No está funcionando.

"Solo nos quedan unos minutos, Michelle. ¿Estás segura de que no hay nada de lo que quieras hablar conmigo? ¿Algo que quieras sacarte del pecho?" Trish pone la tapa en su bolígrafo y cierra mi expediente. Suspira. "Deja de castigarte; ya has sido castigada lo suficiente. No necesitas empeorar las cosas para ti misma".

Nunca obtendré lo que merezco.

Nunca recibí mi castigo completo.

Asesinato.

Solo uno.

El padre de la falsa Mila. Harry Reynolds. Treinta y cuatro años. Sin hijos.

Aparentemente, la llamada falsa vino de un amigo al que le debía dinero. Su amigo pensó que recibiría una visita de la policía, que lo asustaría para que pagara.

En su lugar, recibió a la loca impulsiva con un cuchillo. Me recibió a mí. Y perdió la vida.

Aceptaré mi castigo con las manos en alto rindiéndome.

Solo cuando haya matado a Aiden, seré reivindicada.

Trish me devuelve a la habitación con una tos.

"Eso es todo el tiempo que tenemos. Pero, por favor, si tomas algún consejo, por favor ve a Kelsey. Te hará bien conectar con el mundo exterior. Tienes que mantenerte fuerte".

Tiene razón.

Kelsey me saluda con un fuerte abrazo. Observo al guardia junto a la puerta. Tiene los ojos puestos en nosotras y aparto a Kelsey antes de que tenga que intervenir. No quiero hacer su trabajo más difícil hoy.

"Dios, te he echado tanto de menos", me dice mientras toma su silla al otro lado de la mesa.

Mi corazón se hincha mientras la miro y un sollozo se me atora en la garganta. Yo también la he echado de menos. Ella era la luz del sol en mi vida y desde que me despedí de ella en la sala del tribunal he estado fría y sola.

"Yo también te echo de menos", susurro, negándome a llorar. Fallando miserablemente.

Ella charla sobre la clínica veterinaria. Está jovial, pero hay una tensión en su boca que desmiente su actitud despreocupada.

"¿Cómo está Mags?" Se estremece ante el apodo de mi antigua jefa, haciéndome reír, un sonido que me resulta extraño. "¿Te dio muchos problemas?"

"Digamos que costó convencerla".

"Vaca. Nunca le caí bien".

"Oh, vamos. Te presenté a ella y ahora estás encerrada por asesinato. Difícilmente puedes culparla por ser cautelosa conmigo".

"Cautelosa", me río. "Apuesto a que echaba espuma por la boca".

Kelsey se ríe. "En realidad, también le salía fuego por las orejas. Ni siquiera a Felix le cae bien esa bruja. Y ese tonto empalagoso quiere a todo el mundo".

Oh, Felix. Cuando me enteré de que Kelsey lo había adoptado, mi corazón saltó de alegría. Está en un buen hogar. Es amado.

"¿Y cómo está Travis?" Travis vino a visitarme poco después de mi sentencia. Quería explicarme por qué me delató por la muerte de Harry Reynolds, pero lo desestimé. Habría pensado menos de él si no me hubiera delatado. Todos actuamos según nuestra propia moral individual. Se siente bien saber que la suya está bien encaminada.

Kelsey se mueve en su asiento, sus ojos revoloteando por todas partes menos en mí. "Rompimos".

"¿Qué?" Sale más fuerte de lo que espero, y un guardia detrás de mí me calla.

"Había demasiada... tensión entre nosotros. Nunca iba a funcionar".

Mi boca se abre de par en par. "Kelsey, no puedes romper con él. ¡Por favor! Arreglaré esto. Hablaré con él".

Kelsey levanta una mano. "Está bien, de verdad. Trabaja demasiado, de todos modos; apenas lo veía. Necesito un chico con quien pueda acurrucarme un sábado por la noche y no tener que preocuparme todos los días. Un contable. O un arquitecto".

Y una mierda. Kelsey merece la felicidad y Travis es lo único que le ha traído felicidad desde... siempre.

Empiezo a hablar, pero Kelsey levanta la mano, cortándome.

"Lo digo en serio, Michelle. Mantén tu nariz fuera de esto".

¿Qué elección tengo? No es como si pudiera hacer mucho desde aquí. Y no puedo desafiar a Kelsey de nuevo. Ella ha sido mi roca. Mi heroína. Es más de lo que nunca merecí.

Lo que me recuerda.

"Kelsey, dijiste que hay algo que no recuerdo. Antes de que todo esto pasara. La razón por la que estabas tan dispuesta a ayudarme todo este tiempo".

Suspira incómodamente. Pensó que lo había olvidado.

"Ahora no, Michelle".

"Oh, vamos. No puedo soportar más secretos. Por favor".

Me mira, mordiéndose el interior de la mejilla.

"¿Recuerdas a Lee y Cassie? Nos cuidaron por un tiempo".

"Vagamente. ¿Era él el espeluznante?" Debía tener unos diez años cuando nos colocaron con ellos. Había estado separada de Kelsey durante más de un año antes de que nuestros destinos nos volvieran a unir temporalmente. "Espera, ¿no murió él?"

Kelsey asiente.

"Es cierto, se cayó por las escaleras".

"Oh, sí". Recuerdo a Cassie llegando a casa después de trabajar el turno de noche en Tesco y gritando. El alboroto nos hizo salir corriendo del dormitorio donde estábamos viendo Sharkey y George. Lee estaba desplomado al pie de las escaleras. Muerto.

"Yo estaba allí. Tú estabas allí". El recuerdo me hace estremecer. ¿Dónde había reprimido eso todos estos años? Lee estaba bien. Distante, pero nos dejaba hacer lo que quisiéramos.

"Michelle, ese hombre me estaba abusando".

Sus palabras casi me hacen caer hacia atrás. ¿Abusando de ella? No sé cómo responder.

Piezas de mi infancia comienzan a encajar de nuevo. La borrosidad gana claridad a una velocidad repugnante.

No.

Me despierto en medio de la noche. Necesito ir al baño. Solo que cuando camino por el pasillo, me distrae la lámpara en la habitación de Kelsey: está encendida. Asomo la cabeza para ver si está bien. Pero ella no está allí. Todo lo que veo es el trasero peludo de Lee, bombeando en la cama de Kelsey.

"Lo viste. Le pusiste fin. Me salvaste".

Me echo hacia atrás en mi silla, negando con la cabeza. "No, no lo hice". Pero, mientras las palabras salen de mi boca, otro recuerdo se fuerza en mi mente.

Mierda santa.

Estaba congelada. No podía moverme.

Cuando él apareció justo a mi lado en el pasillo, salté y me lancé. Mis pequeñas manos lo empujaron. Tropezó con sus propios pies y desapareció sobre la barandilla. Oí el golpe y el crujido cuando su cabeza golpeó la mesa de teléfono de madera.

Luego me metí en la cama con Kelsey y dormimos.

"Me salvaste, Mich. Y yo te salvé a ti".

No sé qué decir. ¿He matado antes?

"Mírame, Michelle". Obligo a mis ojos a encontrarse con los suyos. "Lo que hiciste ese día fue lo correcto. ¿Crees que yo era la única niña de la que abusaba? Tienes un alma buena. Nunca lo he dudado ni por un segundo".

Aparto las lágrimas y me inclino sobre la mesa. ¿Cómo pude simplemente olvidarlo?

Kelsey toca mis manos, pero las retira de golpe cuando el guardia le grita que se aparte.

"Ahora lo sabes. Lo sabes todo. Sabes por qué haré cualquier cosa por ti. ¿Me oyes? *Cualquier cosa*".

¿A qué se refiere? No me está diciendo algo. Me está observando, su boca fija en una línea dura, sus ojos taladrándome.

"Lo atraparé, Michelle".

"¿Qué? ¿A quién?" Mi voz suena como un gorgoteo a través de mi shock.

"A Aiden. Voy a encontrarlo, y voy a atraparlo".

"Kelsey, no. Mantente fuera de todo esto".

"Los hombres como él merecen morir. Tú me enseñaste eso".

Se levanta y se aleja. La llamo, pero un guardia me da un fuerte empujón, forzando el sonido fuera de mis pulmones.

Me llevan de vuelta a mi celda, la adrenalina corriendo por mis venas. Quiero correr; gritar. Quiero seguir hablando con Kelsey.

La puerta de mi celda se cierra de golpe detrás de mí con un ruido sordo.

Mis ojos se dirigen inmediatamente a mi cama. Mis sábanas permanecen perfectamente hechas, creando un lienzo pálido para el regalo rojo sangre que no estaba allí cuando me fui.

Una rosa roja.

¿TE GUSTÓ LO QUE LEÍSTE?

Puedes suscribirte a mi boletín AQUÍ.

O únete a la diversión en Facebook buscando '**C.L. Sutton Author**'.

Si lo prefieres, envíame un correo electrónico a **hello@clsutton.com** y me esforzaré por responderte personalmente.

Gracias desde el fondo de mi corazón

Significa mucho para mí que hayas dedicado tiempo a leer mi libro. Se vierte una cantidad monumental de tiempo, esfuerzo y amor en cada libro escrito, y creo que hablo en nombre de todos los autores cuando digo que estamos agradecidos por tu apoyo.

Si quieres ayudar a impulsar mi libro, por favor considera dejar una reseña y recomendarme a tus amigos. Es una ENORME ayuda.